KB040805

판사와 형리

판사와 형리

프리드리히 뒤렌마트 지음 | 차경아 옮김

문예출판사

차 례

판사와 형리

Der Richter und Sein Henker

Friedrich Dürrenmatt

1

트반 마을의 경찰관 알폰스 클레닌은, 1948년 11월 3일 아침, (테센 산지의 여러 마을 중 하나인) 트반바하 계곡 숲지대로부터 랑부잉행(行) 도로가 갈라져 나오는 지점에서, 길가에 세워둔 푸른 메르세데스를 한 대 발견했다.

늦가을 날씨가 흔히 그렇듯 안개가 잔뜩 끼어 있었다. 그래서 애당초 클레닌은 차를 그냥 지나쳤다가 되돌아왔다. 실상 그는 스쳐 지나가면서 흐린 차창을 통해 얼핏 보고는 운전자가 핸들에 엎드려 있는 것이며, 따라서 그가 술에 취했거니 생각했다. 보통 사람이라면 그런 생각이 드는 것도 당연했다.

따라서 그는 그 낯선 자를 직업적으로가 아니라 인간적으로 대할 작정이었다. 잠든 운전자를 깨운 후 트반 마을까지 태우고 가서, 그곳 베렌호텔에서 블랙커피랑 크림수프를 들게 하여 술이 깨게 해주겠다는 의도를 품고 자동차로 다가갔던 것이다. 하긴 음주운전은 금지되어 있었지만, 취해서 길가에 차를 세워놓고 잠을 자는 것이 금지 사항은 아니었으니까.

클레닌은 자동차 문을 열고 낯선 자의 어깨에 친절하게 손을 얹었다. 그러나 순간 그는 그 남자가 죽어 있다는 것을 깨달았다. 정수리에 총알이 관통해 있었다. 그제야 클레닌은 오른편 차 문이 열려 있는 것도 깨달았다. 차 안을 보니 피가 많이 흘러 있지도 않았고, 시체가 걸친 짙은 회색 코트도 말짱해 보였다. 외투 호주머니에서는 노란 지갑의 한쪽 끝이 빠져나와 비쳤다. 그것을 뽑아본 클레닌은, 사망자가 베른 시경 경위 울리히 슈미트라는 것을 쉽게 확인할 수 있었다.

영문을 모르는 클레닌은 어찌할 바를 몰랐다. 시골 경찰관으로서 이런 끔찍한 살인 사건을 한 번도 겪어보지 못했던 그는 길가를 한동안 서성댔다. 안개 사이로 해가 떠올라 죽은 자의 모습을 비추자 그는 심히 불안해졌다. 그래서 자동차로 되돌아가 시체 발치에 놓인 털모자를 집어 들어 시체 정수리에 난 관통상이 안 보이도록 깊게 눌러 씌웠다. 그러자 기분이 좀 나아졌다.

경관은 트반 쪽으로 향한 반대편 길가로 되돌아가서 이마의 땀을 씻어냈다. 그리고 나서 결단을 내렸다. 죽은 자를 앞좌석 옆으로 밀어, 조심스럽게 똑바로 앉히고는 차 안에서 찾아낸 가죽 끈으로 죽은 몸뚱이를 묶었다. 그러고는 자신이 운전석에 들어앉았다.

시동 장치는 제대로 말을 듣지 않았지만, 그래도 클레닌은 별로 애먹지 않고 차를 트반으로 가는 가파른 내리막길로 끌고 내려가 베렌 호텔에 이르렀고 그곳에서 기름을 넣었다. 하지만 꼼짝 않고 앉아 있는 품위 있는 이 신사가 죽었다는 건 아무도 알아보지 못한 것 같았다. 스캔들을 싫어하는 클레닌으로서는 잘된 일이었다. 그렇게 그는 입을 다물었다.

그러나 그가 비일러 호수를 따라 비일 시(市) 쪽으로 달리는 동안 안개는 다시 짙어졌고 햇살은 아예 보이지 않았다. 아침 날씨는 최후의 날처럼 음침해졌다. 클레닌은 일렬종대로 늘어선 자동차의 장사진에 끼어들었다. 무슨 일인지 차들은 안개라는 사정을 감안하고 본다 해도 매우 느림보로 움직였다. 사뭇 장례 행렬 같군, 하고 클레닌은 무심코 생각했다.

죽은 자는 그의 곁에서 꼼짝 않고 앉아 이따금, 이를테면 우툴두툴한 길에 이르면, 늙은 중국 현자처럼 고개를 주억거렸다. 그래서 클레닌은 갈수록 다른 차들을 추월할 엄두를 내지 못했다. 그들은 어처구니없을 정도로 늦은 시각에 비일 시에 도착했다.

비일 시에서 수사를 개시하는 한편, 베른에서는 사망자의 상관이었던 베르라하 경감에게 이 비극적 발견 사건을 위임했다.

베르라하는 오랫동안 외국에서 살았는데 콘스탄티노플에서, 그후에는 독일에서 명수사관으로 두각을 나타냈다. 그는 마지막으로 마인 강변 프랑크푸르트 사법경찰 우두머리로 일했는데, 33년에 이미 고향으로 되돌아오고 말았다.

귀향 이유는, 그가 자신의 황금 무덤이라고 즐겨 불렀던 베른 시에 대한 각별한 애정 때문이라기보다는, 당시 독일 새 정부의 한 고급 관리에게 따귀를 한 대 때린 사건 때문이었다. 그때 프랑크푸르트에서는 이 폭력에 대해 화제가 분분했다. 그리고 베른에서는 그때그때의 유럽 정세에 따라, 처음에는 그것을 격분할 일로, 다음에는 형벌감이긴 하지만 그래도 이해할 수 있는 일로 평가하더니, 마침내는 스위스인으로서 취할 수 있는 유일한 태도였다고 평하기에 이르렀다. 그렇지만 이것은 45년이 되고 나서의 일이었다.

베르라하가 슈미트 사건에 한 첫 번째 조처는 이 사건을 며칠 동안 비밀로 취급하라는 지시였다. 그리고 자신의 인격을 모두 걸고 난 다음에야 겨우 이 지시를 관철할 수 있었다. 그는 말했다.

"우리가 알고 있는 것은 너무 적고, 신문이란 어차피 지난 2천 년 동안 만들어진 것 가운데 최악의 무용지물이란 말이오."

베르라하는 이러한 기밀 수사에 많은 기대를 걸고 있음이 분명했다. 그러나 현재 대학에서 범죄수사학 강의도 맡고 있는 그의 '상관' 루치우스 루츠 박사의 생각은 반대였다. 바젤에 사는 부유한 숙부 덕을 톡톡히 보아온 이 베른 출신 관리는, 바로 얼마 전 뉴욕 및 시카고 경찰을 시찰하고 베른으로 돌아온 참이었다. 전차로 집으로 가던 길에 경찰국장 프라이베르거에게 솔직히 털어놓은 본인의 말대로라면, 그는 "스위스 연방 수도의 범죄자 방지정책의 원시적 상태"로 인해 심히 충격을 받고 있었다.

바로 그날 아침 베르라하는 다시 한 번 비일 시경 측과 통화를 한 뒤에 슈미트가 세 들어 살던 반티거 가(街)의 쉴러 씨(氏) 집으로 갔다. 언제나의 습관대로 베르라하는 걸어서 고도(古都)를 내려가 니데 그 다리를 건넜다. 베른은 "전차 따위를 타기에는" 너무나 작은 도시라는 것이 그의 생각이었다.

나선형 층계를 오르는 것만도 그에게는 좀 벅찼다. 그도 그럴 것이 베르라하도 이제는 예순 살이 넘었고, 이런 순간이면 나이를 느꼈다.

하지만 그는 곧 쉘러 씨 집 현관에 이르러 초인종을 눌렀다.

문을 연 사람은 바로 쉘러 부인이었다. 키가 작고 뚱뚱한 몸집에 제법 품위도 있어 보이는 부인은, 아는 사람이라 베르라하를 금방 안으로 들어가게 해주었다. 베르라하는 말했다.

"지난밤 슈미트가 직책상 여행을 떠나야 했지요. 갑작스러운 일인지라 저한테 뭔가 후송해달라고 부탁했습니다. 그 사람 방으로 안내를 좀 해주시면 고맙겠습니다, 쉘러 부인."

부인은 고개를 끄덕였다. 그리고 복도를 걸어가던 그들은 묵직한 금테를 두른 커다란 그림을 하나 스쳐 지났다. 베르라하는 그림을 쳐다보았다. 〈죽은 자들의 섬〉[스위스 화가 아르놀트 뵈클린(Arnold Bocklim : 1827~1901)]이었다.

"그럼 슈미트 씨는 어디로 갔나요?

방문을 열면서 뚱뚱한 부인이 물었다.

"외국에 갔습니다."

베르라하는 천장을 올려다보며 대답했다.

방은 일층에 있었다. 앞마당으로 통하는 문으로는 늙은 전나무들이 서 있는 작은 정원이 보였다. 땅바닥에 침엽이 두텁게 덮인 걸 보니 전나무들은 병들어 있는 모양이다. 아마도 이 방이 집에서 제일 운치 있는 방인 듯했다. 베르라하는 책상 있는 데로 가서 다시 주변을 둘러보았다. 소파에는 죽은 자의 넥타이가 놓여 있었다.

"슈미트 씨는 분명히 열대지방에 가셨을 거예요. 그렇지요, 베르라하 씨?"

쉘러 부인은 궁금증을 드러내며 물었다. 베르라하는 약간 놀랐다.

"아닙니다, 열대지방에 가지는 않았어요. 좀 높은 곳으로 갔지요."

쉘러 부인은 눈을 둥그렇게 뜨고 머리 위로 손바닥을 쳤다.

"맙소사, 히말라야에 갔나요?"

베르라하는 대답했다.

"대충 그렇습니다, 부인이 거의 맞히셨군요."

그는 책상에 놓여 있던 서류철을 열어보고는 즉각 겨드랑이에 끼었다.

"슈미트 씨한테 부쳐야 할 물건을 찾아내셨나요?"

"찾았습니다."

그는 다시 한 번 방 안을 둘러보았다. 하지만 넥타이에 다시 시선이 가는 것을 피했다.

"그분은 우리가 일찍이 겪었던 세입자들 가운데 제일 신사분이랍니다. 여자들하고 얽힌 스캔들 따위도 없고요."

쉘러 부인은 힘주어 말했다.

베르라하는 문께로 갔다.

"종종 사람을 보내든가 제가 다시 올 겁니다. 필요한 주요 서류들을 슈미트가 여기 두었거든요."

"슈미트 씨가 외국에서 엽서라도 보내주실까요?" 쉘러 부인은 궁금해하며 물었다. "아들아이가 우표를 모으거든요."

하지만 베르라하는 생각에 잠겨 쉘러 부인을 쳐다보며, 이마에 주름을 모으고 유감을 표시했다.

"아마 힘들 겁니다. 이런 업무상 출장에서는 일반적으로 우편엽서를 보내지 않아요. 그건 금지 사항입니다."

그러자 쉘러 부인은 다시금 머리 위로 손뼉을 치고는 실망해서 말했다.

"경찰에서는 웬걸 그렇게 모조리 금지한담!"

베르라하는 나왔다. 그 집을 빠져나오고 나니 후련한 마음이었다.

2

그는 습관적으로 하던 것과는 달리 슈미트 씨 레스토랑이 아닌 뒤테아트르에서 점심 식사를 하면서, 깊은 생각에 잠겨 슈미트의 방에서 가져온 서류철을 뒤적이며 읽었다. 그러고는 국회의사당 테라스 너머에서 잠시 산책을 한 뒤 2시경에 사무실로 돌아왔다. 사무실에서는 슈미트의 시신(屍身)이 비일에서 도착했다는 보고가 기다리고 있었다. 하지만 그는 지난날의 부하 직원을 찾아보기를 그만두었다. 시신 보는 걸 싫어하는 그는 보통 그 일을 생략하곤 했다.

루츠를 만나는 것도 생략하고 싶었지만, 결국 적응하기로 작정했다. 그는 슈미트의 서류철은 다시 뒤져보지도 않고 책상에 조심스럽게 챙겨 넣은 후 자물쇠를 잠갔다. 그러고는 시가를 한 대 피워 물었다. 멋대로 담배를 피워 무는 그의 행동을 루츠가 어김없이 불쾌하게 생각하리라는 것을 알면서도, 그는 시가를 문 채 루츠의 사무실로 갔다. 몇 년 전인가 루츠는 딱 한 번 뭐라고 한마디 한 적이 있다. 그러나 베르라하는 묵살하는 듯한 손짓을 하며 자신은 다른 곳도 아닌 터키 경찰에 10년간이나 복무했는데, 콘스탄티노플에선 상관의 방에서 늘 담배를 피웠노라 대꾸했다. 재론의 여지를 차단하는 강력한 항거였다.

루치우스 박사는 초조한 기색으로 베르라하를 맞았다. 그가 생각하기엔 아무래도 지금껏 제대로 착수된 것이 하나도 없었기 때문이다. 그는 베르라하에게 책상 옆 안락의자를 가리켰다.

베르라하가 물었다.

"비일 시경 측에선 아무 소식이 없나요?"

"아직 아무것도." 루츠가 대답했다.

"이상하군요." 베르라하가 말했다. "정신없이 이 일에 매달려 있는데요."

베르라하는 앉아서 사방 벽에 걸린 트라플렛의 그림들을 힐끗 쳐다보았다. 색채로 된 펜화에는 펄럭이는 커다란 깃발 아래 장군을, 또 어떤 그림에는 장군 없이 왼편에서 오른편으로, 아니면 오른편에서 왼편으로 행군하는 병정들을 그려놓았다.

"이제" 하고 루츠는 입을 뗐다. "이 나라의 범죄 수사가 아직 얼마나 유치한 단계에 있는지……, 새삼스레 커지는 불안감과 더불어 다시 한 번 목격하게 됐군요. 모르긴 해도 나 역시 스위스 행정구에서 벌어지는 많은 일에 길들여져 있긴 합니다만, 죽은 경위의 사건을 놓고 그곳 사람들이 아주 당연시하는 처리 절차를 보노라니, 우리네 시골 경찰의 직업적 능력은 불을 보듯 뻔하겠군요. 지금도 충격뿐이오."

"안심하십시오, 루츠 박사." 베르라하는 대답했다. "우리네 마을 경찰은 시카고의 시경 못지않게 자기네 임무를 감당해낼 수 있습니다. 우린 곧 슈미트를 살해한 자를 찾아낼 겁니다."

"누군가 혐의가 느껴지는 대상이 있소, 베르라하 경감?"

베르라하는 루츠를 유심히 바라보다가 한참 만에야 말했다.

"네, 용의자로 생각하는 사람이 있습니다, 루츠 박사님."

"대체 누구요?"

"아직은 말씀드릴 수 없습니다."

"그것 참 흥미롭군요, 베르라하 경감. 현대 과학적 수사 방법의 위대한 인식에 어긋나는 실수를 당신은 늘 변명으로 얼버무리려 한다는 걸 알고 있습니다. 그렇지만 시대는 앞으로 나아간다는 것을, 아무리 저명한 수사관 앞에서도 멈추지 않는다는 점을 잊지 마십시오. 나는 뉴욕과 시카고의 범죄를 목격했습니다. 우리네 베른 구석에 있는 당신은 상상도 하지 못할 범죄지요. 그렇지만 이제 한 경찰관이 살해되었어요. 이건 이곳에선 공공 안전을 위한 건물 안도 삐걱대기 시작한다는 명백한 징표지요. 그러니 가차 없이 일에 착수해야 하오."

"물론, 저도 그렇게 하고 있습니다." 베르라하는 대답했다.

"그럼 좋소이다." 루츠는 기침을 하며 대꾸했다. 벽에서는 시계가 똑딱거렸다.

베르라하는 왼손을 조심스럽게 위장 부위에 대고 오른손으로는 루츠가 내민 재떨이에다 시가를 눌러 껐다.

"벌써 오래전부터 제 건강 상태가 그다지 좋지 않아요." 그가 말했다. "최소한 의사는 심각한 표정을 합니다. 위가 자주 아프거든요. 그래서 부탁인데, 루츠 박사님, 슈미트 살해 사건에서 주된 업무를 맡아 수행할 대리인을 한 사람 붙여주십시오. 그렇게 해주시면 이 사건을 책상에서 다루고 싶습니다."

루츠는 동의했다.

"대리인으로 염두에 두고 있는 사람이 있소?"

"찬츠." 베르라하가 답했다. "사실 그는 아직 서(西)알프스 지대에서 휴가 중입니다만, 소환 조치를 할 수 있을 겁니다."

루츠는 대꾸했다. "동의합니다. 찬츠는, 수사 면에서 정상(頂上)에 오르고자 항상 애쓰는 사내지요."

그러고 나서 그는 베르라하에게서 등을 돌려, 창밖의 고아원 마당을 내다보았다. 마당에는 아이들이 잔뜩 모여 있었다.

갑자기 그는 베르라하와 더불어 현대 과학적 수사 방법에 대해 토론을 벌이고 싶다는 욕구를 억누를 수 없을 정도로 느꼈다. 그래서 몸을 돌려보니, 베르라하는 이미 가버리고 없었다.

벌써 5시에 가까웠지만 베르라하는 그날 오후 트반 마을 쪽 범행 현장까지 가리라 결심했다. 그는 블라터와 동행했다. 과묵한, 그래서 베르라하가 좋아하는 체구가 우람한 경찰관이었다. 이번에도 그가 차를 몰았다. 트반 마을에는 클레닌이 마중 나와 있었다. 질책을 받으리라 예상했는지 클레닌은 볼멘 표정이었다. 그러나 경감은 친절하게 클레닌과 악수를 나누고, 자율적으로 생각할 줄 아는 인물을 알게 되어 반갑다고 칭찬했다.

클레닌은 노수사관의 속셈이 무엇인지 영문을 모르면서도, 그 말을 듣자 의기양양해했다. 그는 베르라하를 안내해서 테센 산지로 가는 길을 올라 범행 현장으로 향했다. 뒤따라 터벅거리며 오던 블라터는 걸어서 가는 것이 불만이었다.

베르라하는 랑부잉이라는 지명을 듣고 얼떨떨한 표정을 지었다.

"독일어로는 람링겐이라고 부릅니다." 클레닌이 설명했다.

"그렇군, 그편이 듣기에 낫군." 베르라하가 답했다.

그들은 범행 현장으로 갔는데 트반 마을과 면한 도로 오른편에 울타리를 쳐놓은 것이 보였다.

"자동차는 어디 있었나, 클레닌?"

"여깁니다." 경관은 길가를 가리키며 대답했다. "거의 도로 한복판이었지요." 그리고 베르라하가 눈길도 주지 않자 "어쩌면 죽은 사람이 실린 차를 여기 그냥 놔두는 편이 나았을지도 모르지요"라고 말했다.

베르라하는 "어째서?"라고 말하며 유라 산맥의 바위를 올려다보았다. "죽은 사람은 되도록 빨리 치우는 게 좋네. 죽은 자가 우리한테 볼일이 있을 턱이 없으니까. 슈미트를 비일 시로 실어간 건 잘한 일일세."

베르라하는 길가로 다가가서 트반 마을 쪽을 내려다보았다. 그가 서 있는 곳과 오래된 주택단지 사이에는 포도원만 연이어 있었다. 해가 벌써 저물었다. 집들 사이로 뱀처럼 꼬불꼬불 길이 나 있고, 마침 역에는 기다란 화물차가 서 있었다.

"저 아랫마을에서는 아무 소리도 못 들었다던가, 클레닌?" 그가 물었다. "마을이 아주 가까우니, 총소리라도 들렸을 텐데."

"한밤중에 자동차 모터 소리밖에 들은 게 없다는군요. 아마도 대수롭지 않게 여겼겠지요."

"그랬겠지, 어떻게 알 수 있겠나." 그는 다시 포도밭을 바라보았다.

"금년의 포도주는 어떤가, 클레닌?"

"좋습니다. 나중에 시음해보실 수도 있습니다."

"참 그렇군. 새로 빚은 포도주 한잔 기꺼이 마시고 싶네."

그러고 나서 오른발을 툭 뻗던 그는 뭔가 딱딱한 것에 부딪쳤다. 그는 몸을 굽히고 앙상한 손가락 사이로 앞쪽이 납작하게 눌린, 기다랗고 작은 금속 조각을 하나 집어 들었다. 클레닌과 블라터는 호기심을 드러내며 쳐다보았다.

"총알이군요." 블라터가 말했다.

"어떻게 찾으셨지요? 경감님!" 클레닌이 감탄의 어조로 말했다.

"우연이었네."

그들은 트반 마을 쪽으로 내려왔다.

3

새로 주조한 트반산(産) 포도주는 베르라하에게 좋지 않았던 모양이다. 다음 날 아침 그는 밤새도록 토했노라 털어놓았다. 층계에서 경감을 만난 루츠는 그의 건강 상태를 진심으로 걱정하며 병원에 가보라고 충고했다.

"괜찮아요, 괜찮아." 베르라하는 툴툴거리면서, 자기는 현대 과학적 수사 방법보다도 의사를 더 싫어한다고 말했다.

사무실에 들어오자 기분이 한결 나아졌다. 그는 책상에 앉아, 잠가서 넣어둔 죽은 자의 서류철을 꺼냈다.

베르라하가 여전히 서류철에 열중하고 있는데 10시에 찬츠가 도착을 알려왔다. 그는 벌써 전날 밤 늦게 휴가에서 되돌아와 있었다.

베르라하는 부르르 전율을 느꼈다. 그를 처음 본 순간 죽은 슈미트가 다가오는 것처럼 보였기 때문이다. 찬츠는 슈미트와 똑같은 외투를 입고 비슷한 털모자를 쓰고 있었다. 다만 얼굴은 달랐다. 선량해 보이는 통통한 얼굴이었다.

"와주어 고맙소, 찬츠." 베르라하는 말했다. "슈미트 건을 상의해야겠소. 당신이 주로 일을 떠맡아주었으면 해요. 나는 건강이 좋지 않아요."

"알겠습니다. 말씀 들었습니다." 찬츠가 답했다.

찬츠는 의자를 베르라하의 책상 쪽으로 밀어놓고 앉아서, 책상에 왼팔을 괴었다. 책상에는 슈미트의 서류철이 펼쳐져 있었다.

베르라하는 안락의자에 기대앉았다.

"당신한테 말하겠소이다"라며 그는 입을 뗐다. "나는 콘스탄티노플과 베른 사이에서 경찰관들을 몇천 명 보아왔어요. 훌륭한 경찰들과 졸렬한 경찰들을……. 대부분, 우리가 온갖 종류의 감옥에 채워 넣는 그런 형편없는 천민들보다 나을 것도 없었지요. 단지 그들은 우연히도 법의 다른 쪽에 서 있다는 점만 달랐어요. 그렇지만 슈미트라면 나는 힘껏 감싸주겠소. 그 친구는 가장 유능한 경찰관이었다오. 그는 우리 모두를 투옥할 만한 자격이 있었어요. 아주 명민한 두뇌의 소유자였지요. 자기가 하고자 하는 일을 했고, 알고 있는 것을 침묵할 줄도 알며, 또 말할 필요가 있을 때만 입을 열었어요. 그 친구를 본받아야 하오, 찬츠. 그는 우리를 능가하는 인물이었소."

지금껏 창밖을 내다보던 찬츠는 천천히 베르라하 쪽으로 고개를 돌렸다. 그러고는 입을 열었다.

"그럴는지도 모르지요."

별로 확신이 없어 하는 기색을 베르라하는 그에게서 간파했다.

"우리는 그의 죽음에 대해 별로 아는 것이 없소." 경감은 말을 이었다. "이 총알이 전부요." 그러면서 그는 트반에서 찾아낸 총알을 책상에 놓았다. 찬츠는 총알을 집어 들고 유심히 살펴보았다.

"이건 군용 권총에서 나온 것이로군요"라고 말하며 그는 총알을 되돌려주었다.

베르라하는 책상의 서류철을 닫았다.

"특히 우리는 슈미트가 트반이나 람링겐에 무슨 볼일이 있었는지를 몰라요. 직책상 비일러 호수 쪽으로 가지 않은 건 분명해요. 그랬다면 내가 알았을 테니까. 그가 그쪽으로 간 것을 눈곱만큼이라도 인정할 만한 그럴싸한 동기가 전혀 없소이다."

찬츠는 베르라하의 얘기를 건성으로 들으며 다리를 포개고 앉더니 입을 뗐다.

"우리가 아는 것은 단지 슈미트가 살해되었다는 사실뿐입니다."

"어떻게 그렇게 단정하시오?" 경감은 잠시 후 약간 놀라는 기색으로 물었다.

"슈미트의 차에는 왼쪽에 운전석이 있는데, 경감님은 차체에서 본다면 왼편 길가에서 총알을 발견했습니다. 또 트반 마을 사람들이 밤중에 모터 소리를 들었다고 했어요. 랑부잉에서 트반으로 가는 내리막길에서 살인자가 슈미트를 세운 겁니다. 아마 살인자는 안면이 있던 자일 겁니다. 그렇지 않다면 슈미트가 차를 세울 리 없거든요. 슈미트는 그 범인을 태우려고 오른쪽 차 문을 열었겠지요. 그리고 다시 핸들을 잡은 겁니다. 그 순간 그는 총살당하고 말았습니다. 슈미트는 살해범이 왜 자기를 죽였는지 전혀 짐작도 못 했을 겁니다."

베르라하는 그의 얘기를 음미해보고 입을 뗐다.

"이제 어찌 되든 시가를 한 대 피워야겠소." 그리고 담배에 불을 붙여 입에 물고 말을 이었다. "당신 말이 옳아요, 찬츠. 슈미트와 살인자 사이에는 그 비슷한 일이 벌어졌을 거요. 당신 말을 믿으리다. 그렇지만 그건, 슈미트가 무슨 볼일로 람링겐에서 트반으로 오는 도로를 달리고 있었는지를 여전히 설명하지 못해요."

찬츠는, 슈미트가 외투 속에 예복 차림을 하고 있었다는 사실을 고려하라고 했다.

"전혀 몰랐던 일이오." 베르라하는 말했다.

"그럼, 죽은 자를 보시지 않았나요?"

"안 보았소. 나는 죽은 사람을 보는 걸 싫어하오."

"그렇지만 조서에도 쓰여 있던데요."

"조서도 못지않게 싫어해요."

찬츠는 입을 다물었다.

하지만 베르라하는 자신 있게 해명했다.

"그런 건 사건을 더 복잡하게 만들 뿐이오. 슈미트가 예복 차림으로 트반바하 계곡에서 무엇을 할 셈이었겠소?"

"이 점이 혹시 사건을 간단하게 만들어줄지도 모르지요." 찬츠는 대답했다. "랑부잉 부근에는 연미복 차림으로 파티에 모일 만한 사람들이 별로 많지 않습니다."

그는 작은 포켓용 달력을 꺼내어 슈미트 것이라고 설명했다.

"나도 알고 있소." 베르라하는 고개를 끄덕였다. "중요한 건 아무것도 적혀 있지 않더군."

찬츠는 이의를 제기했다.

"슈미트는 11월 2일 수요일에 G라고 메모를 해놓았습니다. 법정 의사의 소견으로는, 바로 이날 자정 직전에 그는 살해되었지요. 그밖에도 10월 26일 수요일과, 10월 18일 화요일에도 G가 적혀 있어요."

"G란 무엇이든 뜻할 수 있지요." 베르라하가 말했다. "여자 이름이라든가 혹은 그 밖의 무엇이라도."

"이건 여자 이름일 수는 없습니다." 찬츠가 대답했다. "슈미트의 애인 이름은 안나였고, 또 그 친구는 아주 착실했습니다."

"그 여자는 금시초문인걸." 경감은 시인했다. 그리고 찬츠가 자신의 무지에 놀라워하는 모습을 보며 말했다. "내 관심사는 오로지 누가 슈미트의 살인자인가 하는 것뿐이오, 찬츠."

찬츠는 공손하게 "물론이지요"라고 말하고는 고개를 절레절레 흔들며 웃었다. "대체 당신은 어떤 분입니까, 베르라하 경감님."

베르라하는 아주 정색을 하고 말했다.

"나는 쥐를 잡아먹길 즐기는 커다란 검정 수고양이라오."

찬츠는 그 말에 뭐라고 대꾸할지 몰라 망설이다가 한참 만에 설명했다.

"G라고 표기된 날이면 슈미트는 번번이 예복을 입고, 자신의 메르세데스를 타고 떠났습니다."

"당신이 그걸 어떻게 아시오?"

"쉔러 부인한테서 들었지요."

"그래, 그렇군." 베르라하는 대답한 후에 입을 다물었다. 그러나 곧 "그렇소, 그것이 사실이오"라고 말했다.

찬츠는 경감을 유심히 마주 보며 궐련을 한 대 피워 물더니, 머뭇머뭇 말했다.

"루츠 박사님께서 말씀하시기를, 경감님은 특정한 자에게 혐의를 두고 계신다고요."

"그렇소, 혐의를 두고 있소, 찬츠."

"이제 제가 슈미트 살인 사건에서 당신의 대리인 노릇을 하게 되었으니 경감님이 누구한테 혐의를 두고 계신지, 제게는 말씀해주시는 편이 좋지 않을까요, 베르라하 경감님?"

"이것 보시오." 베르라하는 찬츠와 똑같이 생각에 잠겨 한마디 한마디 조심스럽게 천천히 대답했다. "나의 혐의란, 수사상 과학적 혐의가 아니라오. 나한테는 그 혐의를 정당화할 아무런 근거가 없어요. 내가 별로 아는 게 없다는 점을 당신도 좀전에 보지 않았소. 나는 애당초, 누가 살인자로 용의선상에 오를 수 있을지, 그 한 가지 생각만 하고 있을 뿐이오. 그렇지만 이제 앞으로 관련 혐의자가, 그가 과연 그러했다는 증거들을 조달해줄 것이오."

"어떻게 말씀인가요, 경감님?" 찬츠가 물었다.

베르라하는 지그시 웃었다.

"자, 그를 체포하는 것이 정당하다는 것을 인정할 증거들이 곁으로 드러날 때까지 기다릴 수밖에요."

"당신과 공동 작업을 하려면, 누구한테 수사의 초점을 맞춰야 할지 저도 알아야 하지 않겠습니까." 찬츠는 예의 바르게 설명했다.

"무엇보다도 우리는 객관적 자세를 취해야 하오. 이건 어떤 혐의를 품고 있는 나한테는 물론, 사건을 대부분 수사할 당신한테도 해당되는 얘기요. 내가 품고 있는 혐의가 입증될지는 나도 몰라요. 나는 당신의 수사를 지켜보며 기다리겠소. 당신은 내가 어떤 특정한 혐의를 품고 있다는 사실에 개의치 말고, 슈미트의 살인자를 밝혀내야 하오. 내가 혐의를 둔 그 사람이 살인자라면, 물론 나와는 달리 빈틈없는 과학적 방법으로 당신 자신도 그 살인자와 부딪치게 되겠지요. 만약 그 사람이 살인자가 아니라면, 당신이 진짜 살인자를 찾아낼 테고, 그렇게 되면 내가 잘못된 혐의를 품었던 사람의 이름을 안다는 건 불필요한 일이 될 거요."

그들은 한참 말이 없었다. 그러고 나서 노수사관이 물었다. "우리의 작업 방법에 동의하시오?"

찬츠는 잠깐 망설이다가 대답했다. "좋습니다. 동의합니다."

"그럼 이제 어떻게 할 참이오, 찬츠?"

질문을 받은 경관은 창가로 다가섰다.

"오늘 날짜에 슈미트는 G라는 표기를 해두었습니다. 랑부잉으로 가서 뭘 찾아낼지 살펴보겠습니다. 슈미트가 테센 산지로 떠날 때 늘 그랬듯이 7시에 떠나도록 하지요."

그는 다시 몸을 돌리고 예의 바르게, 그러나 약간 이죽거리는 투로 물었다.

"같이 가시겠습니까, 경감님?"

"그렇소, 찬츠, 나도 같이 가겠소." 경감은 예기치 않게 대답했다.

"좋습니다." 예상치 못했던 찬츠는 약간 얼떨떨해서 말했다. "7시입니다."

문 앞에서 그는 다시 한 번 뒤돌아섰다.

"베르라하 경감님도 쉔러 부인 댁에 가셨더군요, 거기서 찾아내신 건 없습니까?"

노수사관은 당장 대답하지 않고, 먼저 서류철을 책상에 넣고 잠근 뒤에 열쇠를 집어 들었다.

"아니요, 찬츠." 그제야 그는 답했다. "아무것도 발견하지 못했소. 이제 가보시오."

4

7시에 찬츠는 알텐베르크 가에 있는 베르라하 집으로 차를 몰았다. 그곳 아아레 강변의 한 주택에서 베르라하는 33년 이래 죽 살고 있었다. 비가 내리고 있었다. 속력을 내어 달리던 경찰차는 니데그 다리 있는 곳에서 커브를 틀다가 미끄러졌다. 그러나 찬츠는 금세 차를 바로잡았다. 알텐베르크 가로 들어서자 그는 속력을 늦추어 달렸다. 베르라하 집은 초행이었기에, 젖은 차창을 통해 그의 주소를 더듬다가 가까스로 찾아냈다.

그러나 여러 번 클랙슨을 울렸는데도 집 안에서는 아무 기척이 없었다. 결국 찬츠는 차에서 내려 비를 맞으며 재빨리 현관으로 달려갔다. 그리고 어두워서 초인종을 찾을 수 없었으므로, 잠시 망설이다가 손잡이를 내리눌렀다. 문은 잠겨 있지 않았다. 찬츠는 현관 복도로 들어섰다. 맞은편 반쯤 열린 방문에서 불빛이 한 줄기 새어 나왔다. 그는 방문 쪽으로 다가가 노크를 했다. 그러나 아무 대답이 없어서 문을 활짝 열었다.

그는 넓은 방 안을 들여다보았다. 사방의 벽에는 책들이 꽂혀 있고, 안락의자에는 베르라하가 기대어 잠들어 있었다. 하지만 오버코트를 입고 있는 걸 보면 비일러 호수로 떠날 준비를 하고 있었던 모양이다. 손에는 책이 한 권 들려 있었다. 찬츠는 그의 고요한 숨결 소리를 듣고는 당황했다. 노수사관의 잠든 모습과 수많은 책들이 생소하게 느껴졌다. 그는 조심스럽게 주변을 둘러보았다.

방 안에는 창이 하나도 없었다. 그러나 벽마다 문이 달려 있는데, 각기 옆방으로 통하는 모양이었다. 방 한가운데에는 커다란 책상이 놓여 있었다. 찬츠는 책상을 쳐다보다가 흠칫 놀랐다. 그 위에 커다란 청동빛 뱀이 한 마리 누워 있었기 때문이다.

그때 안락의자에서 차분한 음성이 들려왔다.

"그놈을 콘스탄티노플에서 가져왔지요." 그리고 베르라하는 일어섰다.

"보시다시피 찬츠, 이미 외투를 입었소. 이제 갈 수 있소."

"용서하십시오." 상대방은 여전히 어안이 벙벙해서 말했다. "잠들어 계셔서 제가 도착한 소리를 못 들으셨어요. 현관에서 초인종을 찾을 수가 없었답니다."

"내 집엔 초인종이 없다오. 나한텐 필요 없소. 현관은 한 번도 잠근 적이 없지요."

"외출하실 때도?"

"외출했을 때도. 집으로 돌아와 뭘 도둑맞았는지 살펴보는 일은 항상 스릴이 있지요." 찬츠는 웃으며 콘스탄티노플에서 가져온 뱀을 집어 들었다.

"언젠가 그놈 때문에 거의 죽을 뻔했다오." 수사관은 약간 빈정대는 투로 말했다.

그제야 비로소 찬츠는, 그 동물의 대가리는 손잡이로 써먹을 수 있게 되어 있고 몸뚱이엔 날카로운 칼날 같은 게 달려 있음을 알아차렸다. 끔찍스런 무기에 붙어 번쩍거리는 기묘한 장식품들을 그는 얼이 빠져 바라보았다.

베르라하가 그의 곁에 와서 서더니 "뱀처럼 지혜로울지어다"라고 말하며 한참 동안 생각에 잠겨 찬츠를 뜯어보았다. 그러고는 웃음 지었다. "그리고 비둘기처럼 온순할지어다"라고 말하며 그는 찬츠의 어깨를 가볍게 토닥거렸다. "잠을 잤구려. 며칠 새 처음이라오. 빌어먹을 놈의 위장이라니."

"그렇게 상태가 나쁜가요?" 찬츠가 물었다.

"그렇소, 그렇게 나빠요." 수사관은 냉담하게 대꾸했다.

"그럼 집에 계시지요, 경감님. 날씨가 추운 데다 비까지 내립니다."

베르라하는 다시금 찬츠를 찬찬히 바라보고 웃었다.

"말도 안 되는 소리, 살인자를 찾는 중대사요. 내가 집에 있는 편이 당신 기분에는 맞춤할 수도 있겠지만."

차에 올라앉아 니데그 다리를 건널 때 베르라하가 말했다.

"왜 아아르가우어스탈덴 언덕을 넘어 촐리코펜 마을 쪽으로 나가지 않지요, 찬츠? 시내를 통과하기보단 그렇게 하는 편이 가까울 텐데."

"촐리코펜-비일을 경유해서가 아니고, 케르처스-에르라하를 넘어 트반으로 가려고요."

"그건 흔하지 않는 루트인걸, 찬츠."

"그렇게 별다른 루트도 아니지요, 경감님."

그들은 다시 침묵했다. 시내의 불빛들이 그들을 스치고 미끄러져 지나갔다. 베들레헴 구(區) 쪽으로 가는 중에 찬츠가 물었다.

"슈미트와 함께 차를 타신 적이 있나요?"

"그렇소, 여러 번. 그 친구는 조심스러운 운전자였지요."

그리고 베르라하는 생각에 잠겨 속도계를 바라보았다. 거의 110을 가리키고 있었다.

찬츠는 속도를 약간 늦추었다.

"저도 슈미트와 함께 차를 탄 적이 한 번 있어요. 빌어먹을 정도로 느리게 몰더군요. 그 친구가 자기 차에 별난 이름을 붙였던 게 생각나는군요. 차에 기름을 넣을 때 그 이름을 불렀어요. 혹시 기억하십니까? 저는 잊어버렸어요."

"그 친구, 자기 차를 푸른 카론이라고 불렀지요." 베르라하가 대답했다.

"카론이라면 그리스신화에 나오는 이름 아닙니까?"

"카론은 죽은 자들을 지하계로 실어다 주었다오, 찬츠."

"슈미트는 돈 많은 부모를 둔 덕분에 인문 고등학교를 다녔지요. 우리네 같은 사람은 그럴 수가 없었습니다. 그러니 그 친구는 카론이 누구인지도 알았던 거죠. 우린 그런 거 모릅니다."

베르라하는 두 손을 외투 주머니에 찔러 넣고, 다시 속도계를 쳐다보았다.

"그렇소, 찬츠." 그는 말했다. "슈미트는 교육받은 사람이었소. 그리스어와 라틴어를 할 줄 알았고, 대학 교육을 받은 자로 촉망받는 미래를 앞에 두고 있었지요. 그렇지만 그였다면 100 이상으로 차를 몰지는 않을 거요."

큄메넨 마을을 지난 직후, 자동차는 주유소에서 급정거를 했다. 한 남자가 그들에게 서비스를 하려고 다가왔다. 찬츠가 말했다.

"경찰입니다. 한 가지 알고 싶은 사실이 있습니다."

그들은 자동차 안으로 고개를 숙이고 들이민, 호기심에 찬 약간 놀란 얼굴을 희미하게 볼 수 있었다.

"이틀 전에, 자기 차를 푸른 카론이라고 부르는 한 운전자가 당신 주유소에 멈춘 적이 있습니까?"

남자는 얼떨떨해하며 고개를 가로저었다. 찬츠는 다시 차를 운전했다.

"다음 주유소에서 물어봅시다."

케르처스 마을의 주유소에서도 역시 아는 바가 없다는 말만 들었다. 베르라하는 툴툴거렸다.

"당신이 하는 일은, 소용없는 짓이오." 에르라하 마을에서 마침내 찬츠는 성공을 거뒀다. 그런 사람이 수요일 밤에 왔었노라는 설명이었다.

"보십시오." 랑드론 마을에서 노이엔부르크-비일행(行) 도로로 꺾여지는 곳에서 찬츠가 말을 꺼냈다. "슈미트가 수요일 저녁 케르처스-인스를 경유해서 차를 몰았다는 사실을 이제 확인하게 된 겁니다."

"확실히, 그렇게 생각하시오?" 경감이 물었다.

"지금까지 빈틈없는 증거를 보여드렸잖습니까?"

"그렇군, 증거는 빈틈없소. 그렇지만 당신한테 그게 무슨 소용이오, 찬츠?"

"바로 이런 겁니다. 우리가 아는 모든 것은, 그다음 것을 알도록 도와주지요."

노인은 "역시 당신 말이 옳소"라고 말하며 비일러 호수를 내다보았다. 비는 그쳐 있었다. 뉴버빌 시를 지나자 호수는 안개 가닥 사이로 모습을 드러냈다. 이제 리게르츠 마을로 들어서고 있었다. 찬츠는 천천히 차를 몰며 랑부잉으로 가는 갈림길을 찾았다.

차는 포도원 산지를 오르는 중이었다. 베르라하는 차창을 열고 호수를 내려다보았다. 페터 섬 너머로 별이 몇 개 떠올라 있었다. 수면에는 등불들이 비치고, 호수 위로 모터보트 한 대가 질주했다. 이 계절에 뒤늦게, 라고 베르라하는 생각했다. 그들 앞에는 저 밑으로 트반 마을이, 뒤쪽으로 리게르츠 마을이 가로놓여 있었다.

그들은 커브를 꺾고, 어둠 속에서 앞쪽으로 막연히 느껴지는 숲을 향해 달렸다. 찬츠는 좀 자신이 없는 듯, 아마 이 길은 세르넬츠로 가는 길인지 모르겠다고 말했다. 그러고 나서 한 남자가 마주 오는 것이 보이자 차를 멈추었다.

"이리로 가면 랑부잉인가요?"

"계속 가시다가 숲가의 흰 주택들이 열을 지어 서 있는 곳에 도착하면 우회전해서 숲 속으로 들어가십시오." 가죽 윗도리를 입은 남자가 대답했다.

헤드라이트 빛 속에서 머리통이 까만 남자의 강아지가 하얀 꼬리를 흔들었다. 남자는 강아지를 휘파람으로 불렀다.

"가자, 핑-핑!"

그들은 포도원 기슭을 떠나 숲 속에 들어섰다. 전나무들이 불빛 속의 끝없는 원주처럼 그들에게 마주 다가왔다. 길은 비좁고 험했다. 이따금 나뭇가지가 차창을 철썩 때렸다. 오른편으로는 가파른 내리막이었다. 찬츠가 어찌나 천천히 차를 모는지, 저 아래쪽에서 물 흐르는 소리까지 들려왔다.

"트반바하 계곡입니다." 찬츠가 설명했다. "반대편에 트반 마을로 통하는 길이 나오지요."

왼편으로는 어둠 속에 바위들이 솟아 있어 연방 희끗희끗 빛을 발했다. 그 밖에는 모든 것이 어둠에 묻혀 있었다. 이제 겨우 초승달이 뜬 것이다. 길은 오르막을 벗어났고, 시냇물이 그들 곁에서 졸졸 흘렀다. 왼쪽으로 굽어들어 다리를 하나 건너니 길이 하나 열렸다. 트반에서 랑부잉으로 가는 도로였다. 찬츠는 차를 멈추었다.

그는 헤드라이트를 껐다. 그러자 그들은 완전한 암흑에 묻혀버렸다.

"이제 어쩌려고?"

"이제 기다리는 겁니다. 8시 20분 전이군요."

5

그렇게 기다리면서 8시가 되었는데도 아무 일이 벌어지지 않자 베르라하는 찬츠에게 그의 계획을 들어볼 시간이 되었노라 말했다.

"정확히 계산된 건 하나도 없습니다, 경감님. 슈미트 사건에서 저는 별로 아는게 없습니다. 경감님도 누군가에게 혐의를 품고 있다고는 해도, 실은 아직 암중모색 중이지 않습니까? 저는 오늘 밤, 슈미트가 수요일에 갔던 장소에서 파티가 있을 거라는, 그래서 아마도 몇몇 사람이 그 모임에 가려고 차를 타고 올 거라는 가능성에다 모든 걸 거는 겁니다. 왜냐하면 요즈음에 예복을 입고 참석하는 사교 모임이란 상당히 큰 것일 테니까요. 물론 이건 한낱 추측에 불과합니다, 베르라하 경감님. 그렇지만 우리의 직업에서 추측이란, 무언가를 추적하라는 의미 아니겠습니까?"

"비일, 노이엔슈타트, 트반, 랑부잉의 경찰까지 수사를 벌였지만 테센 산지에서 슈미트의 체재에 관해서는 아무것도 밝혀내지 못했소." 경감은, 부하 경관의 추리에 심히 의심스러워하며 반대 의사를 표명했다.

"필시 슈미트는 비일 시나 노이엔슈타트 시의 경찰보다 훨씬 노련한 살인자에게 희생된 겁니다." 찬츠가 대꾸했다.

베르라하는 퉁명스레 말했다. "당신이 그걸 어떻게 아시오!"

"저는 현재 아무에게도 혐의를 두고 있지 않습니다. 그렇지만 슈미트를 살해한 사람에게는 존경을 느낍니다. 이 자리에 존경이라는 말을 써도 좋다면……."

베르라하는 어깨를 약간 추켜올린 채 꼼짝 않고 귀를 기울였다.

"그런데 당신은, 당신이 존경심을 느낀다는 그 남자를 체포하려고 하는 건가요, 찬츠?"

"그러길 바랍니다, 경감님."

그들은 다시 입을 다물고 기다렸다. 그때 트반 쪽에서 숲이 환하게 밝아졌다. 자동차 헤드라이트가 그들을 눈부신 광선 속에 몰아넣는가 싶더니 리무진 한 대가 그들을 지나 랑부잉 방향으로 달리며 어둠 속으로 사라졌다.

찬츠는 시동을 걸었다. 자동차가 같은 방향에서 두 대 더 나타났다. 사람들을 가득 실은 크고 어두운 빛깔의 자동차들이었다. 찬츠는 그 차들을 뒤따랐다.

숲이 끝났다. 그들은 어떤 레스토랑을 지나쳤다. 열린 문에서 새어 나오는 불빛에 레스토랑 간판이 보였다. 또 농가들을 지나쳤다. 그러는 동안 그들 앞쪽으로는 맨 뒤에 달리는 차의 후미등이 빛나고 있었다.

그들은 테센 산지의 넓은 고원에 이르렀다. 하늘은 맑게 개어 있었다. 기울어가는 직녀성과 떠오르는 카펠라좌의 일등성, 황소좌의 일등성, 그리고 목성의 타오르는 빛이 하늘에서 현란하게 반짝였다.

길은 북쪽을 향하고 있었다. 그들의 시야에 세스랄 산맥과 뾰족한 산정의 어두운 실루엣이 선명하게 드러났다. 또 그 산기슭에서 더러 등불이 깜빡이는 것이 보였다. 랑부잉, 디세, 노즈 마을이었다.

그때 그들 앞을 달리던 자동차들이 왼쪽 들길로 굽어들었다. 찬츠는 차를 멈추고 밖을 내다보려고 차창을 내렸다. 바깥 들판에 포플러로 휩싸인 집이 한 채 희미하게 보였다. 불을 밝힌 현관 앞에 차들이 멈춰 서는 것도 보였다. 두런두런하는 소리가 들려오더니, 모든 것이 집 안으로 빨려 들어가고 다시 조용해졌다. 현관 위 외등도 꺼졌다.

"더 올 사람들이 없는 모양입니다." 찬츠가 말했다.

베르라하는 차에서 내려 차가운 밤공기를 들이마셨다. 기분이 한결 좋아졌다. 그는 찬츠가 오른쪽 길가를 빠져나가 반쯤 풀밭에 걸친 채 차를 모는 모습을 바라보았다. 랑부잉으로 가는 길은 그토록 비좁았다. 이제 찬츠도 차에서 내려 그가 있는 곳으로 왔으므로 그들은 들길을 따라 들판 한가운데 있는 그 집 쪽으로 걸었다. 땅바닥은 질척거렸고 웅덩이들에는 물이 고여 있었다. 이곳에도 비가 내린 것이다.

이어서 나지막한 집 울타리에 이르렀다. 그러나 잠긴 대문이 길을 가로막았다. 대문의 녹슨 철봉들은 울타리보다 훨씬 높았다. 그들은 울타리 너머로 집 안을 바라보았다.

정원은 황량했다. 포플러 사이로 리무진들만 거대한 짐승처럼 버티고 있었고 불빛이라고는 한 가닥도 찾아볼 수 없었다. 모든 것이 괴괴한 느낌을 주었다.

어둠 속에서도 그들은 가까스로 격자문 한가운데 걸린 문패를 알아보았다. 어느 한쪽인가에 못이 빠졌는지 문패는 삐딱한 모양으로 걸려 있었다. 찬츠는 자동차에서 들고 온 손전등을 비추었다. 문패에는 대문자 G가 찍혀 있었다.

그들은 다시금 어둠에 묻힌 채로 서 있었다. 찬츠가 말했다.

"보십시오. 제 추측이 맞았습니다. 허공에다 쏘았는데 과녁을 맞힌 겁니다."

그러고 나서 만족스럽게 청했다.

"이제 제게도 시가 한 대 주십시오, 경감님. 그럴 만한 자격이 있지 않습니까."

베르라하는 그에게 시가를 건네주며 말했다. "이제부터 우린 G가 무슨 뜻인지를 알아야겠소."

"그건 문제가 안 됩니다. 가스트만입니다."

"어째서?"

"전화번호부를 뒤져보았지요. 랑부엥에는 단 두 명의 G밖에 없어요."

베르라하는 아연실색해서 웃었다. 그러나 곧 "이것이 다른 G일 수도 있지 않을까?"라고 말했다.

"아닙니다. 그건 국립헌병대(지방 주재)입니다. 아니면 경감님께선 헌병이 이 살인하고 상관 있다고 생각하십니까?"

"무슨 일이든 가능하지요, 찬츠." 노수사관은 대답했다.

그러고 나서 찬츠는 성냥불을 켰으나 포플러들을 미친 듯이 흔들어대는 세찬 바람 속에서, 시가에 불을 붙이느라 한참 동안 애써야 했다.

6

"알 수가 없군요." 베르라하는 이상하다는 듯이 말했다. "어째서 랑부잉, 디세, 리니에르의 경찰은 이 가스트만이라는 자한테 손을 뻗지 못했을까요. 이 사람 집은 랑부잉에서는 쉽게 내려다볼 수 있는 허허벌판에 있으니, 여기서 벌어지는 사교 모임은 어떤 식으로든 감출 수가 없었을 텐데. 아니, 특히 유라 산맥의 이런 작은 마을에서는 오히려 눈에 띌 텐데 말이오."

찬츠는 자신도 아직 그 점에 관해서는 잘 모르겠노라 대답했다.

이어서 그들은 집 주변을 돌아보기로 결정하고 각기 다른 쪽으로 흩어졌다.

찬츠가 어둠 속으로 사라지자 베르라하는 혼자가 되었다. 그는 오른쪽으로 걸어갔고 몰려오는 추위에 외투 깃을 세웠다. 다시 위장에 무거운 압박감이, 격렬한 통증이 느껴졌다. 이마에서는 식은땀이 흘렀다. 그는 울타리를 따라 걷다가, 울타리 방향대로 오른쪽으로 굽어들었다. 집은 여전히 완전한 암흑에 묻혀 있었다.

그는 다시 멈춰 서서 울타리에 기댔다. 숲 가장자리에서 랑부잉 마을의 불빛이 보였다. 이어서 그는 다시 걸음을 뗐다. 울타리는 방향을 바꾸어 이번에는 서쪽으로 이어졌다. 건물 후면에는 불을 밝혀놓았고 이층 창문에서도 환한 불빛이 새어 나오고 있었다. 그랜드피아노 소리가 들려왔다. 자세히 귀를 기울여 들어보니, 누군가 바흐를 연주하는 것이 틀림없었다.

그는 계속 걸었다. 어림대로라면 이쯤에서 찬츠와 부딪치게 되어 있었다. 그는 신경을 한곳에 모으고 불빛이 넘실대는 들판을 바라보았다. 그러나 너무 늦게 깨달은 사실은, 불과 몇 발자국 앞에 짐승이 한 마리 버티고 있다는 사실이었다.

베르라하는 동물에 대한 식견이 풍부했지만 이토록 어마어마한 놈은 이제껏 본 적이 없었다. 비록 몸체를 세세히 구별할 수도 없었고, 조금 환한 지면을 배경으로 돋보이는 실루엣을 알아보는 게 고작이었지만 이놈은 실로 공포를 불러일으키는 짐승의 종자였다. 그래서 꼼짝도 못 하고 있는데 그놈의 짐승이 서서히, 아마도 우연히, 고개를 돌려 자신을 응시하는 게 아닌가. 그놈의 부리부리한 눈은 두 개의 환한, 하지만 텅 빈 평면이라도 되는 양 그에게 시선을 박고 있었다.

예상치 못한 조우, 어마어마한 힘을 지닌 짐승의 존재와 그 기묘한 생김새는 넋이 나가게 했다. 그렇다고 냉철한 이성이 그를 영 떠난 것은 아니었지만, 지금 그는 행동의 필연성을 망각하고 있었다. 겁에 질린 것도 아니면서 그는 사로잡힌 상태로 짐승을 응시했다. 그렇게 악의 존재는 일찍부터 끊임없이 그를 사로잡아왔다. 이 엄청난 수수께끼를 푸는 것, 이 일이 끊임없이 그를 새로이 유혹했던 것이다.

그래서 지금 이 개(그를 향해 돌진해 온 것은 하나의 거대한 그림자, 사슬에서 풀려난 힘과 살의의 괴물이었다)가 느닷없이 덤벼들었을 때도, 그리하여 정신없이 미쳐 날뛰는 그 짐승의 무게에 짓눌려 쓰러지게 되었을 때도, 그는 겨우 왼쪽 팔뚝으로 짐승의 목구멍을 막아 방어하는 시늉을 할 수 있었을 뿐이다. 노인은 외마디 소리도, 공포의 비명도 지르지 않았다. 그만큼 그 모든 일을 그는 당연한 것으로, 이 세상 법칙에 속한 것으로 여겼다.

그러나 짐승이 이미 아가리에 잡힌 노인의 팔뚝을 으스러뜨리기 직전, '씽' 하는 총성이 들렸다. 노인을 짓누르던 짐승의 몸뚱어리가 급격히 경련을 일으켰다. 그리고 그의 손 위로 뜨끈한 피가 뿜어져 닿았다. 개는 죽었다.

이제 죽은 짐승이 무겁게 그의 위에 얹혀 있었다. 베르라하는 짐승을, 땀투성이로 미끈거리는 짐승 털을 손으로 더듬었다. 그러고는 가까스로 몸을 일으켜 부들부들 떨면서, 듬성듬성 나 있는 잔디에 손을 문질러서 닦았다. 찬츠가 다가오면서 외투 주머니에 다시 권총을 찔러 넣었다.

"다친 데는 없습니까, 경감님?" 그는 경감의 찢어진 왼쪽 옷소매를 미심쩍게 바라보며 물었다.

"전혀 없소. 그놈의 짐승이 물어뜯지를 못했거든."

찬츠는 몸을 굽히고 짐승의 머리통을 불빛 쪽으로 돌렸다. 불빛이 죽은 짐승의 눈에서 반사되었다.

"맹수 같은 이빨이군요." 그는 부르르 몸을 떨었다. "이놈이 경감님을 갈기갈기 찢을 뻔했어요."

"당신이 내 목숨을 구해주었구려, 찬츠."

찬츠는 한마디 더 물었다.

"경감님은 무기를 통 소지하지 않으십니까?"

베르라하는 미동도 하지 않는 자기 앞의 덩치를 발로 건드리며 대답했다.

"아주 가끔만, 찬츠." 그러고는 그들은 입을 다물었다.

죽은 개는 황량하고 더러운 땅에 나자빠져 있고, 그들은 그것을 내려다보았다. 그들의 발치에 커다랗고도 시커먼 평면이 번져갔다. 시커먼 용암류처럼 짐승의 목구멍에서 뿜어져 나온 피바다였다.

그들이 다시 위로 시선을 돌렸을 때는 풍경이 뒤바뀌어 있었다. 음악은 그쳤고, 환한 창문들은 활짝 열린 채였다. 그리고 예복 차림 신사들이 창밖으로 몸을 빼고 있었다. 베르라하와 찬츠는 서로 얼굴을 마주 보았다. 이를테면 무슨 법정에라도 선 듯한 지금의 상태가 그들로서는 실로 곤혹스러웠기 때문이다. 그것도 이 황량한 유라 산맥 한가운데서, 토끼와 여우가 밤인사라도 나눌 법한 이런 지역에서, 라고 경감은 끓어오르는 분노를 억누르며 생각했다.

다섯 개 창 중에서 가운데 창에는, 나머지 사람들과 뚝 떨어져서 단 한 명의 남자만 서 있었다. 그는 묘하고도 낭랑한 목소리로 거기서 무슨 일을 벌이느냐고 소리쳤다.

"경찰이오." 베르라하는 냉정하게 대답하고는, 가스트만 씨를 꼭 만나야겠다고 덧붙였다.

남자는 대꾸했다. "가스트만 씨를 만나려고 개 한 마리를 죽이다니, 놀라운 일이로군요. 그건 그렇다 치고, 지금 마침 바흐를 듣던 중이라 나는 이 감상 기회를 별로 놓치고 싶지 않소."

그는 전혀 격분한 기색을 드러내지 않았다. 오히려 아예 개의치 않는다는 투로 얘기를 했다. 그러고는 마찬가지로 서두르는 기색 없이 안정된 몸짓으로 다시 창문을 닫았다.

다른 창문 쪽에서는 두런거리는 소리가 들려왔다. "언어도단이오" "어떻게 보십니까, 사장님?" "불쾌한 일이야" "믿을 수 없는 노릇이지요, 이런 경찰이라니, 참의원 의장님" 따위 외침이 그들 귀에 들려왔다. 이어서 사람들이 안으로 사라지고, 창문도 차례로 닫혔다. 그러고는 다시 조용해졌다.

이제 두 경찰관은 되돌아가는 것밖에 뾰족한 수가 없었다. 정원 울타리 앞쪽으로 나오니 입구에서 그들을 기다리는 사람이 있었다. 사람의 형체 하나가 그곳에서 흥분하여 서성대고 있었다.

"빨리 손전등을 켜시오." 베르라하는 찬츠에게 소곤거렸다.

그러자 손전등의 눈부신 광선 안에 뚱뚱하게 부푼 얼굴 하나가, 제법 걸출한 구석은 있지만 그래도 편협한 인상의 얼굴이 멋진 예복 위로 드러났다. 그의 한쪽 손에서는 묵직한 반지가 번득였다. 베르라하가 나직하게 한마디 하자 불빛은 다시 꺼졌다.

"빌어먹을, 당신은 누구요, 음?" 뚱뚱보가 으르렁댔다.

"베르라하 경감입니다. 당신이 가스트만 씨입니까?"

"스위스 입법의회 의원 폰 슈벤디요, 에에, 육군 대령 폰 슈벤디요. 이런 빌어먹을, 당신들은 무슨 생각으로 여기서 총질을 하는 거요?"

"우리는 어떤 수사를 진행 중인데, 가스트만 씨를 만나야겠습니다, 입법의회 의원님." 베르라하는 차분히 대답했다.

그러나 그 말이 입법의회 의원을 진정시키진 못했다. 오히려 그는 벽력같이 고함을 쳤다.

"분리주의자〔일정 구역을 기존 국가 영역에서 분리하여 독립시키고자 하는 주의 주장을 가진 사람〕들인가?"

베르라하는 그를 다른 호칭으로 부르기로 작정하고 조심스럽게 말했다.

"대령님께서는 잘못 알고 계시군요. 저는 법률문제하고는 아무 상관이 없습니다."

그러나 베르라하가 뭐라고 미처 말을 잇기도 전에, 대령은 입법의회 의원으로 불렸을 때보다 더 사나워졌다.

"그럼 공산주의자로군." 그는 단언했다. "이런 염병할! 육군 대령으로서 나는, 음악이 연주되는 마당에다 총질을 하는 짓을 결단코 용서할 수 없소. 서구 문화에 맞서는 어떤 시위도 난 반대요. 안 그러면 스위스 육군이 나서서 질서를 잡을 것이오."

입법의회 의원의 방향이 눈에 띄게 어긋나 있었으므로, 베르라하는 사태의 갈피를 바로잡지 않을 수 없었다.

"찬츠, 지금 의원님께서 하시는 말씀은 조서에 들어가는 게 아니오."

입법의회 의원은 졸지에 냉정해졌다.

"무슨 조서 말이오, 음?"

"베른 시경의 사법경찰 경감으로서 저는" 하고 베르라하는 해명했다. "슈미트 경위 살해 사건에 대한 수사를 수행하고 있습니다. 본래 특정한 질문에 대한 여러 인물의 대답 전부를 조서로 작성하는 것이 제 의무입니다만……." 한순간 그는 어떤 호칭을 골라 써야 할지 망설이다가 말을 이었다. "대령님께서는 분명 상황을 잘못 판단하고 계시기 때문에, 의원님의 대답을 조서로 꾸미지는 않겠습니다."

육군 대령은 당황스러워하며 말했다.

"당신네들이 경찰에서 왔다고? 그럼 문제가 좀 다르지요."

"용서하시오." 잠시 후 그는 말을 이었다. "오늘 점심때 나는 터키

대사관에서 식사를 했지요. 오후에는 '세칭 스위스 검(劍)의 전당'인 대령 협회에서 회장으로 선출되었고, 이어서 헬베터(스위스인) 단골 식탁에서 '명예로운 야회 술잔'을 들어야 했지요. 게다가, 오전에는 내가 속한 당 분과 특별 회의에 참석했고 지금은 어쨌든 세계적으로 저명한 피아니스트가 자리한 가스트만 씨 집 파티에 와 있어요. 죽도록 피곤한 상태라오."

"가스트만 씨를 만날 수는 없습니까?" 베르라하는 다시 한 번 물었다.

"대체 그 사람한테 무슨 볼일이 있소?" 폰 슈벤디는 대꾸했다. "그 사람이 살해당한 경위하고 무슨 상관이 있단 말이오?"

"슈미트 씨는 지난 수요일 그의 초대 손님으로 왔고, 돌아가는 길에 트반 마을에서 살해되었습니다."

"골치 아픈 일이 생겼군요." 의원은 말했다. "가스트만은 그렇게 온갖 사람을 초대하지요. 그래서 이런 불상사도 일어나는 거고요."

그러고 나서 그는 입을 다물었는데 생각에 잠긴 듯했다.

"나는 가스트만의 변호사라오." 그는 한참 만에 말을 이었다. "그런데 대체 당신들은 왜 하필 오늘 밤에 온 거요? 최소한 전화라도 할 수 있었을 거 아니오."

베르라하는, 자신들은 가스트만이라는 실체도 바로 조금 전에 알아낸 거라고 설명했다.

육군 대령은 아직도 납득하는 기색이 아니었다.

"그럼 개는 어떻게 된 거요?"

"그놈이 날 덮치는 바람에 찬츠가 사살한 겁니다."

"그건 그렇다 칩시다." 폰 슈벤디는 제법 친절하게 말했다. "정말이지 지금은 가스트만을 만날 수 없어요. 아무리 경찰이라 해도 사교상 관습은 고려해주셔야지요. 오늘 중으로 가스트만과 얘기를 해보고 내일 당신 사무실로 가리다. 혹시 슈미트의 사진을 갖고 있소?"

베르라하는 지갑에서 사진을 한 장 꺼내 그에게 주었다.

"고맙소." 입법의회 의원은 말했다.

그러고는 고개를 숙여 보이고 집 안으로 들어가버렸다.

이제 베르라하와 찬츠는 다시금 단둘이 정원 문의 녹슨 철봉들 앞에 서 있게 되었다. 집 풍경은 아까와 다름이 없었다. 베르라하가 말했다.

"입법의회 의원에 맞설 수는 없지요. 게다가 육군 대령에다 변호사 노릇까지 하신다니, 세 놈의 악마를 한꺼번에 한 몸뚱어리에 집어넣고 있는걸. 이런 판국이면 살인 사건을 두고도 속수무책일 수밖에 없단 말이오."

찬츠는 입을 다물고 골똘히 무언가 생각하는 듯 보였다. 마침내 그가 입을 뗐다.

"9시입니다, 경감님. 제 생각에는 랑부잉 경관한테 가서 그 사람하고 가스트만이라는 자에 대해 얘기를 해보는 게 상책일 것 같군요."

"좋습니다. 그렇게 하시오. 랑부잉에서는 슈미트가 가스트만을 방문한 사실에 대해 아무것도 모르는 이유가 뭔지 밝혀내도록 하시오. 나는 계곡 어귀에 있는 작은 레스토랑으로 가겠소. 위장에 뭘 집어넣어 줘야 할 것 같군요. 거기서 당신을 기다리리다."

그들은 들길을 걸어 자동차가 있는 곳에 되돌아왔다. 차를 타고 떠난 찬츠는 몇 분 뒤 랑부잉에 이르렀다.

그는 현지 경찰관을 술집에서 찾아냈다. 랑부잉 경관은 트반에서 온 클레닌과 같은 테이블에 앉아 있었는데, 분명 무언가를 상의하는 듯 농부들과 뚝 떨어져 자리 잡고 있었다. 랑부잉 경관은 키가 작고 뚱뚱하며 머리칼이 붉은 사내였다. 이름은 장 피에르 샤르넬.

찬츠는 그들의 테이블에 앉았다. 처음에 두 사람이 베른에서 온 동료에게 보이던 불신은 곧 사라졌다. 단지 샤르넬은 지금부터 프랑스어 대신 독일어를, 즉 자신으로서는 아무래도 편안치 못한 언어로 얘기를 해야 하는 것이 내키지 않을 뿐이었다. 그들은 백포도주를 마셨고, 찬츠는 빵과 치즈를 곁들여 먹었다. 하지만 그는 자신이 지금 막 가스트만의 집에서 오는 길이라는 사실은 숨기고, 오히려 아직도 아무 단서를 잡지 못했느냐고 물었다. 샤르넬은 말했다.

"없어요. 암살자에 관한 어떤 단서도, (프랑스어로) 거의 아무것도 찾아내지 못했습니다."

그는 단지 근처에 사는 한 남자가 용의선상에 오르고 있을 뿐이라고 말을 이었다.

"파랑새 저택에 사는 가스트만이라는 사람인데, 그가 그 집을 샀지요. 그 사람 집에는 늘 많은 손님들이 오는데, 지난 수요일에도 큰 파티를 열었답니다. 그렇지만 슈미트는 그곳에 가지 않았어요. 가스트만은 아무것도 모르더군요. 슈미트라는 이름도 몰랐어요. 슈미트는 가스트만의 집에 간 적이 없습니다. 있을 수 없는 일이죠. (프랑스어로) 전혀 불가능해요."

찬츠는 횡설수설하는 독일어에 귀를 기울이면서 그날 가스트만의 집에 갔던 다른 사람한테 문의해봐야 하지 않겠느냐고 대꾸했다.

"그렇게 했습니다." 이번에는 클레닌이 끼어들며 말했다. "리게르 츠 너머 세르넬츠 마을에 가스트만을 잘 아는 작가가 한 사람 삽니다. 그 사람은 자주 가스트만의 집에 갔고, 수요일에도 참석했답니다. 그 사람도 슈미트를 전혀 모르더군요. 이름도 들어본 적이 없다는군요. 더구나 일개 경관이 가스트만의 집에 왔으리라고는 아예 믿지도 않아요."

"음, 작가라고요?" 찬츠는 이맛살을 찌푸리며 대꾸했다. "언젠가는 그런 유형을 혼내줄 작정입니다. 작가들이란 항상 애매한 족속이죠. 하지만 지나치게 잘난 그 교양족을 내가 꼭 손보고 말 겁니다."

"대체 가스트만이라는 자는 뭘 하는 인물인가요, 샤르넬?" 찬츠는 질문을 계속했다.

"(프랑스어로) 무척 돈 많은 신사랍니다." 랑부잉의 경관은 신이 나서 대답했다. "엄청난 부자인 데다 또 (프랑스어로) 아주 품위 있는 인물이죠. 그 사람은 내 피앙세에게 팁을 주면서도(그때 그는 자랑스럽게 그곳 여급을 가리켰다) (프랑스어로) 마치 제왕 같은 태도였지요. 그러면서도 그녀와 무슨 일을 벌일 꿍꿍이는 전혀 없어요. (프랑스어로) 전혀."

"대체 그 사람은 직업이 뭔가요?"

"철학자지요."

"그게 무슨 뜻입니까, 샤르넬?"

"생각은 많이 하고 일은 아무것도 하지 않는 사람."

"그러면서 돈을 번다고요?"

샤르넬은 고개를 가로저었다.

"그 사람은 돈을 버는 게 아니라 돈을 갖고 있지요. 그는 랑부잉 마을 전체를 위해 세금을 낸답니다. 우리가 보기엔 그것만으로도 가스트만이 베른 주에서 가장 인기 있는 인물이 되기에 충분합니다."

"그렇긴 해도, 우리로서는 가스트만이라는 인물을 더 철저히 조사할 필요가 있을 겁니다." 찬츠는 단언했다. "내일 내가 그 사람을 찾아보겠습니다."

"그럼 그 집의 개를 조심하십시오." 샤르넬은 경고했다. "(프랑스어로) 그 개는 아주 위험하거든요."

찬츠는 일어서며 랑부잉 마을 경관의 어깨를 두드렸다.

"오, 그놈이라면 내 마음대로 할 수 있을 겁니다."

7

찬츠가 클레닌, 샤르넬과 작별하고 베르라하가 기다리는 계곡 어귀 레스토랑으로 향한 시각은 10시였다. 그러나 그는 가스트만의 집 쪽으로 들길이 갈라지는 지점에서 다시 한 번 차를 멈추었다. 그리고 차에서 내려 천천히 정원 문 쪽으로 다가갔다가 다시금 울타리를 끼고 돌았다. 집은 아까와 다름없이 어둡고 황량하게 바람에 휘청거리는 우람한 포플러들로 휩싸여 있었다. 마당에 세워둔 리무진들도 여전했다. 찬츠는 집을 아주 빙 돌아가지는 않고, 불을 밝힌 후면이 보이는 모퉁이에 이르자 멈춰 섰다. 이따금 노란 창유리로 사람들의 실루엣이 선명히 비쳤다.

찬츠는 들키지 않으려고 울타리에 몸을 찰싹 붙였다. 그리고 들판 쪽으로 시선을 주었다. 그러나 누군가 벌써 치워버린 듯 황량한 땅바닥에는 개의 시체가 보이지 않았고, 다만 피웅덩이만이 창문 불빛을 받아 시커멓게 번득였다. 찬츠는 차 있는 곳으로 되돌아왔다.

그러나 계곡 어귀의 레스토랑에서는 베르라하가 기다리고 있지 않았다. 그는 위스키를 한 잔 마신 뒤에, 트반으로 가겠다며 벌써 반 시간 전에 그곳을 나갔노라고 여주인이 설명했다. 음식점 안에서는 채 5분도 지체하지 않았다고 했다.

'그 영감 대체 무슨 꿍꿍이속이람.' 찬츠는 생각을 가다듬어보았다. 그러나 그런 생각에 오래 매달릴 계제도 못 되었다. 비좁은 길을 달리려니 주의력이 요구되었다. 그는 아까 그들이 같이 기다렸던 다리를 지나 숲길로 내리닫았다.

그때 그는 이상하고도 으스스한, 아무래도 꺼림칙한 기분이 드는 걸 체험했다. 속력을 내어 무턱대고 달리다가, 그는 갑자기 저 아래 호수가 하얀 바위들 틈에서 어두운 거울처럼 빛나는 광경을 보았다. 그렇게 그는 사고 현장에 이르러 있었다. 그때 한 시커먼 형체가 암벽에서 떨어져 나와 분명 차를 정지시키려는 듯한 손짓을 했다.

찬츠는 부지중에 차를 멈추고 오른편 차 문을 열었다. 그러고는 다음 순간 곧 후회를 했다. 자신이 지금 겪고 있는 것과 똑같은 경우를 슈미트 역시 총을 맞기 몇 초 전에 당했으리라는 깨달음이 후딱 스쳐 지나갔기 때문이다.

그는 외투 주머니에 손을 넣고 권총을 움켜잡았다. 권총의 차가운

감촉이 그를 안심시켰다. 형체는 점점 다가왔다. 그때 그는, 그것이 베르라하라는 것을 알아차렸다. 그러나 긴장감은 사라지지 않고 오히려, 뭐라고 근거를 설명할 수 없는 내면의 공포에 사로잡혀 새하얗게 질렸다.

베르라하가 몸을 굽혔다. 그리고 그들은 서로의 얼굴을 마주 보았다. 몇 시간이나 되는 듯 느껴졌지만 실상 단 몇 초 동안. 아무도 입을 떼지 않았다. 마주 보는 그들의 눈은 마치 화석 같았다. 이윽고 베르라하가 그의 곁에 앉았고, 그는 숨겨진 무기에서 손을 뗐다.

"계속 달리게, 찬츠." 베르라하가 말했다. 그 목소리는 아무렇지도 않은 듯이 울려 퍼졌다.

그러나 상대방은, 노수사관이 지금 자신에게 반말을 하는 소리를 듣고 몸을 움츠렸다. 그때부터 수사관은 계속 반말을 썼다.

비일 시를 지나고 나서야 베르라하는 침묵을 깨고, 랑부잉에서 무엇을 알아냈느냐고 찬츠에게 물었다.

"우리는 그 구석진 마을을 아마 끝내 프랑스어로 불러야겠지."

샤르넬도, 클레닌도, 살해당한 슈미트가 가스트만 집을 방문했을 리 만무하다고 여기더라는 보고에 대해 그는 아무 말도 하지 않았다. 다만 클레닌이 언급한 세르넬츠 마을 작가의 얘기에 자신이 그 작가를 직접 만나보겠노라는 말을 덧붙일 뿐이었다.

찬츠는 마침내 다시 말문이 터지게 된 것에 안도감을 느끼면서, 그리고 또 자신의 별스러운 흥분 상태를 내몰아버리고 싶기도 했으므로 보통 때보다 더 열띠게 정보를 전했다. 그러나 쉬펜 마을 못 미쳐

서 벌써 둘 다 다시 입을 다물었다.

11시 조금 지나서 차는 알텐베르크 가의 베르라하 집에 멈추었고, 수사관은 차에서 내렸다.

"다시 한번 정말 고맙다는 말을 하고 싶네, 찬츠." 그는 악수를 청했다. "이 말을 하기는 아무래도 쑥스럽네만, 어쨌든 자네는 내 생명을 구해줬네."

그는 한참 그 자리에 선 채, 쏜살같이 떠나는 차의 멀어져가는 후미등을 바라보았다.

"이젠 저 친구, 성미대로 몰 수 있겠지."

그는 잠기지 않은 자신의 집으로 들어섰다. 책이 들어찬 거실을 가로질러 방으로 들어간 그는 외투 주머니에 손을 넣어 권총을 하나 꺼내고는 조심스레 책상 위 뱀 옆에 놓았다. 크고 묵직한 권총이었다.

이어서 그는 느릿느릿 오버코트를 벗었다. 그런데 외투를 벗고 난 그의 왼쪽 팔뚝에는 개들에게 무는 훈련을 할 때 흔히 하듯 수건이 여러 겹 두텁게 동여매어져 있었다.

8

다음 날 아침 노수사관은, 스스로 루츠와의 마찰이라고 부르는 얼마간의 불쾌한 일들을 예견했다. 경험에서 오는 예상이었다.

"토요일이란 뻔히 알 만한 날이지." 그는 알텐베르크 다리를 건너면서 혼잣말을 했다. "관리들이란 토요일이면, 한 주일 동안 뾰족한 일을 아무것도 해놓지 못했다는 양심의 가책 때문에라도 적의를 드러내거든."

슈미트의 장례식이 10시로 정해졌으므로 그는 까만 정장을 입고 있었다. 장례식은 피할 도리가 없었다. 실은 그 점이 그를 짜증 나게 하는 요인이기도 했다.

폰 슈벤디는 과연 8시 직후에 들르긴 했지만, 베르라하가 아닌 루츠한테였다. 루츠는 막 찬츠에게 지난밤에 벌어진 사건을 보고받고 난 참이었다.

폰 슈벤디는 루츠와 같은 당 소속이었다. 즉 보수자유사회주의 독립협회당에 들어 있으면서 루츠를 열심히 도와주었고, 어느 긴밀한 수뇌부 회의에 이어 같이 식사를 한 후, 비록 루츠가 참의회 의원으로 선출되지 못했으나 그와 말을 놓는 사이가 되었다. 폰 슈벤디의 설명에 따르면 베른에서는 루치우스라는 이름을 가진 사람이 국민의 대표가 되는 건 절대 불가능하다는 얘기였다.

"정말로 가지가지더군." 그 뚱뚱한 몸집을 문 안에 채 들여놓기도 전에 그는 입부터 열었다. "베른 시경의 자네 부하들이 벌이는 일 말일세, 루츠. 나의 고객인 가스트만 씨의 개를 쏘아 쓰러뜨리질 않나, 남미의 희귀종을 말일세. 또 문화를 엉클어뜨리질 않나, 세계적인 피아니스트 아나톨 크라우스하르-라파엘리의 연주를 말일세. 가스트만이라는 스위스인은 교육도 받은 적이 없고, 세상에 자기를 드러내 놓지 않는, 유럽적 사고(思考)의 흔적이라곤 찾아볼 수 없는 인물이라네. 3년 동안의 신병 교육이 그의 유일한 처세 수단일세."

루츠는 폰 슈벤디에게 앉으라고 권했다. 그는 이 당 동료의 출현이 곤혹스럽고, 그의 끝없는 장광설에 겁이 났다.

"우린 극히 어려운 사건 수사에 얽혀들어 있네." 그는 의기소침한 투로 말했다. "자네도 실정을 알지 않나. 수사를 주로 맡은 젊은 경관으로 말할 것 같으면, 스위스의 기준으로 봐서는 아주 유능한 인재라 할 수 있네. 그런데 나도 인정하네만, 같이 거기 갔던 늙은 경감은 시대에 뒤진 퇴물이지. 그토록 희귀한 남미종 개가 죽다니 나로서도 유감일세. 하긴 나도 개를 기르는 동물 애호가거든. 특별히 엄중하게 수사하도록 손을 써보겠네. 이곳 사람들은 수사 면에서 보면 아주 맹탕이라네. 시카고를 생각해보면, 우리 형편이 실로 암담할 지경이라네."

폰 슈벤디가 말을 않고 꼼짝없이 자신을 뚫어져라 바라보는 바람에 그는 흠칫 놀라 잠시 말을 중단했다. 그러고는 이번에는 벌써 약간 풀이 죽은 투로 말을 이었다.

"살해당한 슈미트가 수요일에, 자네 변호 의뢰인이라는 가스트만의 집에 손님으로 갔는지 알고 싶네. 경찰 측에서는 어떤 근거에서든 그렇게 추정하네만……."

"여보게, 루츠." 육군 대령은 대답했다. "우리 서로에게 잔꾀로 속임수를 쓰진 말도록 하세. 그 점은 자네들 경찰에서 속속들이 잘 알고 있는 사실 아닌가. 어쨌든 나는 내 친구들을 알고 있네."

"무슨 뜻입니까, 의원님?" 루츠는 부지중에 경어를 쓰면서 당황스레 물었다. 실상 지금껏 서로 말을 놓고 얘기하면서도 그는 늘 편치가 못했다.

폰 슈벤디는 등을 뒤로 기대고 두 손을 앞으로 모아 쥐고는 이를

드러낸 채 앉아 있었다. 그것은 애당초 육군 대령의 포즈도, 입법의
회 의원의 포즈도 아니었다.

"박사." 그는 입을 뗐다. "자네들이 왜 내 착실한 가스트만을 슈미
트로 하여금 추적하게 했는지, 이젠 정말로 솔직하게 진상을 듣고 싶
네. 이를테면 그곳 유라 지역에서 벌어지는 일은 아무래도 경찰하고
는 상관없는 일일 텐데 말일세. 우리네한텐 비밀경찰 따위는 없어진
지 오래지 않은가."

루츠는 얼떨떨한 표정을 지었다.

"무엇 때문에 우리가 슈미트를 시켜, 우리로선 전혀 알지도 못하
는 자네 의뢰인을 추적했단 말인가?" 그는 어쩔 줄 몰라 하며 물었
다. "그리고 어째서 살인 사건이 우리와 무관하단 말인가?"

"만약 자네들이, 슈미트가 뮌헨대학에서 미국문화사를 가르치는
무급(無給) 대학강사를 사칭, 프란틀 박사라는 가명으로 가스트만이
랑부잉의 자택에서 여는 사교 모임에 참여했다는 사실을 꿈에도 모
르고 있다면, 온 경찰이 수사상 무능에 책임을 지고 반드시 사직해야
할 걸세." 폰 슈벤디는 흥분해서 주장하더니 오른쪽 손가락으로 루
츠의 책상을 두들겨댔다.

"그건 금시초문일세, 오스카." 루츠는 순간, 한참 동안 생각이 나지
않아 머리로 더듬던 의원의 이름이 떠오른 것에 안도감을 느끼며 말
했다. "방금 들은 소리는 내겐 엄청난 뉴스일세."

"아하." 폰 슈벤디는 냉담하게 말한 후 입을 다물었다.

그러나 루츠는 자신의 무력한 위치를 점점 더 절감했고 자신으로
서는 결국 육군 대령이 요구하는 모든 것을 차츰 양보할 수밖에 없

으리란 점을 예감했다. 그는 속절없이 트라플렛의 그림을, 행군하는 병정들과 펄럭이는 스위스 깃발들을, 말을 타고 있는 장군을 바라보았다. 입법의회 의원은 예심판사의 당황한 기색을 다분히 의기양양하게 눈치채고는, 마침내 조금 전의 "아하"라는 말을 부연 설명했다.

"그러니까 경찰에서는 엄청난 뉴스를 알아냈군. 따라서 경찰은 아무것도 모른다는 얘기일세."

폰 슈벤디의 사정없이 몰아붙이는 태도가 자신의 처지를 참을 수 없게 만드는, 실로 불쾌하기 짝이 없는 일이긴 했지만, 예심판사는 어쨌든 그 점을 인정하지 않을 수 없었다.

"슈미트는 직무상 가스트만의 집에 갔던 것도 아니고, 경찰에서는 그의 랑부잉 방문에 대해 전혀 아는 바가 없네. 슈미트는 순전히 개인적으로 그 일을 기도한 걸세" 하고 루츠는 곤혹스런 해명을 끌어냈다. "물론 그가 왜 가명을 썼는지는, 나로서는 현재 수수께끼일세."

폰 슈벤디는 몸을 굽히고, 핏발이 선 흐릿한 눈으로 루츠를 마주보았다.

"그걸로 모든 것이 설명되었네. 슈미트는 낯선 세력을 위해 스파이 노릇을 한 거라네."

"그게 무슨 말인가?" 루츠는 아까보다 더 갈피를 잡지 못하며 물었다.

의원은 답했다. "내 말은 경찰은 이제 무엇보다, 무슨 이유로 슈미트가 가스트만의 집에 왔었는지, 그 점을 수사해야 한다는 걸세."

"경찰은 무엇보다 먼저 가스트만에 관해 뭘 좀 알아야겠네. 여보게, 오스카" 하고 루츠는 이의를 제기했다.

"가스트만은 경찰 편에서 보면 전혀 위험인물이 아닐세." 폰 슈벤디는 대답했다. "그리고 나로서는 자네가 그 사람과 반갑지 않은 회동을 하는 걸 원치 않네. 그 밖에 경찰의 누구도……. 이건 그의 희망 사항일세. 그 사람은 내 변호 의뢰인 아닌가. 그의 희망 사항이 충족되도록 배려하는 것이 내가 하는 일이라네."

이처럼 방약무인한 대답 앞에 루츠는 얼이 빠져서 처음에는 뭐라고 대꾸할 말을 찾지 못했다. 당황한 나머지 그는 폰 슈벤디에게는 권할 생각조차 않고 혼자 시가를 한 대 피워 물었다. 그러고 나서야 자세를 똑바로 하고 앉아서 대답했다.

"슈미트가 가스트만의 집에 갔다는 사실은, 유감스럽게도 경찰로 하여금 자네의 변호 의뢰인과 상대하지 않을 수 없게 만드네, 오스카."

폰 슈벤디는 조금도 흔들리지 않았다.

"그 사실은 무엇보다도 경찰이 나를 상대하게끔 만드는 일이라네. 왜냐하면 나는 가스트만의 변호사니까. 우연히도 자네가 나와 친분이 있는 사이임을 자네 편에서도 반가워해야 할 걸세, 루츠. 나는 가스트만뿐 아니라 자네도 돕고 싶단 말일세. 물론 이 사건 전체가 나의 변호 의뢰인한테는 불쾌한 일이지. 그렇지만 자네한텐 한층 더 난처한 일일세. 왜냐하면 경찰에선 지금껏 아무것도 알아낸 게 없지 않은가. 나는 도대체 자네들이 언제가 되건 이 사건을 밝혀내리라 믿을 수가 없네."

루츠는 대답했다. "경찰은 지금껏 거의 모든 살인 사건을 밝혀냈네. 이건 통계적으로 입증된 사실일세. 우리가 슈미트 사건에서는 다분히 난처한 상황에 빠져 있다는 걸 인정하네만, 그래도 우리는 벌써(그는 약간 더듬거렸다) 현저한 성과를 거두었다네. 이를테면 우리 편에서 먼저 가스트만을 수사선상에 떠올렸고, 또 우리는 가스트만이 자네를 우리에게 보낸 이유도 알고 있네. 어려운 점은 가스트만한테 있지 우리한테 있는 게 아닐세. 그가 슈미트 사건에 대해 진술해야 할 차례이며 그건 우리 몫이 아니라네. 설혹 가명을 썼다 해도 슈미트는 엄연히 그의 집에 갔다네. 바로 이 사실만으로도 경찰은 가스트만을 상대하지 않을 수 없어. 살해당한 자의 유별난 태도부터가 필시 가스트만한테는 불리한 것일 테니 말일세. 우리는 가스트만을 심문해야겠네. 다만, 자네가 우리에게 왜 슈미트가 가명으로 자네 변호의뢰인을 방문했는지, 그것도 우리가 확인한 바에 따르면 여러 차례 방문했는지, 그 이유를 명백하게 설명해준다는 조건하에서만 그를 심문하는 일을 배제할 수 있네."

"좋아." 폰 슈벤디는 말했다. "우리 서로 정직하게 말해보세. 내가 가스트만에 대해 설명해야 하는 게 아니라, 슈미트가 랑부잉에서 뭘 노리고 있었는지 자네들이 우리에게 설명해줘야 하지 않겠나. 이런 점에서 피고는 자네들이지 우리가 아닐세, 루츠."

이 말과 동시에 그는 흰 종이를 한 장 꺼냈다. 커다란 종이였다. 그는 그것을 펼쳐 예심판사의 책상에 놓으며 말했다.

"이것이 가스트만 집에 드나드는 인물의 명단일세. 완벽한 거야. 나는 세 파트로 구분을 했지. 첫 번째 부류는 생략하지. 흥미로울 게 없는 자들일세. 예술가들이거든. 물론 크라우스하르-라파엘리를 무시해서 하는 얘기는 아닐세. 그 사람은 외국인이야. 아니, 내가 말하는 자들은 내국인들, 우첸스토르프나 메르리겐 출신 인물들일세. 그들은 기껏 모르가르텐 전투(Morgarten은 스위스 알프스의 봉우리 이름으로 스위스 역사상 1315년에는 오스트리아, 1798에는 프랑스와의 교전에서 승전했다)나 니클라우스 마누엘(Niklaus Manuel Deutsch(1484~1530):초기 르네상스의 스위스 화가)에 대한 희곡을 쓰거나, 아니면 산 풍경밖에는 그릴 줄 모르는 자들이지. 두 번째 부류는 기업가들일세. 이름을 보면 알겠지만 저명인사들일세. 내가 보기엔 스위스 사회의 최고 표본들이야. 솔직히 터놓고 말하자면, 나는 외조모 때문에 농부의 혈통을 이어받긴 했네만······."

"그럼 가스트만의 손님 중 세 번째 부류는?"

입법의회 의원이 갑자기 입을 다물자 초조해진 루츠가 물었다. 침묵으로 예심판사를 초조하게 만든 건 물론 폰 슈벤디가 의도한 바이기도 했다. 폰 슈벤디는 이윽고 말을 이었다.

"세 번째는······, 이 점을 나도 인정하네만 자네한테도, 또 기업가들한테도 슈미트 사건을 난처하게 만드는 부류일세······. 왜냐하면 지금부터 부득이 언급할 얘기는 애당초 경찰 앞에서는 엄격히 비밀을 지켜야 할 사항이기 때문이라네. 그렇지만 지금 자네들 베른 경찰 측에서는 가스트만을 추적하는 걸 중단할 수 없다는 판국이고, 또 딱하게도 슈미트가 랑부잉에 왔었다는 사실이 드러났으니 기업가들도 어쩔 수 없이 승복했네. 즉 슈미트 사건에 꼭 필요한 범위에서 경찰에 정보를 주도록 그들이 내게 위임한 걸세. 우리로서 난처한 점은, 말하자면 비상한 정치적 중대사를 폭로하지 않을 수 없다는 점에 있고, 또 자네들로서 난처한 점은, 이 땅 안에서는 스위스 국적을 가진

사람이든 아니든 지배할 수 있는 자네들의 힘이 이 세 번째 부류에게
는 미치지 못한다는 점일세."

"자네가 하는 말을 나는 한마디도 알아들을 수가 없네." 루츠가 답
했다.

"자네야 정치에 관해서는 실상 아는 바가 없지 않았나, 루치우스."
폰 슈벤디는 응수했다. "세 번째 부류는, 어떤 일이 있어도 장사꾼들
부류로 한데 묶여 불리지 않는 것에 가치를 두는, 어떤 외국 공사(公
使)의 일족이라네."

9

그제야 루츠는 입법의회 의원이 무슨 말을 하는지 알아차렸다. 그
러고 나서 한동안 예심판사의 방 안에는 정적이 흘렀다. 전화벨이 울
렸지만 루츠는 수화기를 들어 "회의 중이오"라고 소리쳤을 뿐, 다시
금 입을 다물었다. 그러나 이윽고 그도 입을 뗐다.

"그렇지만 내가 알기로는, 지금 새로운 무역협정을 위해 그 권력
과 공식 협상을 진행 중이지 않은가?"

"그렇지, 협상 중이지." 대령은 대꾸했다. "공식적으로는 협상 중
이지. 어쨌든 외교관들이 뭔가 관련을 맺고 싶어 하니까. 그렇지만
실상은 비공식적으로 이루어지는 협상이 훨씬 더 많다네. 그리고 랑
부잉에서는 개인적으로 교섭이 이뤄지는 걸세. 결국 현대 산업에서
는 국가가 개입하지 말아야 하는 상담(商談)이 있는 법이라오, 예심

판사님."

"물론." 루츠는 풀이 죽은 목소리로 인정했다.

"물론." 폰 슈벤디가 되풀이했다. "그런데 이 비밀 상담에, 슬프게도 지금은 살해당한 문제의 베른 시경 경위 울리히 슈미트가 가명으로 몰래 잠입했단 말일세."

예심판사가 다시 당혹스럽게 침묵을 지키는 모습을 보자 폰 슈벤디는 자신의 계산이 맞아떨어졌다고 생각했다. 갈피를 못 잡는 루츠를 이제 입법의회 의원은 마음대로 조종할 수 있게 되었다. 성격이 외골수인 사람들의 경우 대체로 그렇듯이, 울리히 슈미트 살해 사건이 몰고 온 예상 밖의 파급 앞에서 이 관리는 너무나 민감하게 자극을 받고 있었다. 그래서 어떤 면에서는 중심을 잃고 휩쓸려, 살인 사건의 객관적 수사까지 의심스럽게 하는 고백들을 털어놓았다.

하기야 그는 다시 한 번 자신의 처지를 별것 아닌 것으로 돌리려고 애를 썼다. 그는 말했다.

"여보게, 오스카. 나는 모든 것을 그렇게 심각하게 보지는 않네. 물론 스위스 기업인들은 설사 상대가 저쪽 권력이라 해도 그런 협상에 관심을 가진 자들과 사적(私的)으로 거래할 권리가 있네. 그 점에 관해서는 나도 이론이 없을뿐더러 경찰로서도 개입하지 않겠네. 반복해서 말하지만 슈미트는 개인 자격으로 가스트만의 집에 간 걸세. 그리고 그 점에 관해 나도 공식적으로 사과하고 싶네. 때로는 경찰로서 제약이 있다 해도 가명을 쓰거나 직업을 사칭하는 건 옳지 않은 짓이니까. 그렇다 해도 그 모임에 그 사람만 갔던 건 아니지 않은가. 거기엔 예술가들도 있었네."

"필수 장식품이지. 우리는 문화국가에 살고 있다네, 루츠. 선전이 필요하지. 상담은 비밀리에 이뤄져야 하는데 예술가들과 어울릴 때 그것이 가장 잘 지켜진다네. 파티, 스테이크, 포도주, 담배, 여자들, 일반적인 화제……, 예술가들은 권태로워져서 모여 앉아 마시면서도, 자본가들과 저쪽 권력 대표자들이 한자리에 있다는 걸 눈치 못 챈다네. 그런 데 관심이 없으니 알려고도 하지 않아. 예술가들은 오로지 예술에만 관심이 있으니까. 그러나 그곳에 앉아 있는 경찰이라면 모든 걸 알아낼 수 있다네. 암, 루츠, 슈미트 사건은 심각한 문제일세."

"미안하네만 나는 단지, 슈미트가 가스트만의 집을 방문한 건 현재 우리로서는 이해할 수 없다는 말밖에는 할 수 없다네."

"만약 경찰의 위임이 아니었다면, 다른 측 위임을 받아서 왔던 거겠지"라고 폰 슈벤디는 대꾸했다. "여보게, 루치우스, 랑부잉에서 벌어지는 일에 관심을 가지는 또 다른 권력들이 존재한다는 걸세. 이건 세계정책일세."

"슈미트는 첩보원이 아니었네."

"우리에겐 그가 첩보원이었다고 가정할 만한 충분한 근거가 있어. 그것이 스위스의 명예를 위해 더 낫지. 그자가 경찰 탐정이기보다는 첩보원이었던 편이……."

"지금 그는 죽었다네."

예심판사는 한숨을 내쉬었다. 할 수만 있다면 무슨 수를 쓰더라도 슈미트를 만나 직접 물어보고 싶었다.

"그건 우리의 소관 사항이 아닐세." 육군 대령은 단언했다. "나는 누구에게도 혐의를 두고 싶지 않네. 하지만 랑부잉의 상담을 비밀로

하는 데 관심이 있는 자가 있다면, 그건 단지 문제의 외국 세력뿐일세. 우리에게 중요한 건 돈이고 그들에게는 당 정책의 기본 강령이 문제가 되니까. 그렇다면 우리 터놓고 얘기해보세. 이러한 영향만 놓고 보아도, 경찰은 당연히 더 어려운 상황에서 수사를 벌일 수밖에 없을 걸세."

루츠는 일어나서 창가로 다가섰다.

"자네의 변호 의뢰인인 가스트만이라는 자가 무슨 역할을 하는지 영 석연치가 않네." 그는 느릿느릿 말했다.

폰 슈벤디는 흰 종이로 부채질을 하면서 대답했다.

"가스트만은 이 같은 상담을 하도록 기업인들과 공사 측 대표자들에게 자기 집을 제공해준다네."

"왜 하필 가스트만인가?"

"나의 경애하는 변호 의뢰인은" 하고 육군 대령은 퉁명스레 말했다. "그런 일을 하기에 필요한 인품을 갖추었거든. 그는 몇 년간 중국 주재 아르헨티나 대사였던 덕분에 저쪽 외국 세력의 신임을 얻었고, 또 금속 트러스트의 전(前) 이사장으로 기업인 측 신임을 받는다네. 게다가 그는 랑부잉에 살거든."

"그게 무슨 뜻인가, 오스카?"

폰 슈벤디는 조소의 빛을 띠었다.

"자네, 슈미트 살해 사건이 있기 전에 랑부잉이라는 이름을 들은 적이 있나?"

"없네."

"바로 그것이 이유일세." 입법의회 의원은 단호히 말했다. "아무도 랑부잉을 모른다는 점 말일세. 우리의 모임을 위해 알려지지 않은 장소가 필요했거든. 그러니 가스트만을 건드리지 말게. 그가 경찰과의 접촉을 싫어한다는 점을 자네가 이해해야 하네. 자네들의 심문이며 염탐질, 끝도 없는 질문 공세를 좋아하지 않는다는 점 역시. 그런 건 우리네 평범한 사람들이 금전 문제로 거듭 범죄를 저질렀을 경우에나 통하는 짓이지, 일찍이 프랑스 아카데미 회원으로 선출되는 것까지 거부한 인물한테는 해당되지 않네. 또한 자네의 베른 경찰만 해도 정말 서툰 짓을 한 걸세. 바흐가 연주되는 마당에 개한테 총질을 하는 법은 아니라네. 가스트만이 감정을 상했다는 얘기는 아닐세. 오히려 그는 만사에 개의치 않는다네. 자네 경찰로 그 집을 포위한다 해도 그는 눈살 하나 찌푸리지 않을 걸세. 하지만 가스트만을 성가시게 하는 건 쓸데없는 짓이야. 어쨌든 이 살인의 배후에는, 우리의 착실한 스위스 기업인들이나 가스트만과는 무관한 세력들이 버티고 있으니까 말일세.”

예심판사는 창가에서 서성거렸다.

“우리는 이제 수사 방향을 특히 슈미트 삶의 행적으로 돌려야겠네”라고 그는 단언했다. “외국 세력에 관해서는 연방검사에게 보고할 걸세. 그가 어느 정도까지 이 사건을 떠맡을지는 지금 말할 수 없지만 어쨌든 우리한테 주 업무를 위임할 걸세. 가스트만을 괴롭히지 마라는 자네 요구에는 응하겠네. 물론 가택수색도 생략할 테고. 그렇긴 해도 부득이 그를 만나야 할 사정이 생기면 자네가 그와 나를 만나게 주선하고 우리의 면담에 합석해주길 부탁하네. 그렇게 하면 가스트만과는 큰 무리 없이 형식적인 것을 처리할 수 있을 걸세. 실상

이 경우 심문이 목적이 아니라 전체 수사 과정에서 하나의 형식을 갖추려는 거라네. 사정에 따라서는, 비록 그것이 무의미할망정 수사상 가스트만까지 심문할 필요가 있을 테니까. 아무튼 수사란 완벽해야 하는 법이거든. 되도록이면 무해무탈하게 심문을 하기 위해 우리는 예술에 관해 이야기하겠네. 또 나는 아무 질문도 하지 않겠네. 그런데도 질문을 해야 할 경우엔 형식 때문인데 그 질문을 미리 자네한테 알려주겠어."

이제 입법의회 의원도 일어섰다. 그렇게 두 남자는 마주 섰다. 의원은 예심판사의 어깨를 토닥거렸다.

"그러니까 그렇게 결정된 걸세"라고 그는 말했다. "가스트만을 성가시게 안 하는 걸세, 루츠. 자네 말을 믿겠어. 서류철은 여기 두고 가지. 명단은 정확하게 완전히 적혀 있어. 밤새도록 전화를 해댔거든. 난리가 났었네. 외국 공사 측에서 슈미트 사건을 알고 난 후에도 상담에 관심을 가질지 알 수가 없거든. 몇백만 프랑켄이 걸려 있는 일이네, 박사, 몇백만이! 자네의 수사가 잘되기를 빌겠네. 자넬 위해서 그래야겠지."

이 말을 마치고 폰 슈벤디는 뚜벅뚜벅 걸어서 나갔다.

10

루츠는 입법의회 의원이 준 명단을 훑어보고 나서 그 저명한 이름들에 놀라 신음을 하면서 이런 사건에 엉켜들다니 얼마나 운이 나쁘

담 하고 생각했다. 종이를 막 내려놓는데 마침 베르라하가 들어섰다, 물론 노크도 없이. 노수사관은 랑부잉의 가스트만의 집에 들를 합법적 수단을 요구할 작정이었다. 하지만 루츠는 오후에 처리하자고 미루었다.

"지금은 장례식에 갈 시간이오." 그는 일어서면서 말했다.

베르라하는 아무 반대도 않고 루츠와 함께 방을 나왔다. 시간이 갈수록 루츠에게는, 가스트만을 성가시게 하지 않겠다고 약속한 일이 아무래도 경솔했다는 생각이 들었다. 베르라하가 얼마나 신랄하게 항의할 지 걱정스러웠다. 그들은 아무 말 없이, 둘 다 검은 외투에 깃을 높이 올린 차림으로 거리로 나섰다. 비가 내렸지만 자동차까지는 몇 발자국 되지 않았으므로 우산도 펴지 않았다. 블라터가 운전을 했다. 이제 비는 그야말로 억수같이 퍼부으며 차창을 비껴 때렸다. 모두 제각기 말없이 앉아 있었다. 이제 그에게도 말을 해야지, 라고 루츠는 생각하며 베르라하의 태연한 옆모습을 바라보았다. 노수사관은 자주 그러듯 손을 위장 부근에 대고 있었다.

"어디 편찮으신가요?" 루츠가 물었다.

"늘 그래요." 베르라하가 대답했다.

그러고는 둘 다 입을 다물었다. 루츠는, 오후에 그 말을 해야겠어, 라고 생각했다. 블라터는 느리게 차를 몰았다. 모든 풍경이 빗줄기의 새하얀 벽 뒤로 가라앉고 있었다. 그만큼 빗줄기는 요란했다. 무시무시하게 내리치는 이 물바다 속 어딘가에 전차와 자동차들이 헤엄치고 있었다. 그들이 달리는 곳이 어디인지 루츠로서는 알 수가 없었다. 빗물이 드는 차창으로는 아무것도 제대로 보이지 않았다. 루츠는 담배에 불을 붙여 물고 연기를 내뿜으면서 가스트만 사건에 대해 노수 사관과 깊이 의논하지는 말아야겠다고 마음먹으며 입을 열었다.

"신문에서 이 살인 사건을 보도할 겁니다. 더는 신문에 숨길 수가 없지요."

"그래 봤자 아무 소용 없는 일이지요." 베르라하가 대답했다. "우리는 한 가지 단서를 잡았습니다."

루츠는 담배를 눌러 껐다.

"그래 봤자, 그것도 아직까지는 아무 소용이 없었지요."

베르라하는 입을 다물었다. 루츠는 좀 더 논쟁을 벌이고 싶었지만, 다시 차창 밖으로 시선을 돌렸다. 빗줄기는 좀 수그러들었다. 그들은 어느새 가로수길을 달리고 있었다. 흠뻑 젖은 나무 둥치들 사이로 쇼츠할덴 묘지의 비에 젖은 회색 벽이 서서히 다가왔다. 블라터는 묘지 안마당으로 들어서서 정차했다.

그들은 차에서 내려 우산을 펼쳐 들고 열을 지어 서 있는 무덤 사이로 걸었다. 별로 오래 찾을 필요도 없었다. 묘석과 십자가들을 획획 지나치고 나니 신축 장지로 들어선 모양이었다. 땅바닥에는 갓 파놓은 묘혈들이 박혀 있고, 그 위로 판자를 얹어놓은 것이 보였다. 젖은 풀의 습기가 진흙이 달라붙은 신발로 스며들었다. 장지 한가운데 빗물이 바닥에 고여 더러운 웅덩이를 이룬 아직 쓰지 않은 무덤들, 임시로 쓴 나무 십자가들과 흙더미들, 금방 시들어버릴 꽃과 화환들이 빽빽이 쌓여 있었고, 이런 틈바구니 속에서 어느 묘지 둘레에 사람들이 서 있었다.

관은 아직 안치되지 않았고, 목사가 성경을 읽는 중이었다. 그들 곁에는 연미복 모양의 우스꽝스러운 작업복을 입은 무덤 인부가 우산을 같이 받쳐 들고 추위에 떨며 발을 구르고 있었다. 베르라하와 루츠는 묘지 곁에 섰다. 노수사관은 울음소리를 들었다. 쉔러 부인이었다. 뚱뚱한 몸집에 줄곧 내리는 비를 맞고 있는 부인은 흐트러진 모습이었다. 그녀 옆에는 찬츠가 서 있었다. 그는 우산도 쓰지 않고 허리띠를 풀어 내려뜨렸고 레인코트 깃을 높이 세우고 까만 중절모자를 쓴 모습이었다. 그 옆으로는 창백한 모습의 처녀가 땋은 금발머리를 축축한 가닥으로 내려뜨린 채 모자도 쓰지 않고 서 있었다. 안나로군, 하고 베르라하는 무의식중에 생각했다.

찬츠가 몸을 굽혀 인사하자 루츠가 목례를 했다. 노수사관은 눈썹 하나 까딱하지 않았다. 그는 무덤 주변에 서 있는 다른 이들에게 시선을 돌렸다. 모두가 경관들로, 모두가 사복 차림, 한결같이 똑같은 레인코트에 똑같은 까만 중산모를 쓰고 우산을 단도처럼 손에 들고 있었다. 비현실적으로 성실한 차림을 한 그들은 어디선가 몰려온 희한한 조문객들이었다. 그리고 그들 뒤로는 허겁지겁 불러 모은 시(市) 악대가 까맣고 빨간 유니폼을 입고 층층이 열 지어 서서 노란 악기들을 외투 밑에 감싸려고 속절없이 애를 썼다.

그렇게 그들 모두가 그곳에 놓인 관 주위에 웅기중기 서 있었다. 화환도, 꽃도 없는 나무 궤짝, 하지만 그것은 규칙적으로 철썩거리며 내리치는, 점점 더 끝도 없이 그칠 줄 모르는 빗줄기 속에서 그나마 유일하고도 따뜻하게 보호를 받는 대상이었다. 목사의 얘기는 벌써 끝이 났다. 그러나 아무도 그 사실을 깨닫지 못했다. 오로지 빗소리뿐, 사람들에게는 빗소리만이 들렸다.

목사는 헛기침을 했다. 한 번. 그리고 또 여러 번. 이어서 콘트라베이스, 나팔, 호각, 코넷, 파곳 들이 억수 속에서 노랗게 번득이며 장중한 비명을 질렀다. 하지만 그 소리도 곧 가라앉고 흩날려버리더니 중단되었다. 모두가 우산 속으로, 코트 속으로 기어들었다. 빗줄기는 점점 심해졌다. 신발은 흙탕물에 잠기고, 흙탕물은 시냇물처럼 빈 묘지로 콸콸 흘러들었다. 루츠가 절을 하고 앞으로 나섰다. 그는 젖은 관 쪽을 바라보고 나서 다시 한 번 절을 했다.

"여러분." 빗줄기 속 어디선가 그의 말소리가 들려왔다. 물의 장막을 뚫고 가까스로 들리는 소리였다. "여러분, 우리의 동료 슈미트는 이제 이 세상을 떠났습니다."

그때 고래고래 고함을 치는 듯한 거친 노랫소리가 그의 말을 중단시켰다.

악마가 나오신다,
악마가 나오신다,
사람들을 모조리 휘도록 때려잡네!

검정 예복을 입은 두 남자가 묘지 너머로 비틀거리며 오고 있었다. 우산을 받치지도, 코트를 입지도 않고, 속절없이 빗줄기에 몸을 맡긴 채였다. 옷이 몸에 찰싹 달라붙어 있고, 각자가 쓴 실크 모자에서 빗물이 얼굴 위로 줄줄 흘러내렸다. 그들은 어마어마하게 큰 초록색 월계수 화환을 들고 오는 중이었는데, 거기 달린 리본이 땅에까지 늘어져 바닥에 질질 끌렸다.

짐승처럼 우람한 두 명의 남자였다. 예복을 입은 도살자들. 그들은 곤드레만드레 취해서 줄곧 쓰러질 것 같았지만 둘이 한꺼번에 비트적거리고 넘어지지는 않았기에 그나마 그들 사이에 낀 월계수 화환을 붙들고 가까스로 지탱하는 중이었다. 화환은 난파당한 배처럼 아래위로 흔들렸다. 이번에 그들은 다른 노래를 부르기 시작했다.

　　방앗간집 남편이 죽었는데,
　　방앗간집 마누라는 살아 있네, 살아 있네.
　　방앗간집 방앗간집 마누라는 머슴과 결혼했네,
　　방앗간집 마누라는 살아 있네, 살아 있네.

　　그들은 조문객들이 모인 곳으로 달려와서 미친 듯이 그 한가운데로 돌진해 들어와, 쉔러 부인과 찬츠 사이를 비집고 지나쳤다. 모두가 얼이 빠져 있어서 아무 방해도 받지 않았다. 그리고 어느새 다시 젖은 돌밭을 헤치고 휘청거리며 떠나갔다. 고주망태로 취해서 서로 기대고 끌어안으며, 봉분 위로 쓰러지고 십자가들을 넘어뜨리면서. 그들의 노랫소리가 빗줄기 속에서 사라졌고, 모든 것이 다시 원상태로 되돌아왔다.

　　모든 것은 스쳐 지나가는 것,
　　모든 것은 끝나버리는 것.

　　이것이 그들 노랫소리의 마지막 구절이었다. 관 위에 던진 화환만은 거기 놓여 있었다. 그리고 더러운 리본에는 번져버린 검정색 글씨로 "우리의 친애하는 프란틀 박사 영전에"라고 쓰여 있었다. 그러나 묘지 둘레에 있던 사람들이 놀랍고 당황한 상태에서 벗어나 기습적 돌발 사건에 분노를 터뜨리려는데, 그리고 시 악단이 장중한 분위기를 회복하려고 기를 쓰고 다시 나팔을 불기 시작하는데 빗줄기가 걷잡을 수 없이 요란해지더니 폭풍으로 변해서 묘지 주변 주목(朱木)들을 때렸다. 그 바람에 모두가 묘지 근처에서 폭풍을 피해 도망쳐버렸고, 이제는 묘지 인부들만이 남았다. 이 시커먼 허수아비들은 울부짖는 바람과 억수로 내리치는 빗줄기를 맞으며, 하관을 하느라 애를 썼다.

11

베르라하는 루츠와 함께 다시 차 안에 앉았다. 블라터가 도망치는 경관들과 악사들 틈바구니를 빠져나와 가로수길로 접어들었을 때, 마침내 루츠 박사가 분노를 터뜨렸다.

"언어도단이야. 이 가스트만이라는 자는." 그는 소리쳤다.

"무슨 말씀인지 모르겠군요." 노수사관이 말했다.

"슈미트가 프란틀이라는 가명을 쓰고 가스트만의 집에 드나들었다는 거요."

"그럼 그건 일종의 위협이었겠군요." 베르라하는 대꾸한 후 더는 캐묻지 않았다.

그들은 루츠의 집이 있는 무리스탈덴 거리 쪽으로 달렸다. 지금이야말로 이 영감에게 가스트만에 관해 털어놓고 그를 귀찮게 하지 말도록 일러야 하는 적절한 순간인데, 라고 루츠는 생각하면서도 역시 침묵을 지켰다. 루츠는 부르거른치일에서 내렸고 베르라하는 혼자 남았다.

"시내로 모실까요, 경감님?" 앞쪽 운전석의 경관이 물었다.

"아니, 집으로 데려다주게, 블라터."

이제 블라터는 좀 더 속력을 내어 달렸다. 빗줄기는 한결 기세가 덜했다. 심지어 무리스탈덴 언덕에서 베르라하는 한순간 갑작스레 눈부신 빛에 잠기기도 했다. 햇볕이 구름 새를 뚫고 나왔다가 재빨리 사라진 것이다. 그러고는 구름 덩이와 안개가 맹렬한 경주를 벌이는 가운데, 새로이 거대한 괴물이 서쪽에서 질주해 와서 산등성이 쪽으로 몰리더니 강변에 자리 잡은 이 도시, 숲과 언덕 사이에 퍼져 누워 있는 이 무기력한 몸체 위로 음산한 그림자를 던졌다.

베르라하는 지친 손으로 축축한 외투를 쓰다듬으며, 날카로운 눈매를 번득여 탐욕스럽게 바깥 광경을 빨아들이고 있었다. 대지는 아름다웠다. 블라터는 차를 멈추었다. 베르라하는 그에게 감사하다는 말을 하고 업무용 차를 떠났다. 비는 이미 그쳤고 바람만이, 축축하고 차가운 바람만이 불고 있었다.

노인은 그곳에 서서 블라터가 육중한 차체를 돌릴 때까지 기다렸다가 차가 떠날 때 다시 한 번 인사를 했다. 그러고는 아아래 강변으로 다가갔다. 불어 있는 강물은 더러운 황토색이었다. 낡고 녹슨 유모차 한 대가 떠내려왔다. 나뭇가지들, 작은 전나무 한 그루, 그러고는 작은 종이배 하나가 춤을 추며 둥실 떠왔다. 베르라하는 한참 동안 강물을 바라보았다. 그는 강을 사랑했다. 그러고 나서 그는 정원을 지나 집 안으로 들어섰다.

다른 신발로 갈아 신고 나서 큰 방으로 들어가던 베르라하는 문지방에 멈춰 서고 말았다. 책상에 웬 남자가 앉아 슈미트의 서류철을 뒤적이고 있었다. 남자는 오른손에 베르라하의 터키 칼을 들고 만지작거렸다.

"역시 자네였군." 노수사관이 말했다.

"그래, 날세." 상대방이 대답했다.

베르라하는 창문을 닫고 책상 맞은편 안락의자에 앉았다. 그러고는 천연덕스럽게 슈미트의 서류철을 뒤적거리는 상대방을 말없이 건너다보았다. 속마음을 알 수 없는 냉정한 태도, 짧은 머리에 광대뼈가 나왔지만 살찐 얼굴, 움푹 들어간 눈, 사뭇 농부 같은 외모였다.

"지금 자네는 가스트만이라고 자칭하더군." 이윽고 노수관이 입을 열었다.

상대방은 베르라하 쪽은 거들떠보지도 않고, 파이프를 꺼내 담배를 채워 넣어 불을 붙여 물고는, 검지로 슈미트의 서류철을 툭툭 치며 대답했다.

"얼마 전부터 자네는 그걸 속속들이 알고 있지 않나. 자네가 그 젊은 녀석을 시켜 나를 추적한 거로군. 이 안(案)은 자네한테서 나온 거야."

이어서 그는 서류철을 닫았다. 베르라하는 책상으로 눈길을 주었다. 그곳에는 자신의 권총이 이쪽으로 총신을 향한 채 그대로 놓여 있었다. 손만 뻗으면 충분히 닿을 거리에 있었다. 그는 말했다.

"나는 자네를 추적하는 걸 포기한 적이 없네. 언젠가는 자네의 범죄를 입증할 수 있을 걸세."

"서둘러야겠군, 베르라하." 상대방은 대답했다. "자네한텐 별로 시간이 없질 않나. 의사 소견으로는 자네가 지금 수술을 받는다 해도 한두 해 남았다더군."

"자네 말이 맞아." 노인은 말했다. "일 년이 남았지. 그리고 나는 지금 수술을 받을 수 없네. 자리에 누워선 안 되니까. 내 마지막 기회일세."

"최후의 기회지." 상대방은 확언했다.

그러고는 둘 다 입을 다물었다. 그들은 그렇게 끝도 없이 앉아서 침묵을 지켰다.

"벌써 40년이 넘었군." 마침내 상대방이 입을 열었다. "우리가 보스포루스 해협에 있는 어느 초라한 유태인 주막에서 맨 처음 만났던 때가. 우리가 만나던 그때, 노란 스위스 치즈 조각 같은 기형의 달이 구름 사이에 걸려 썩어빠진 대들보 틈으로 우리 머리통을 비춰주었지. 아직도 똑똑히 기억이 난다네, 베르라하. 자네는 당시 젊은 경찰관으로 뭔가 쇄신을 하겠다고 스위스에서 터키 지역까지 근무를 배치받았고 나는, 나야 지금과 다름없이 떠돌이 모험가였지. 나의 단 한 번뿐인 이 인생과, 역시 단 하나뿐인 이 수수께끼 같은 행성을 알겠다고 탐욕스럽게 방황하는 모험가 말일세. 장삼을 걸친 유태인들과 더러운 그리스인들 틈바구니에 서로 마주하고 앉자 우리는 첫눈에 반해버렸지. 그러고 나서 저 빌어먹을 화주(리쿠어코냑 브랜디 따위의 증류주)를 마시면서, 대추야자인가 뭔가를 발효시킨 그 액체를, 오데

사 근처 옥수수밭에서 나는 활활 타는 듯 독한 물을 목구멍에 엄청 쏟아부은 후 술기운이 우리 안에서 힘을 발휘해 우리의 눈은 이글거리는 석탄처럼 터키의 어두운 밤을 꿰뚫으며 번득였고, 우리의 대화는 뜨거워졌지. 오, 그때를 생각하기를 나는 퍽 좋아하네. 자네 인생과 내 인생을 결정해버렸던 시간이었지!" 그는 웃었다.

노수사관은 그대로 앉아 말없이 그를 바라보았다.

"자네 앞에는 일 년이 남았네." 상대방은 말을 이었다. "그리고 40년 동안이나 자네는 기를 쓰고 내 뒤를 추적했지. 이것이 계산서라네. 그 당시 토파네 시 교외의 그 곰팡내 나는 주막에서 터키제 담배 연기에 휩싸인 채 우리가 무엇에 대해 토론했는지 기억이 나는가, 베르라하? 자네의 명제인즉 인간의 불완전함, 즉 우리가 타인의 행동방식을 자신 있게 예견할 수 없다는 사실이, 나아가 만사에 개입하여 작용하는 우연을 고려할 수 없다는 사실이 어쩔 수 없이 대부분의 범죄가 폭로되고 마는 근거라는 거였지. 인간은 장기 말처럼 조작되는 존재가 아니기 때문에 범죄를 저지르는 건 어리석은 짓이라고 자네는 주장했네. 그와는 달리 나는 반대를 위해서라기보다는 확신을 가지고 이런 명제를 내세웠지. 바로 인간관계의 뒤얽힌 상태야말로 인식조차 되지 못할 완전범죄를 가능케 한다는 것, 이 같은 이유에서 엄청나게 많은 범죄가 처벌되지 않음은 물론, 짐작도 할 수 없는 상태로 감추어져 벌어질 수 있다는 말이었네. 그렇게 우리는 유태인 술집 주인이 따라주는 지옥불처럼 얼얼한 화주와, 더욱이 젊은 열기의 유혹을 받아 계속 논쟁을 벌이다가 마침 가까운 소아시아 뒤로 달이 가라앉을 즈음, 객기에 빠져 내기를 하나 걸었지. 고집스럽게 하늘에

74

걸고 한 내기였네. 이렇듯 우리는 가공스러운 장난을 억제할 수 없는 존재라네. 우리를 매혹하는 포인트가 정신에 의한 정신의 악마적 유혹이라는 이유만으로도, 실상 그런 장난은 신에 대한 일종의 모독인데 말일세."

"자네 말이 옳아." 노인은 태연하게 말했다. "그때 서로 그런 내기를 걸었지."

"자네는 내가 그 내기를 감행하리라고는 꿈에도 생각 못 했지"라고 말하며 상대방은 웃었다. "이튿날 아침 그 황량한 술집에서 무거운 머리로 잠에서 깨어났을 때 말이야, 자네는 푸석푸석 썩은 긴 의자 위에서, 나는 아직도 화주가 축축이 밴 테이블 아래에서."

"그런 내기를 감행하는 것이 한 인간에게 가능하리라고는 나는 생각 못 했네"라고 베르라하는 대답했다.

그들은 입을 다물었다.

"우리를 시험에 들지 말게 하옵시며" 하고 상대방이 다시 입을 뗐다. "자네의 우직함은 결코 유혹에 빠지는 위험에 처하지 않았지. 그렇지만 그 우직함이 나를 유혹했네. 나는 자네 코앞에서 범죄를 저지를 것이며, 그리고 내 범죄를 자네가 입증하지 못하게 하리라던, 문제의 대담한 내기를 실행했지."

"사흘 뒤였어." 노인은 나직이 말하며 회상에 잠겼다. "우리가 한 독일 상인과 함께 마무드 다리를 건널 때, 자네는 내 눈앞에서 그를 물 속으로 밀쳤지."

"그 가엾은 친구는 헤엄을 칠 줄 몰랐고, 자네도 그 기술 면에서는 신통한 재주가 없었지. 그래서 결국 자네는 구조 시도에 실패했고,

사람들은 반쯤 익사한 자네를 골든 호른〔이스탄불에 면한 좁고 긴 항만〕의 더러운 파도에서 건져 뭍으로 끌어냈네.” 상대방은 태연자약하게 대꾸했다. “그 살인은, 바다에서 쾌적한 산들바람이 불어오는 화창한 터키의 어느 여름날, 번화한 다리 위에서 공공연하게 발생했지. 유럽 식민지의 사랑하는 남녀와 회교도들, 토박이 거지들 틈에서. 그럼에도 자네는 나에 관해 아무런 증거도 내놓지 못했지. 자네는 나를 체포하도록 했지만 소용이 없었어. 몇 시간 동안의 심문도 헛수고로 끝나고, 재판부에서는 상인이 자살했다고 주장하는 나의 진술을 믿었네.”

“상인이 파산 직전이었다는 것, 그리고 사기를 쳐서 그걸 모면하려 했지만 실패했다는 사실을 자네는 증거로 제시할 수 있었지.” 노수사관은 평소보다 해쓱한 모습으로 분연하게 시인했다.

“나는 나의 희생자를 용의주도하게 골랐던 걸세, 여보게”라고 말하며 상대방은 웃었다.

“그렇게 자네는 범죄자가 된 걸세.” 수사관은 대꾸했다.

상대방은 골똘히 생각에 잠겨 터키의 칼을 만지작거렸다.

“현재 내가 범죄자 비슷한 존재라는 사실을, 아주 부인할 수는 없네.” 이윽고 그는 무심한 말투로 내뱉었다. “나는 점점 훌륭한 범죄자가 되어갔고, 자네는 점점 훌륭한 수사관이 되어갔지. 그렇지만 자네보다 앞서 디딘 내 걸음을 자네는 결코 따라잡지 못했네. 나는 자네 삶의 궤도에 무슨 잿빛 유령처럼 끊임없이 나타났지. 말하자면 자네 코앞에서, 점점 더 대담하고 거칠고 불경스러운 범죄를 저지르고 싶다는 욕구가 끊임없이 나를 충동질했네. 그런데도 끊임없이 자네는 나의 범행을 입증할 수 없었지. 자네는 수많은 바보들을 이길 수는 있었네. 그렇지만 나는 자네를 이겼다네."

그러고 나서 그는 재미있다는 듯 노수사관을 주의 깊게 관찰하면서 얘기를 계속했다.

"우리는 그렇게 살아왔던 걸세. 자네는 자네의 상관들 밑에서, 자네의 경찰 관할구역 안의 곰팡내 나는 사무실들에서, 자네의 하찮은 성공의 사다리를 줄곧 착실하게 한 계단씩 매달려 오르면서 도둑과 위조범들, 아무래도 올바로 재생되지 못하는 불쌍한 비렁뱅이들, 그리고 기껏해야 초라한 풋내기 살인 사건과 맞붙어 싸우는 그런 인생을 살아왔지. 반면에 나는, 때로는 몰락한 대도시들의 정글 속 어둠에 묻혀서, 때로는 현란한 지위의 광채를 받으며 훈장에 뒤덮여서, 기분이 내키면 멋대로 선(善)을 연습하고, 또 기분이 달라지면 악(惡)을 사랑하는 그런 인생을 살아온 걸세. 이 얼마나 진기한 익살인가! 자네가 갈망한 것은 내 인생을 파괴하는 것이요, 나의 갈망은 자네에 맞서 내 삶을 주장하는 거였지. 실로 그 하룻밤이 우리를 영원히 서로 묶어놓았던 걸세!"

베르라하의 책상 앞에 앉은 사내는 손뼉을 쳤다. 단 한 번, 세차게 '철썩' 하는 타격이었다.

"이제 우리는 우리 인생행로의 종점에 와 있는 걸세"라고 그는 외쳤다. "자네는 거의 패배자가 되어 자네의 베른으로, 그 안에서 도대체 얼마나 많은 자가 죽어가고, 얼마나 많은 생존자가 남아 있는지조차 제대로 알 수 없는 도시, 잠에 취한 완고한 이 도시로 되돌아왔고, 또 나는 랑부잉으로 되돌아왔네, 그것도 물론 기분이 내켜서지만. 사람들은 돌아와 마무리 짓기를 좋아하는 법이거든. 그 이유는 일찍이 이 신을 저버린 마을에서 오래전에 땅속에 묻힌 한 여자가 나를 낳았기 때문이라네. 아무 생각도 없이, 그야말로 의미도 없이. 그러고 나서 열세 살짜리 나는 어느 비 오는 밤 몰래 도망을 쳤지. 그래서 이렇게 우리는 다시 만났네. 여보게, 포기하게나. 소용없는 짓이야. 죽음은 기다리지 않는다네."

그러고 나서 그는 거의 알아챌 수 없게 손을 움직여 칼을 던졌다. 칼은 정확하게 베르라하의 뺨을 바싹 스치고 지나가 안락의자에 깊이 박혔다. 노수사관은 꼼짝도 하지 않았다. 상대방은 웃음을 터뜨렸다.

"그러니까 지금 자네는, 내가 슈미트를 죽였다고 믿는 건가?"

"나는 이 사건을 수사해야 하네." 수사관은 대꾸했다.

상대방은 일어서며 서류철을 집어 들었다.

"이건 내가 가져가겠네."

"언젠가는 내가 자네의 범죄를 입증할 수 있을 걸세." 베르라하는 두 번째로 이 말을 했다. "그리고 지금이 최후의 기회일세."

"이 서류철 안에는, 슈미트가 자네를 위해 랑부잉에서 수집해온, 빈약하긴 해도 유일한 증거들이 들어 있네. 이 서류철이 없으면 자네는 끝난 걸세. 베껴 쓴 것이나 복사본 같은 걸 자네가 가졌을 리 없지. 난 자네를 알거든."

"맞아." 노인은 시인했다. "그런 것들은 갖고 있지 않네."

"나를 방해하기 위해 권총을 쓰지 않겠나?" 상대방은 비웃는 조로 물었다.

"자네가 탄약을 빼놓았겠지." 베르라하는 꼼짝 않고 대답했다.

"물론." 상대방은 그의 어깨를 두드리며 말했다.

그리고 나서 그는 노수사관을 스쳐 지나갔다. 문이 열렸다가 닫혔다. 바깥에서 두 번째 문이 열렸다. 베르라하는 칼의 차가운 쇠붙이에 뺨을 대고 여전히 안락의자에 앉아 있었다. 그러다 갑작스레 권총을 집어 들고 살펴보았다. 장전이 되어 있었다. 그는 벌떡 일어나 권총을 든 채 현관으로 달려 나갔고, 이어서 현관문을 열어젖혔다.

거리는 텅 비어 있었다.

그러고는 통증이 찾아왔다. 무시무시하게 미쳐 날뛰며 찌르는 듯한 통증이었다. 태양처럼 주기적으로 그의 온몸에서 떠올라 그를 침대 위로 던져 오그라뜨리고는 뜨거운 열기를 뿜으며 흔들어대는 그런 통증이었다. 노인은 짐승처럼 손발로 엉금엉금 기다가 바닥에 털썩 몸을 던지고 양탄자 위를 뒹굴었다. 그러다 결국 식은땀에 흠뻑 젖어 방 안 의자들 사이 어딘가에 누워 있었다.

"인간은 무엇인가?"라고 그는 기어드는 소리로 신음했다. "인간은 무엇인가?"

12

그러나 그는 다시 일어났다. 발작이 지나고 나자 오랜만에 통증이 사라졌고 한결 기분이 나아졌다. 그는 따끈하게 데운 포도주를 조금씩 조심스럽게 마셨을 뿐 아무것도 먹지 않았다. 그러면서도 시가지를 지나 국회의사당 테라스를 넘어가는 익숙한 길을 걷는 걸 포기하지 않았다. 몽롱한 상태긴 했지만 한 발자국 떼어놓을 때마다 비에 씻긴 공기가 기분을 상쾌하게 했다.

그래서 얼마 후 그와 마주 앉게 된 루츠까지도 아무 눈치를 못 챌 정도였다. 아마도 루츠는 양심에 몹시 걸리는 게 있어서 무엇을 눈치 챌 겨를이 없었는지도 모른다. 그는 이날 오후 중으로 베르라하에게 폰 슈벤디와의 담화 내용을 털어놓을 작정을 했다. 그러나 결국 저녁 때가 다 되어서야 냉정하고 사무적인 자세를 가다듬고, 마치 그의 머리 위에 걸린 트라플렛의 그림 속 장군처럼 거드름을 부리면서 그럴 듯한 전보 문체로 경감에게 사실을 알렸다.

그러나 정작 경감 편에서 예상 외로 전혀 이의를 제기하지 않는 통에 오히려 그가 놀랐다. 경감은 전적으로 동의를 표하면서, 의회 측의 결정을 보아가며 주로 슈미트의 생애에 수사를 집중하는 것이 최상책이라는 말까지 했다. 너무나 의외라서 놀란 루츠는 고압적 태도를 집어치우고 아주 붙임성 있고 수다스러워졌다.

"물론 가스트만에 대해 조사를 해보았지요. 어찌 되었든 그가 살인 용의선상에는 오를 수 없다고 확신할 만큼 충분히 그를 압니다."

"물론 그렇겠지요." 노수사관이 답했다.

점심때 비일 시경에서 몇 가지 정보를 얻어들은 루츠는 확신을 가진 사람처럼 굴었다.

"작센 주 포카우 출생, 피혁 상품을 취급하는 대상인의 아들, 처음에는 아르헨티나 국적, 아르헨티나 대사로 중국에 체류했습니다. 그는 젊은 날에 남미로 이주했던 모양입니다. 나중에는 프랑스 국적, 대체로 긴 여행길에 있었지요. 레종 도뇌르 훈장을 받았고, 생물학적 문제에 대한 책을 발표해 알려졌습니다. 그의 성격을 특기하는 사실로는, 프랑스 아카데미 회원이 되는 것을 거절한 것. 나로서는, 경탄의 마음을 일으키는 일입니다."

"흥미를 끌 만한 개성이군요." 베르라하는 말했다.

"그의 하인 두 명도 조사했지요. 그들은 프랑스 여권을 갖고 있지만 에멘탈 출신인 듯싶소. 가스트만은 그들을 시켜 장례식에서 못된 장난을 쳤지요."

"장난을 치는 것이 가스트만의 특성인 모양이로군요." 노수사관은 말했다.

"자신의 개가 죽었으니 화가 났겠지요. 무엇보다 슈미트 사건은 우리한텐 난처한 일입니다. 우린 철저히 오해받는 처지가 되어버렸소. 내가 폰 슈벤디와 친분 있는 사이인 게 그나마 다행이겠지요. 가스트만은 세계적 인물이고, 스위스 기업인들에게 전적인 신임을 받는다오."

"그렇다면 그 사람은 틀림없는 분이겠지요." 베르라하가 말했다.

"그의 인품으로 보아 혐의의 여지가 없소."

"분명 그렇군요." 노수사관은 고개를 끄덕였다.

"유감스럽게도 슈미트에 관해선 우린 그렇게밖에 말할 수 없다오." 루츠는 말을 맺고 의회와 전화를 연결해달라고 부탁했다.

하지만 그가 통화를 기다리는 사이, 수사관은 벌써 나가려고 돌아서며 불쑥 말했다.

"일주일 동안 병가를 청해야겠습니다, 박사님."

"좋습니다." 벌써 상대방이 나왔기 때문에 수화기를 손으로 막으며 루츠가 대답했다. "월요일에는 안 나오셔도 됩니다."

베르라하의 방에서는 찬츠가 기다리다가 경감이 들어서자 일어났다. 태연한 척했지만 수사관은 그가 초조해한다는 것을 느꼈다.

"가스트만의 집으로 가시지요." 찬츠가 말했다. "지금이 가장 적당한 때입니다."

"작가에게 가세." 노수사관은 대답한 후에 외투를 입었다.

"공연히 우회하는 겁니다, 모든 게 우회라니까요." 찬츠는 베르라하를 뒤따라 층계를 내려오며 불평했다. 수사관은 출구에서 멈춰 섰다.

"저기 슈미트의 푸른 메르세데스가 서 있군."

찬츠는 자신이 할부로 그것을 샀노라며, 이제는 누가 되든 그것도 주인을 찾아야 하지 않겠느냐고 말하며 차에 올랐다. 베르라하는 그의 옆자리에 앉았다. 찬츠는 역 앞 광장을 지나 베들레헴 구 쪽으로 차를 몰았다. 베르라하가 투덜거렸다.

"자네는 또 인스 마을을 넘어가는군."

"저는 이쪽 길을 좋아합니다."

베르라하는 비에 씻긴 들판을 내다보았다. 모든 것이 고요하게 밝은 햇볕에 잠겨 있었다. 부드럽고 따스한 해가 하늘에 걸려, 어느새 서쪽으로 기울었다. 딱 한 번, 케르처스 마을과 뮌쉐미르 마을 사이에서 찬츠가 물었다.

"쉘러 부인이 그러는데, 경감님이 슈미트 방에서 서류철을 하나 가져가셨다던데요."

"공적인 것이 아닐세, 찬츠. 개인적인 일일 뿐이야."

찬츠는 항의를 하지도, 더는 캐묻지도 않았다. 다만 베르라하는 속도계를 두들기지 않을 수 없었다. 속도계는 125를 가리키고 있었다.

"그렇게 빨리 달리지 말게, 찬츠. 너무 빨라. 겁이 나서 그러는 건 아닐세. 하지만 내 위장이 정상이 아니야. 나는 늙은 몸이란 말일세."

13

작가는 그들을 자기 서재로 맞아들였다. 아주 낡고 천장이 낮은 방이었다. 그래서 두 사람은 방문 안으로 들어서면서 무슨 멍에를 지듯이 몸을 굽히지 않을 수 없었다. 밖에서는 검정 머리통에 몸뚱이가 새하얀 강아지가 여전히 짖어댔고, 집 안 어디선가 아이 울음소리가 났다. 작가는 작업복에 밤색 가죽 윗도리 차림으로 고딕식 창문 앞쪽에 앉아 있었다. 그는 책상 앞을 떠나지 않고 의자에 앉은 채 들어서는 손님 쪽으로 몸을 돌렸다. 책상에는 종이가 잔뜩 널려 있었다.

그는 일어서지도 않고 인사도 하는 둥 마는 둥하고는 단지 경찰이 자기한테 무슨 볼일이 있느냐고 물을 뿐이었다. 예의가 없는 사람이군, 베르라하는 생각했다. 경찰관들을 싫어해. 작가들이 경관을 좋아한 적은 없지. 노수사관은 조심스럽게 굴기로 작정했다. 찬츠로서도 역시 이 모든 일이 영 못마땅했다. 무슨 일이 있어도 관찰당하지 말아야지. 안 그랬다간 우리도 무슨 책 속에 들어갈 거야, 라고 그들 둘은 재빨리 생각했다.

그러나 작가의 손짓에 따라 푹신한 안락의자에 앉았을 때, 그들은 자신들이 그 조그만 창에서 들어오는 빛을 마주 받고 있음을 깨닫고 흠칫 놀랐다. 반면에 이 낮고 초록빛 나는 방 안의 수많은 책들 틈에서 작가의 얼굴은 거의 볼 수가 없었다. 그토록 그 역광(逆光)은 음흉스러웠다.

"우리는 슈미트 문제로 왔습니다." 노수사관이 입을 뗐다. "트반 마을로 넘어가다가 살해된 사람 말입니다."

"알고 있어요. 가스트만을 염탐했던 프란틀 박사 사건이군요." 창과 그들 사이에 앉아 있는 어두운 덩치가 대답했다. "가스트만이 내게 그 얘기를 해주었지요."

잠깐 동안 그의 얼굴이 밝게 조명을 받았다. 그가 담배에 불을 붙이는 동안이었다. 두 사람은 그나마 그 얼굴이 싱긋 웃으며 찌푸리는 모양을 볼 수 있었다. "당신들은 나의 알리바이를 원하나요?"

"아닙니다." 베르라하는 답했다.

"나를 살인 용의자로 보지 않는단 말입니까?" 작가는 눈에 띄게 실망하는 투로 물었다.

"그렇습니다." 베르라하는 냉담하게 대답했다. "당신을 용의자로 보진 않습니다."

작가는 신음 소리를 냈다.

"이번에도 그렇군요. 작가들이란 스위스에서는 참담할 지경으로 과소평가를 받고 있어요!"

노수사관은 웃었다.

"굳이 알고 싶다면 말씀드리지요. 당연한 일이지만 우리는 당신의 알리바이를 이미 갖고 있어요. 살인 사건이 난 그날 밤 12시 반에 당신은 람링겐과 세르넬츠 마을 사이에서 건널목지기를 만났고, 그 사

람하고 같이 귀가했습니다. 집으로 오는 방향이 같았으니까요. 당신
은 상당히 유쾌한 기분이었다고 건널목지기가 말하더군요."

"알겠습니다. 트반 마을 경찰관이 벌써 두 차례 건널목지기한테서
나에 관해 캐묻고 갔지요. 그리고 이곳에 사는 그 밖의 모든 사람들
한테서도. 심지어는 나의 장모한테까지. 그러니까 어쨌든 나는 당신
들에게서 살인 혐의를 받았던 겁니다." 작가는 의기양양한 말투로 장
담했다. "이 역시 작가로서는 일종의 성공이라 할 수 있지요!"

이 작가의 허영은 중요하게 취급되고 싶어 하는 것이로군, 하고 베
르라하는 생각했다. 세 사람 모두 침묵했다. 찬츠는 작가의 얼굴을
똑바로 보려고 무진 애를 썼다. 그렇지만 이런 광선 속에서는 소용없
는 일이었다.

"그렇다면 무슨 다른 볼일이 있습니까?" 이윽고 작가가 식식대며
말했다.

"당신은 가스트만과 자주 만나지요?"

"심문입니까?" 어두운 덩치는 질문을 던지고 좀 더 창 쪽으로 물러
앉았다. "지금은 시간이 없어요."

"그렇게 매정하게 자르지 마십시오." 수사관은 말했다. "우린 단지
얘기나 좀 나누고 싶을 뿐입니다."

작가가 불평하며 툴툴거리자 베르라하는 다시 한 번 입을 열었다.

"당신은 가스트만과 자주 만나지요?"

"이따금."

"왜?"

노수사관은 이번에도 심술궂은 대답을 예상했지만, 작가는 웃음

을 터뜨렸을 뿐 두 사람의 얼굴을 향해 긴 가닥으로 담배 연기를 내뿜으며 말했다.

"가스트만이라는 사람, 흥미로운 인물입니다. 경감, 그런 인물은 파리 떼처럼 작가들을 끌어당깁니다. 그 사람 요리 솜씨가 대단하지요. 놀라워요, 좀 들어보십시오!"

그리고 작가는 가스트만의 요리법과 요리를 하나씩 차례대로 설명했다. 두 사람은 5분간 얘기에 귀 기울였다. 다시 5분이 지나갔다. 그리고 벌써 15분 동안이나 작가가 가스트만의 요리법, 오로지 그것만을 주제로 떠들어대자, 찬츠는 일어서며 미안하지만 자기들은 요리법 때문에 온 것은 아니라고 말했다. 그러나 베르라하는 아주 생기에 넘쳐서, 자기는 흥미롭다고 이의를 제기하고는, 이번에는 자기도 입을 떼기 시작했다. 그리고 신바람이 나서 터키 요리며, 루마니아 요리, 불가리아, 유고슬라비아, 체코슬로바키아 요리에 대해 자기편 얘기를 늘어놓았다.

그렇게 두 사람은 요리를 캐치볼처럼 주고받았다. 찬츠는 진땀을 흘리면서 속으로 욕을 했다. 두 사람은 지치지도 않았고 요리법에 대한 화제에서 떠날 줄 몰랐다. 그러나 45분이 지나자 마침내, 둘은 긴 만찬을 끝낸 뒤처럼 완전히 탈진했고 화제도 끝장이 났다. 작가가 궐련을 피워 물었다. 정적이 흘렀다. 옆방에서는 다시 어린애가 울기 시작했다. 저 아래에서는 개가 짖었다. 그때 찬츠는 그야말로 느닷없이 방 안에 대고 말했다.

"가스트만이 슈미트를 죽였습니까?"

실로 덜떨어진 질문이었다. 노수사관은 고개를 절레절레 흔들었고, 맞은편의 어두운 덩치는 말했다.

"당신은 실로 무턱대고 저돌적이군요."

"대답해주십시오." 찬츠는 단호히 말하고는 몸을 앞으로 내밀었다. 그러나 작가의 얼굴은 알아볼 수 없었다.

이제 질문을 받은 사람이 어떤 반응을 할지 베르라하는 호기심을 느꼈다. 작가는 가만히 있었다.

"대체 그 경관이 언제 살해당했나요?" 그가 물었다.

"자정 직전이었습니다." 찬츠가 대답했다.

"물론 논리의 법칙이 경찰에서도 통용되는지는 모르겠소이다." 작가는 응수했다. "그렇지만 나는 그 점을 믿을 수가 없군요. 경찰 측에서 부지런히 확인해본 바와 같이 나는 12시 반에 세르넬츠로 가는 도로에서 건널목지기를 만났고, 그렇다면 채 10분도 되기 전에 가스트만하고 작별한 셈이니 가스트만이 살인자가 될 수 없는 건 명백한 일이지요."

찬츠는 계속 물었다.

"파티에 참석했던 다른 사람들도 그 시간에 가스트만 집에 있었습니까?"

작가는 그렇지 않다고 대답했다.

"슈미트는 이미 다른 사람들하고 작별했었나요?"

"프란틀 박사는 늘 끝에서 두 번째로 작별을 하곤 했지요." 작가는 조롱하는 투로 대답했다.

"그럼 마지막 사람은?"

"나요."

찬츠는 늦추지 않았다.

"두 하인도 거기 있었습니까?"

"모르겠소이다."

찬츠는 왜 명백한 답을 할 수 없느냐고 캐물었다.

"내 생각에 그 대답은 충분히 명백하오." 작가는 호통을 쳤다. "그 따위 하인들에게 난 한 번도 주의를 기울인 적이 없소이다."

"가스트만은 좋은 사람인가요, 나쁜 사람인가요?"

찬츠는 어떻게 보면 체념조로, 막무가내로 질문을 던졌다. 경감은 마치 달아오른 석탄에 앉은 느낌이었다. 우리가 다음번 소설에 등장하지 않는다면, 그건 순전한 기적이야, 그는 속으로 생각했다.

작가는 찬츠에게 직통으로 연기를 내뿜었다. 찬츠는 기침을 하지 않을 수 없었다. 한참 동안 방 안에는 정적이 흘렀다. 어린애 울음소리조차 들리지 않았다.

이윽고 작가가 말했다. "가스트만은 나쁜 사람입니다."

"그런데도 당신은 그 사람을 자주 방문하나요? 단지 그 사람의 요리법이 훌륭하다는 이유로?"

다시금 기침을 한바탕 한 뒤 격분한 어조로 찬츠가 물었다.

"단지 그 때문에? 이해할 수 없는 일입니다."

작가는 웃었다.

"나도 일종의 경찰입니다. 다만 배후에 권력도, 국가도, 법률도, 감옥도 갖지 못한 경찰이지요. 인간을 자세히 관찰하는 것이 곧 나의 직업인 셈이죠."

찬츠는 당황해서 입을 다물었다. 그러자 베르라하가 말했다.

"알겠습니다." 그러고는 잠시 후에 말을 이었다. "나의 아랫사람 찬츠가 열의가 지나쳐 우리를 막다른 골목에 몰아넣었군요. 아무래도 나는 혼쭐나지 않고선 이 곤경에서 빠져나오기 어려울 듯싶군요. 그렇지만 젊음이란 역시 좋은 것이지요. 황소가 그 성급한 힘으로 우리의 길을 닦아주었다는 점에서. 우리, 그 장점을 높이 사도록 합시다. (찬츠는 경감의 말에 화가 나서 얼굴이 빨개졌다.) 우리, 이제는 어쨌거나 질문과 대답에 매달려보기로 합시다. 좋은 기회를 놓치지 맙시다. 당신은 이 사건을 어떻게 생각하십니까, 선생? 가스트만은 살인자의 용의선상에 오를 만한 인물입니까?"

방 안은 더욱 어두워졌다. 그렇지만 작가는 전등불을 켜는 건 꿈도 꾸지 않았다. 그는 창가의 오목한 구석에 버티고 앉았고, 따라서 두 경관은 포로처럼 동굴에 갇힌 형국이었다.

"나는 가스트만이 어떤 범죄라도 저지를 위인이라고 생각합니다." 창가에서 음흉한 기색이 섞인 목소리가 사정없이 들려왔다. "그렇지만 그가 슈미트를 살해하지 않았다는 점은 확신하지요."

"당신은 가스트만을 잘 아시는군요." 베르라하가 말했다.

"내겐 그 사람에 관한 상(像)이 하나 있습니다." 작가는 말했다.

"당신은 그에 관한 당신의 표상을 지닌 것이지요." 노수사관은 맞은편 창틀 앞의 어두운 형체가 한 말을 정정했다.

"그가 나를 매혹하는 요소는, 그렇게 간단히 그의 요리법만은 아닙니다. 물론 나 자신 다른 어떤 것에도 쉽게 열광하지 못합니다만 나를 매혹한 점은, 그에게서 본 진정으로 허무주의자가 될 수 있는 한 인간의 가능성이랍니다." 작가는 말했다. "흔해빠진 상투어를 현실에서 만난다는 건 항상 숨 막히는 일이지요."

"무엇보다도 작가의 얘기에 귀를 기울이는 게 항상 숨 막히는 일입니다." 수사관은 냉담하게 말했다.

"아마도 가스트만은, 여기 찌그러진 방 안에 앉은 우리 세 사람을 몽땅 합친 것보다 더 많은 선행을 했을 겁니다." 작가는 계속 말했다. "내가 그 사람은 악하다고 칭하는 것은, 그는 내가 그에게 치부하는 악을 행할 때와 마찬가지로 순전한 기분에서, 불현듯 떠오른 착상에서 선을 행하기 때문입니다. 그는 뭔가를 성취하려는 목적에서 악을 행하는 법이 결코 없을 겁니다. 이를테면 다른 이들이 돈을 벌거나 여자를 정복하거나, 또는 권력을 얻으려고 범죄를 저지르는 식으로 말이죠. 아마도 그는 그것이 아무 의미가 없을 때 악을 행할 겁니다. 왜냐하면 그에게는 항상 두 가지 경우가, 즉 선악이 모두 가능하기 때문이지요. 그리고 결정을 내리는 건 우연입니다."

"당신은 그것이 무슨 수학인 양 추론을 하는군요." 노수사관은 대꾸했다.

"이건 수학이기도 하지요." 작가는 대답했다. "기하학의 도형을 다른 대칭 상(像)으로 작도할 수 있듯이, 우리는 그의 역(逆)의 부분을 악(惡) 안에도 짜맞출 수 있을 겁니다. 그리고 어디에든 그런 인간이 존재한다는 것을 나는 확신합니다. 아마 당신도 그런 인간을 만날는지 모르지요. 한쪽 인간을 만날 때, 우리는 대칭되는 인간도 만나는 거죠."

"그건 무슨 공식처럼 들리는군요." 노수사관은 말했다.

"음, 이건 공식이기도 합니다. 그렇고말고요." 작가는 말했다. "그래서 나는 가스트만의 대칭 상으로, 악이 그의 모럴이며 철학이기 때문에 범죄자일 수 있는 한 인간을 상상해봅니다. 다른 쪽 인간이 분별력 있게 선을 행하는 것과 똑같이 그는 광적으로 악을 행할 수도 있는 겁니다."

수사관은, 이제 어쨌든 가스트만에게 되돌아오자고, 자신으로서는 현실의 그가 훨씬 알아보기 쉽노라 말했다.

"좋으실 대로 합시다." 작가는 말했다. "가스트만에게 되돌아갑시다, 경감님. 이 악의 한쪽 극으로. 그에게는 악이 무슨 철학이나 충동의 표현이 아니고 자신의 자유의 표현입니다. 허무를 행사하는 자유의 표현이지요."

"그런 자유라면 내게는 한 푼 값어치도 없습니다." 노수사관은 대답했다.

"당신이라면 마땅히 그런 자유를 위해 한 푼도 내놓지 말아야지요." 상대방은 대꾸했다. "그렇지만 그런 사람과 그의 그 같은 자유를 연구하기 위해, 우리는 그의 생을 그 자유에다 걸 수 있겠지요."

"그의 생이라고요." 노수사관은 말했다.

작가는 입을 다물었다. 더는 얘기할 뜻이 없는 모양이었다.

"내가 상대해야 하는 것은 실재하는 가스트만입니다." 노수사관이 한참 만에 입을 뗐다. "테센베르크의 고원 람링겐 마을에 살면서 사교 모임을 주재하며 한 경찰관의 목숨을 희생시킨 인간이란 말입니다. 당신이 내게 보여준 상(像)이 가스트만의 상인지, 아니면 당신의 꿈의 상인지 알고 싶군요."

"우리의 꿈의 상이죠." 작가는 말했다.

수사관은 침묵했다.

"나도 모르겠습니다." 작가는 결론지었다. 그러고는 작별을 하려고 두 경관에게 다가와 베르라하에게만 손을 내밀었다, 굳이 베르라하에게만. "나는 그런 것에 관심을 둔 적이 없습니다. 결국 그 문제를 조사하는 것이 경찰의 임무겠지요."

14

두 경찰관은 다시 차 있는 데로 갔다. 하얀 강아지가 뒤따라오며 미친 듯이 짖어댔다. 찬츠는 운전석에 앉아서 말했다.

"그 작가라는 사람, 마음에 안 듭니다."

베르라하는 차에 오르기 전에 외투를 가지런히 정돈했다. 강아지는 포도 덩굴 울타리로 기어올라 계속 짖어댔다.

"이제 가스트만의 집으로 가시죠." 찬츠가 시동을 걸며 말했다.

노수사관은 고개를 가로저었다.

"베른으로."

그들은 리게르츠 마을 쪽으로 내려갔다. 눈앞에 바위, 흙, 물 등의 자연이, 광활한 저지대가 펼쳐졌다. 지금 그들이 달리는 곳은 이미 그늘에 묻혔지만 테센 산지 뒤로 넘어간 햇볕은 아직도 호수와 섬, 언덕과 산기슭, 지평선의 빙산과 막막한 푸른 하늘을 떠가며 뭉게뭉게 피어오른 구름 덩이를 비추고 있었다. 노수사관은 요지부동으로 앉아 변화무쌍한 초겨울 날씨를 내다보았다. 항상 똑같은 것이야, 그는 생각했다. 아무리 변한다 한들, 항상 그대로야. 길이 갑자기 방향을 바꾸고, 그들의 발밑에 둥근 방패처럼 호수가 수직으로 보이는 지점에 이르자 찬츠가 차를 멈추었다.

"경감님께 드릴 말씀이 있습니다." 그는 흥분해서 말했다.

"무슨 말인가?" 베르라하는 바위를 내려다보며 물었다.

"우리는 가스트만을 찾아봐야 합니다. 수사를 진척하려면 다른 길은 없습니다. 그게 논리적으로 맞아요. 무엇보다도 하인들을 심문해야 합니다."

베르라하는 등을 기대고 앉아 있었다. 단정한 차림의 백발 노신사. 그는 냉철한 눈매로 곁에 앉은 젊은이를 조용히 관찰하는 중이었다.

"원, 우리는 항상 논리적인 일만을 할 수는 없네, 찬츠. 루츠는 우리가 가스트만을 방문하는 걸 원치 않네. 이해가 가는 일이야. 이 사건을 연방검사한테 넘기지 않을 수 없었거든. 그 사람 지시를 기다려보세. 우리가 상대해야 할 자들은 까다로운 외국인이라네."

베르라하의 느긋한 태도에 찬츠는 격해졌다.

"그건 말도 안 되는 소리입니다." 그는 소리쳤다. "루츠는 자신의 정치적 처지를 고려해서 수사를 사보타주하는 겁니다. 폰 슈벤디는 그의 친구이자 가스트만의 변호사지요. 그러니 그의 역할이 뭔지는 상상할 수 있어요."

베르라하는 눈썹 하나 까딱하지 않았다.

"우리끼리 있는 게 다행이군, 찬츠. 루츠가 어쩌면 좀 경솔했는지는 모르지만 타당한 근거를 갖고 행동한 거라네. 비밀은 슈미트한테 있지 가스트만한테 있는 게 아니야."

찬츠는 흔들리지 않았다.

"우리가 할 것은 진실을 찾는 일이지, 다른 아무것도 아닙니다." 그는 다가오는 구름 덩이를 향해 필사적으로 외쳤다. "진실, 오로지 진실입니다, 누가 슈미트의 살인자인지!"

"자네 말이 옳아." 베르라하는 되풀이해서 말했다. 그러나 전혀 격정을 드러내지 않는 냉담한 말투였다. "누가 슈미트의 살인자인가 하는 진실이지."

젊은 경관은 노수사관의 왼편 어깨에 손을 얹고는 상대방의 헤아리기 어려운 얼굴을 들여다보았다.

"그러니까 우리는 모든 수단을 동원해서 추진해야 합니다, 가스트만에 대해서도. 수사에는 하자가 없어야 해요. 논리적이라고 해서 모두 행할 수는 없노라 경감님은 말씀하셨지요. 그렇지만 이 대목에서 우리는 그렇게 하지 않을 수 없습니다. 가스트만을 빼고 수사를 진척할 수는 없어요."

"가스트만은 살인자가 아닐세." 베르라하는 냉담하게 말했다.

"가스트만이 배후에서 살인을 조종했을 가능성은 있습니다. 그 사람 하인들을 심문해야 한다고요!" 찬츠가 응수했다.

"가스트만이 슈미트 살해를 사주했다면 나로서는 하등의 동기를 찾을 수가 없네." 노수사관은 말했다. "우리가 범행자를 찾아야 할 언저리는 범행을 통해 무슨 득을 볼 수 있는 곳일세. 그 언저리만이 연방검사한테는 상관이 있단 말일세."

"작가도 가스트만을 살인자로 봅니다." 찬츠가 소리쳤다.

"자네도 그렇게 보나?" 베르라하는 무언가 노리는 투로 물었다.

"그렇습니다, 경감님."

"그렇다면 그건 자네 혼자 생각일세." 베르라하가 단호히 말했다. "작가는 그를 어떤 범죄도 저지를 사람으로 보았을 뿐이네. 이건 얘기가 달라. 작가는 가스트만의 범행에 대해서는 한마디도 안 했네. 다만 그의 범행 잠재력에 대해서만 말했지."

그러자 찬츠는 참을성을 잃고 노수사관의 어깨를 움켜잡았다.

"여러 해 동안 나는 그늘에 묻혀 있었습니다, 경감님." 그는 식식거리며 말했다. "항상 나를 무시하고 경시하며, 쓰레기 같은 마지막 일에 써먹었지요. 우편배달부보다 조금 나은 존재로!"

"그 점은 인정하네, 찬츠." 베르라하는 젊은이의 절망적 얼굴을 꼼짝 않고 응시하면서 말했다. "여러 해 동안 자네는, 살해된 그 친구의 그늘에 가려 있었지."

"단지 학벌이 좋다는 이유로! 단지 라틴어를 안다는 이유로."

"자네는 그 친구한테 부당한 말을 하고 있네." 베르라하는 대답했다. "슈미트는 내가 일찍이 알았던 어떤 수사관보다도 훌륭한 수사관이었네."

"그런데 지금은" 하고 찬츠는 외쳤다. "겨우 나도 기회를 잡았는데 만사가 허탕이 돼야 한단 말인가요? 단 한 번 떠오른 나의 기회를 멍청한 외교 놀음 안에서 망쳐야 하다니요! 그나마 당신만이 사정을 바꿔놓을 수 있습니다. 경감님, 루츠하고 말씀해보십시오. 당신만이 내가 가스트만한테 가도록 루츠를 움직일 수 있습니다."

"아닐세, 찬츠." 베르라하는 말했다. "그럴 수 없네."

상대방은 그를 두 손으로 꽉 부여잡고 어린 학생처럼 흔들어대고는 외쳤다.

"루츠하고 얘기하십시오, 얘기하시라고요!"

그렇지만 노수사관은 수그러지지 않았다.

"안 돼, 찬츠. 더는 그런 일을 위해 무언가를 할 순 없네. 나는 늙고 병들었어. 이젠 쉴 필요가 있지. 자네 문제는 스스로 해결해야 하네."

"좋습니다." 찬츠는 이렇게 말하며 갑작스레 베르라하한테서 손을 놓고 다시 운전대를 잡았다. 그러나 하얗게 질려 부들부들 떨었다. "그럼 관두십시오. 당신은 나를 도울 수 없습니다."

그들은 다시 리게르츠 마을로 내려갔다.

"자네는 그린델발트〔Grindelwald:알프스 고지에 있는 도시〕에서 휴가를 보냈지? 아이거 여인숙에 묵었나?" 노수사관은 물었다.

"그렇습니다, 경감님."

"조용하고 별로 비싸지 않다지?"

"말씀대로입니다."

"좋아, 찬츠, 내일 좀 쉬러 그리로 떠나겠네. 산으로 가야겠어. 일주일 병가를 얻었다네."

찬츠는 당장은 아무 대답도 하지 않았다. 비일-노이엔부르크로 가는 도로에 굽어들고 나서야 그는 입을 뗐다. 그의 목소리는 평소와 다름없이 들렸다.

"산지가 항상 건강에 좋은 건 아닙니다, 경감님."

15

그날 저녁 베르라하는 베렌 광장 가장자리에 있는 친구 사무엘 훙거토벨 박사의 병원을 찾았다. 벌써 등불이 켜졌고 시시각각 어두운 밤이 내리고 있었다. 베르라하는 훙거토벨의 방 창문에서 광장과 물결치는 인파를 내려다보았다. 의사는 의료 도구들을 챙겼다. 베르라하와 훙거토벨은 벌써 오랫동안 친구 사이였다. 고등학교도 같이 다녔다.

"심장은 건강하네." 훙거토벨이 말했다. "다행이야!"

"내 병에 관한 기록을 갖고 있겠지?" 베르라하가 물었다.

"서류철 하나 가득." 의사는 책상 위 종이 뭉치를 가리키며 물었다. "몽땅 자네 병력이야."

"내 병세에 관해 아무한테도 말한 적 없었지, 훙거토벨?" 노수사관은 다시금 물었다.

"무슨 소리야, 한스?" 노의사는 말했다. "이건 의사의 기밀 사항인걸."

저 아래 광장으로 메르세데스가 한 대 미끄러져 들어와 가로등 밑에서 푸른빛을 내며 다른 주차한 차들 틈에 멈췄다. 베르라하는 자세히 살펴보았다. 찬츠와 흰 레인코트 차림의 아가씨가 내렸다. 아가씨의 코트 위에서 가닥으로 땋은 금발이 치렁거렸다.

"자네한테 언젠가 도둑이 든 적이 있나, 사무엘?" 수사관은 물었다.

"그걸 어떻게 알지?"

"그냥."

"한번 내 책상이 뒤죽박죽 된 적이 있네." 홍거토벨은 고백했다. "그리고 자네의 병력을 철한 서류가 책상에 놓여 있더군. 돈은 없어지지 않았네. 책상에 거액이 들었는데도."

"그럼 왜 신고를 하지 않았나?"

의사는 머리를 긁적였다.

"말했듯이 돈이 없어지지 않았네. 그런데도 처음엔 신고할 셈이었어. 그러다가 잊어버렸네."

"그랬군." 베르라하는 말했다. "잊어버렸군. 자네 병원에서는 최소한 강도들은 잘 지내겠네." 그러면서 속으로 '그래서 가스트만이 그 사실을 알고 있었구나' 하고 생각했다.

그는 다시 광장을 내려다보았다. 찬츠는 지금 그 아가씨와 함께 이탈리아 식당으로 들어서고 있었다. 그의 장례식이 있었던 바로 그 날에, 라고 베르라하는 생각하면서 창에서 아주 눈을 거두었다. 그리고 책상에 앉아 무언가를 쓰는 홍거토벨을 바라보았다.

"지금 내 상태는 어떤가?"

"통증이 있나?"

노수사관은 자기가 겪은 경련에 대해 이야기했다.

"그건 좋지 않은 예후야, 한스." 홍거토벨은 말했다. "사흘 안에 수술을 해야겠네. 다른 방도가 없어."

"지금으로서는 더없이 기분이 좋은걸."

"나흘 후엔 다시 발작이 올 걸세. 한스." 의사는 말했다. "그때는 견뎌낼 수 없을 걸세."

"그러니까 아직 이틀이 남았군. 이틀. 그럼 사흘째 되는 날 아침 수술을 해주게. 화요일 아침일세."

"화요일 아침에"라고 홍거토벨이 말했다.

"그럼 나는 일 년을 더 살 수 있다는 건가, 사무엘?" 베르라하는 늘 그렇듯 편안한 눈으로 동창생을 바라보며 말했다.

친구는 벌떡 일어나 방 안을 가로질러 걸었다.

"어디서 그런 말도 안 되는 소리를 들었나?"

"내 병력을 읽은 사람한테서 들었네."

"자네가 침입자였나?" 의사는 흥분해서 소리쳤다.

베르라하는 고개를 가로저었다.

"아니, 난 아닐세. 여하튼 그건 사실이로군, 사무엘. 앞으로 일 년."

"앞으로 일 년." 홍거토벨은 대답한 후에 진찰실 벽 쪽에 놓인 의자에 주저앉아 어쩔 줄 몰라 하면서 베르라하를 바라보았다.

베르라하는 방 한가운데 꼼짝 않고 서 있었다. 아득하고 싸늘한 외로움에 휩싸여, 체념한 모습으로. 친구의 절망한 시선에 부딪치자 이번에는 의사가 시선을 떨구었다.

16

새벽 2시쯤 베르라하는 갑자기 잠에서 깨어났다. 그는 일찍 자러 갔고, 홍거토벨의 충고에 따라 처음으로 수면제까지 먹었다. 그래서 처음에는 이렇게 급작스레 잠에서 깨어난 것이 예방책에 길들여지지 않은 탓이라고 생각했다. 그러나 곧, 무슨 소음에 깨어난 것 같다는 느낌이 들었다. 그는, 느닷없이 깨어날 때면 흔히 그렇듯이 비상하게 정신이 말똥말똥해지고 눈이 확 뜨였다. 그래도 당장엔 주변을 휘둘러보지 않을 수 없었다. 그리고 잠시 후, 영원처럼 느껴지는 그런 순간 후에 사정을 알게 되었다.

그는 보통 때의 습관대로 침실에 누워 있지 않고 서재에 있었다. 잠이 안 올 것에 대비해서 책을 읽으려고 했던 일이 기억났다. 하지만 갑자기 깊은 잠이 엄습했던 모양이다. 손으로 더듬어보니 옷을 입은 채 담요 한 장을 덮었을 뿐이었다. 그는 귀를 기울였다. 무언가 바닥에 떨어졌다. 그가 읽던 책이었다. 창이 없는 방 안은 무척 어두웠지만 완전한 암흑은 아니었다. 열린 침실 문으로 희미한 빛이 새어 들어왔다. 침실에서는 폭풍우 치는 밤의 기운이 어른거렸다. 멀리서는 울부짖는 바람 소리가 들렸다.

시간이 흘렀고 그는 어둠 속에서도 책장과 의자, 책상 모서리, 그리고 그 위에 그대로 놓인 권총까지 가까스로 알아보게 되었다. 그때 갑자기 바람이 휙 불어오는 것이 느껴졌다. 침실 안에서 창문이 닫혔고, 이어서 쾅 소리를 내며 방문이 닫혔다. 곧이어 노수사관은 복도에서 살금살금 발소리가 나는 것을 들었다. 그는 사정을 깨달았다. 누군가 현관문을 열어놓고 복도로 침입해 들어온 것이다. 그러나 침입자는 바람이 새어 들어올 것을 계산하지 못했다. 베르라하는 일어서서 스탠드 불을 켰다.

그는 권총을 챙겨 들고 안전장치를 풀었다. 그때 복도에 있는 인물도 불을 켰다. 반쯤 열린 문으로 환한 램프 불빛을 보게 된 베르라하는 어리둥절해졌다. 미지의 인물의 그런 행동이 소용없는 짓으로 보였기 때문이다. 그러나 그가 그 행동의 의미를 깨달았을 때는 이미 늦었다. 램프를 잡는 한쪽 팔과 손의 실루엣이 보이더니, 푸른 불꽃이 확 일어나고 깜깜해졌다. 미지의 인물은 퓨즈를 끊어버린 것이다. 베르라하는 이제 완전한 어둠에 묻혔다.

상대방은 지금 싸우기를 작정하고 전제를 마련했다. 베르라하로선 암흑 속에서 싸울 도리밖에 없었다. 그는 권총을 움켜잡고 조심스레 침실로 들어가는 문을 연 후 그곳으로 들어섰다. 창문으로 희미한 빛이 새어 들어왔다. 처음에는 거의 느낄 수 없었지만 눈이 익숙해지자 그 빛도 제법 밝게 느껴졌다. 베르라하는 강 쪽으로 면한 창가 침대 사이 벽에 기대섰다. 그의 오른쪽에 있는 또 하나의 창문은 옆집을 향해 있었다. 그렇게 그는 꿰뚫을 수 없는 그늘에 묻혀 서 있었다. 피할 수 없는 위치라 불리하긴 했지만 눈에 띄지 않을 수 있다는 이 점이 불리함을 메워주기를 바랐다.

서재로 통하는 방문에 창에서 들어오는 약한 빛이 비쳤다. 그 방문을 나서기만 하면 미지의 사내의 윤곽이라도 알아볼 것이다. 그때 서재에서 가느다란 손전등 광선이 확 켜지더니 책들 위를, 이어서 바닥과 안락의자를, 끝으로 책상을 탐조하며 미끄러졌다. 광선 안에 뱀 모양 칼이 놓여 있었다. 열린 방문 틈으로 베르라하는 다시 한 번 그 손을 보았다. 갈색 가죽 장갑을 낀 그 손은 책상을 더듬다가 뱀칼의 손잡이를 움켜잡았다. 베르라하는 권총을 쳐들고 겨냥했다. 그때 손전등이 꺼졌다. 뜻을 이루지 못한 채 노수사관은 다시 권총을 내리고 기다렸다.

그는 그 자리에 선 채 창밖으로 시선을 주었다. 끊임없이 흐르는 강물의 시커먼 부피와, 강 건너 우뚝 솟은 시가지, 화살촉처럼 하늘을 찌르는 교회와 그 위를 떠가는 구름들이 막연히 느껴졌다. 그는 꼼짝 않고 서서, 자기를 죽이려고 온 적수를 기다렸다. 그의 시선은 방문의 막연한 틈서리를 꿰뚫었다. 그렇게 그는 기다렸다. 사방이 죽은 듯 정적에 싸여 있었다. 그때 복도 시계가 울렸다. 3시. 그는 귀를 기울였다. 시계의 똑딱거리는 소리가 아득히 들려왔다.

어디선가 자동차 경적 소리가 나는가 싶더니, 지나치는 차 소리가 들려왔다. 술집에서 나온 사람들일 것이다. 한번은 숨소리가 들리는 듯싶었다. 하지만 착각이었을 것이다. 그렇게 그는 서 있었고, 그의 집 안 어딘가에는 상대방이, 검은 외투 자락 밑에 치명적인 뱀을 감춘 어둠이, 그의 심장을 찾는 칼이 버티고 있었다. 노수사관은 숨도 제대로 쉬지 못했다. 그렇게 서서 권총을 움켜쥐고, 식은땀이 등줄기로 흘러내리는 것조차 느끼지 못했다.

그는 이제 아무것도 생각하지 않았다. 가스트만도, 루츠도, 또한 시시각각으로 그의 몸뚱어리를 먹어 들어오며 자신의 생명을 파괴하는 병에 대해서도……. 바로 그런 생명을 그는 지금 방어하는 것이다. 살겠다는, 오로지 살겠다는 탐욕스런 일념으로 그는 지금 밤을 꿰뚫고 응시하는 하나의 눈이요, 아무리 미세한 소리라도 탐지하는 하나의 귀요, 또 권총의 차가운 금속을 움켜잡은 하나의 손으로 수렴되어 있었다. 그러나 결국 그는, 예측했던 것과는 다른 식으로 살인자의 존재를 감지하게 되었다. 뺨에 막연한 냉기가 느껴지면서 주변 공기가 약간 변한 것이 감지되었다. 한참 동안 그는 어떻게 된 영문인지를 몰랐다.

그러다가 마침내 침실에서 식당으로 통하는 문이 열렸다는 사실을 알아차렸다. 낯선 침입자는 두 번째로 그의 예상이 빗나가게 했다. 침입자는 우회해서 침실로 들어온 것이다. 눈에 띄지 않게 소리도 내지 않고, 막을 방도도 없게끔, 손에는 뱀칼을 들고서. 베르라하는 이제 싸움을 시작해야 한다는 것을, 최초로 행동을 해야 한다는 것을 깨달았다. 불치병에 걸린 늙은 그가, 만사가 순조롭다 해도, 홍거토벨이 실수 없이 수술에 성공한다 해도 일 년밖에 남지 않은 생명을 위해 싸워야만 한다.

베르라하는 아아레 강 쪽으로 난 창문으로 권총을 겨누었다. 그러고는 발사했다. 다시 한 번, 모두 세 발을 날쌔게, 어김없이 유리창을 관통시켜 강물 속으로 쏘았다. 그러고 나서 그는 주저앉았다. 그의 머리 위에서 쉭 소리가 났다. 탄력 있게 날아와 벽에 꽂힌 칼이었다. 그러나 이미 노수사관은 자신의 의도를 관철했다. 다른 쪽 창문이 환하게 밝아진 것이다. 옆집 사람들이 열린 창문으로 내다보고 있었다. 그들은 혼비백산한 모습으로 어둠 속을 멍하니 바라보았다.

베르라하는 일어섰다. 옆집 불빛이 침실을 밝히는가 싶더니 식당 문을 빠져나가는 그림자 하나가 희미하게 시야에 잡혔다. 이어서 현관문이 쾅 닫혔다. 그러자 바람이 통하면서 서재로 들어가는 문이, 이어서 식당으로 이어지는 문이 닫혔다. 연이은 쾅쾅 소리 후 창문이 철컥 닫혔다. 그러고는 조용해졌다. 옆집 사람들은 여전히 어둠 속을 열심히 지켜보고 있었다. 노수사관은 권총을 든 채 벽에서 꼼짝도 하지 않았다. 시간을 느끼지도 못하는 양 꼼짝 않고 그렇게 서 있었다.

옆집 사람들이 들어가고 전등이 꺼졌다. 베르라하는 다시 어둠에 묻혀, 어둠과 일체가 되어, 집 안에서 오로지 혼자 벽에 붙어 서 있었다.

17

반 시간 뒤에 그는 복도로 나가 손전등을 찾았고 찬츠에게 전화를 걸어 와달라고 청했다. 그러고 나서 끊어진 퓨즈를 새것으로 바꾸었다. 다시 전등이 들어왔다. 베르라하는 안락의자에 앉아 어둠에 귀를 기울였다. 밖에서 갑자기 자동차 한 대가 와 닿아 멈춰 섰다. 다시 현관문이 열렸고, 다시 발소리가 들렸다. 찬츠가 방 안으로 들어섰다.

"누가 나를 죽이려고 했네." 수사관은 말했다.

찬츠는 해쓱한 모습이었다. 모자도 쓰지 않았고 엉클어진 머리칼은 이마에 내려와 있었으며, 오버코트 밑으로는 잠옷이 흘러나와 있었다. 그들은 같이 침실로 들어갔다. 찬츠는 벽에서 칼을 뽑았다. 나무에 깊이 박혔기에 뽑는 데 힘이 들었다.

"이것으로 말인가요?"라고 그는 물었다.

"그것으로, 찬츠."

젊은 경관은 깨어진 창유리를 살펴보았다.

"당신이 창문에 발사했나요, 경감님?" 그는 어리둥절해서 물었다.

베르라하는 모든 얘기를 들려주었다.

"경감님으로선 최선의 행동이었군요." 상대방은 퉁명스레 말했다.

그들은 복도로 나섰다. 찬츠가 바닥에서 전구를 집어 들었다.

"약삭빠르군요."

그는 감탄을 표하고는 전구를 치워버렸다. 그러고 나서 그들은 서재로 되돌아왔다. 노수사관은 긴 안락의자에 몸을 뻗고는 담요를 덮고 누웠다. 갑자기 폭삭 무너지고 늙어버린 듯 무력한 모습으로. 찬츠는 여전히 뱀칼을 손에 들고 있었다. 그가 물었다.

"그럼 침입자를 알아보실 수는 없었습니까?"

"없었네. 그는 용의주도했고, 또 순식간에 사라졌거든. 그가 갈색 장갑을 꼈다는 한 가지 사실밖에는 알아볼 수 없었네."

"그건 별 도움이 못 되지요."

"아무것도 아니지. 그렇지만 보진 못했어도, 그의 숨소리조차 못 들었어도, 나는 그게 누구인지 안다네. 알고 있어. 알고말고."

노수사관은 이 모든 얘기를 들릴 듯 말 듯 조그만 소리로 말했다. 찬츠는 칼을 손에 쥐고 흔들면서 누운 백발의 모습을 바라보았다. 이 늙고 지친 사나이를, 마치 송장 곁의 시든 꽃처럼 망가질 듯한 몸뚱어리 옆에 놓인 그의 두 손을, 그러고는 누운 노인의 시선을 보았다. 침착하게, 꿰뚫지 못할 정도로 뚜렷하게 베르라하의 눈은 자신을 향해 있었다. 찬츠는 칼을 책상에 놓았다.

"경강님은 오늘 아침 그린델발트로 가신다고 했지요. 편찮으시니 차라리 가시지 않는 게 어떨까요? 산으로 가는 건 별로 좋은 일이 아닐지도 모르지요. 거긴 한겨울이거든요."

"아니, 가겠네."

"그럼 좀 주무셔야겠군요. 곁에서 지켜드릴까요?"

"아니, 이제 가보게, 찬츠." 수사관이 말했다.

"안녕히 주무십시오." 찬츠는 천천히 밖으로 나가며 말했다.

노수사관은 이미 대답이 없었다. 벌써 잠이 든 것 같았다. 찬츠는 현관문을 열고 밖으로 나가서 그 문을 닫았다. 이어서 몇 발자국 거리 쪽으로 걸어가 정원의 열린 문마저 닫았다. 그러고 나서 다시 집 쪽으로 되돌아왔다. 아직도 깜깜했다. 만물이 어둠에 잠겨 있었다. 이웃집들을 보니 멀리 저 위쪽에 가로등만 하나 빛날 뿐이었다, 마치 침울한 암흑 속에서 길을 잃은 별처럼. 그것은 쓸쓸하기 짝이 없게 강물의 흐르는 소리에 싸여 있었다.

찬츠는 그렇게 우두커니 서 있었다. 그러다 갑자기 조그맣게 속으로 욕지거리를 내뱉었다. 그리고 정원의 문을 발길질해서 다시 열어 젖혀놓고 단호한 태도로 정원을 지나 현관 쪽으로, 아까 나왔던 길로 다시 한 번 되돌아갔다. 그러고는 현관문 손잡이를 쥐고 눌렀다. 그러나 그건 이제 잠겨 있었다.

베르라하는 잠을 이루지 못하다가 6시에 일어났다. 일요일이었다. 세수를 하고 다른 옷으로 갈아입었다. 그러고는 전화로 택시를 불렀다. 식사는 기차의 식당차에서 할 생각이었다. 그는 따뜻한 겨울 외투를 걸쳐 입고 집을 나서서 뿌연 아침 공기 속으로 들어섰다. 하지만 가방을 들지는 않았다. 하늘은 맑았다. 뜨내기 대학생 한 놈이 맥주 냄새를 풍기며 비틀거리고 지나가면서 인사를 했다. 블라저 녀석이군, 베르라하는 생각했다. 벌써 두 번씩이나 의사 예비시험에 떨어졌지, 가엾은 녀석. 그러고는 술을 처마시기 시작한 거야. 택시가 다가와 멈춰 섰다. 커다란 미국제 차였다. 운전사는 옷깃을 추켜세우고 있었다. 베르라하는 그를 거들떠보지도 않았다. 운전사가 차 문을 열었다.

"역으로." 베르라하는 차에 올라타며 말했다. 차가 움직였다.

"자." 그의 곁에서 어떤 목소리가 말했다. "어떤가? 잠은 잘 잤나?"

베르라하는 고개를 돌렸다. 구석에 가스트만이 앉아 있었다. 밝은 색 레인코트를 입고 팔짱을 낀 자세였다. 손에는 갈색 가죽 장갑을 끼고 있었다. 그렇게 그는 시니컬한 늙은 농부처럼 앉아 있었다. 앞자리에서 운전사가 뒤로 얼굴을 돌리고 싱긋이 웃었다. 추켜세웠던 옷깃은 이제 내려와 있었다. 하인 가운데 한 명이었다. 베르라하는 함정에 빠졌다는 사실을 깨달았다.

"날 어쩔 셈인가?" 노수사관이 물었다.

"자넨 여전히 내 뒤를 냄새 맡고 다니더군. 작가한테 가지 않나." 구석의 사내가 말했다. 위협조로 들리는 목소리였다.

"그게 내 직업일세."

상대방은 그에게서 눈을 떼지 않고 말했다.

"나를 상대했던 자는 누구든 죽고 말았네, 베르라하."

운전석의 남자는 악마처럼, 아아르가우어스탈덴 언덕길을 달렸다.

"난 아직도 살아 있네. 그리고 항상 자네에게 골몰해왔네." 수사관은 태연히 말했다.

두 사람은 침묵했다.

운전사는 미친 듯이 속력을 내어 빅토리아 광장 쪽으로 달렸다. 한 노인이 비틀거리며 거리를 건너다가 가까스로 차를 피했다.

"조심하라니까." 베르라하는 불쾌한 투로 말했다.

"더 속력을 내라고." 가스트만은 날카롭게 소리치고는 노수사관을 조롱하듯 탐색했다. "나는 자동차가 속력을 내는 걸 즐기지."

수사관은 오싹 오한이 나는 것을 느꼈다. 그는 진공상태를 견디기 힘들었다. 그들은 다리를 건넜다. 전철을 한 대 지나쳤고 저 아래 강물의 은빛 띠를 타고 그들의 시야에 자발적으로 전개되는 시내에 쏜살같이 접근하고 있었다. 거리들은 아직 한산하고 썰렁한데 도시 위 하늘은 유리알처럼 맑았다.

"게임을 포기하라고 충고하겠네. 자네의 패배를 인정할 때가 된 걸세." 가스트만은 파이프에 담배를 채우며 말했다.

노수사관은 그들이 스쳐 지나가는 아케이드의 어두운 둥근 천장들과 랑 서점 앞에 선 유령 같은 경관 두 명의 모습을 바라보았다.

가이스뷜러와 춤스테크로군, 그는 생각하고는 곧이어 폰타네의 책값을 이젠 갚아야겠다고 마음먹었다.

그는 이윽고 "우리의 게임을……" 하고 대답했다. "우리는 포기할 수 없네. 자네는, 터키의 그날 밤 내기를 제안했기 때문에 부채를 졌고, 나는 그것에 응했기 때문에 그런 상태라네."

그들은 의사당 건물을 지나쳤다.

"자네는 여전히 내가 슈미트를 죽였다고 생각하나?" 상대방이 물었다.

"나는 한순간도 그렇게는 생각하지 않았네." 노수사관은 답한 후에 상대방이 파이프에 불을 붙이는 것을 무심히 바라보며 말을 이었다. "나는 자네가 저지른 범죄를 유죄로 입증하는 데 성공하지 못했네. 그렇지만 이제 나는 자네가 저지르지 않은 범죄를 유죄로 입증할 걸세."

가스트만은 탐색하듯 수사관을 바라보았다.

"그런 가능성에는 미처 생각이 못 미쳤군." 그는 말했다. "조심을 해야겠어."

수사관은 묵묵부답이었다.

"어쩌면 자네는, 내가 생각했던 것보다 더 위험한 인물인지 모르겠네, 여보게." 가스트만은 자기 자리에 박힌 채 생각에 잠겨 말했다.

자동차가 멈춰 섰다. 그들은 역에 닿아 있었다.

"이것이 자네하고 얘기를 나누는 마지막 기회일세, 베르라하." 가스트만은 말했다. "다음번에는 자네를 죽일 걸세. 자네가 수술을 이겨낸다면 말이지."

"잘못 생각하는군." 아침이 다가오는 광장에 늙은 베르라하가 서서 몸을 약간 떨며 말했다. "자네는 나를 못 죽일 걸세. 나는 자네를 아는 유일한 사람이지. 따라서 나는 자네를 심판할 수 있는 유일한 판관일세. 나는 자네를 이미 심판했네, 가스트만. 사형 언도를 내렸다네. 자네는 살아서 오늘 밤을 넘기지 못할 거야. 내가 고른 형리가 오늘 중으로 자네를 찾아갈 거거든. 그가 자네를 처형할 걸세. 그건 하느님 이름을 걸고 한 번은 행해져야 할 일이니까."

가스트만은 어깨를 으쓱하고는 어리둥절한 시선으로 노수사관을 응시했다. 그러나 수사관은 역 안으로 들어갔다. 외투에 두 손을 찔러 넣은 채 뒤도 돌아보지 않고, 차츰 인파로 뒤덮여가는 어두운 건물 안으로 사라졌다.

"자네는 바보일세!" 갑자기 가스트만은 수사관 등에 대고 소리쳤다. 어찌나 크게 소리를 쳤는지, 몇몇 행인이 뒤를 돌아보았다. "자네는 바보야!"

그러나 베르라하는 다시 보이지 않았다.

18

점점 솟아오르는 햇빛은 투명하고 활기에 차 있었다. 한 점 흠 없는 공처럼 태양은 길고 진한 그림자들을 던졌다. 그리고 그 그림자들을 알아볼 수 없을 정도로 조금씩 줄이며 말아 올리고 있었다. 그렇게 도시는 햇빛을 빨아들여 골목마다 삼켜 들이면서 하얀 조개처럼 누워 있었다. 그리고 밤이 되면 몇천 개 등불을 밝혀 결국 이 햇빛을 게워낼 것이다. 끊임없이 새로운 인간들을 낳고 찢어발겨 묻어버리는 괴물. 아침 해는 점점 화창하게 빛났다. 사라져가는 종소리 위로 걸린 하나의 빛나는 방패처럼.

찬츠는 창백한 모습으로 담벼락에서 반사되는 빛을 받으며 벌써 한 시간째 기다리고 있었다. 성당 앞 아케이드 안을 불안하게 서성이면서 낙숫물의 홈통들을 올려다보았다. 그것들은 햇빛이 비치는 포도를 뚫어져라 응시하는 무슨 사나운 괴물처럼 보였다. 이윽고 성당 문이 열렸다. 엄청난 인파가 쏟아져 나왔다. 뤼티가 설교를 했던 것이다. 하지만 찬츠는 하얀 레인코트를 당장 알아보았다.

안나가 그에게 다가왔다. 그녀는 만나서 반갑다고 말하고 손을 내밀었다. 그들은 교인들 떼전에 묻혀 케슬러 가를 걸어 올라갔다. 그들을 둘러싼 남녀노소들 중에는 교수가 있는가 하면 일요일이라 성장을 한 빵가게 여주인, 한 처녀와 같이 가는 두 명의 대학생, 몇십 명의 관리, 선생들도 있었다. 모두가 죄를 씻은 정결한 모습으로, 한결같이 더욱 훌륭한 음식을 기대하면서 갈망에 차 있었다. 그들은 카지노 광장에 이르러 그곳을 횡단하고는 마르치리 다리 쪽으로 내려갔다. 다리에서 그들은 멈춰 섰다.

"안나 양." 찬츠가 말했다. "오늘 나는 울리히를 살해한 자를 체포할 겁니다."

"그럼 그게 누구인지 아세요?" 그녀는 놀라서 물었다.

그는 그녀를 찬찬히 바라보았다. 그녀는 창백하고 가느다란 모습으로 그의 앞에 서 있었다.

"안다고 생각합니다." 그는 말했다. "그 사람을 내가 체포하면." 그는 망설이면서 질문을 던졌다. "죽은 당신의 약혼자한테 한 것처럼 저한테 해주실 수 있습니까?"

안나는 당장 대답하지 못했다. 그녀는 추운 듯이 외투를 여몄다. 가벼운 바람이 불어 그녀의 금발을 엉클어뜨렸다. 이어서 그녀가 말했다.

"그럼 그렇게 하도록 해봐요."

그들은 악수를 했고 안나는 강 건너편으로 갔다. 그는 그녀의 뒷모습을 바라보았다. 그녀의 흰 외투 자락이 자작나무 둥치 사이로 반짝였다가 산책객들 사이로 사라지더니 다시 나타났다. 그러고는 아주 사라져버렸다. 그는 자동차를 주차해놓은 역으로 갔다.

그러고는 리게르츠 마을 쪽으로 차를 몰았다. 도착하고 보니 점심 때가 다 된 시간이었다. 그도 그럴 것이 천천히 차를 몰았고, 여러 차례 차를 멈추고 담배를 피우며 들판을 거닐다가는 차 있는 데로 돌아와 다시 달리곤 했기 때문이다. 그는 리게르츠 역 앞에 차를 세워 놓고 교회 쪽으로 가는 층계를 올랐다. 이제 그는 냉정해졌다. 호수는 짙은 푸른빛이었고, 잎이 떨어진 포도덩굴 사이의 땅은 푸석푸석한 갈색이었다. 그러나 찬츠는 아무것도 보고 있지 않았고 아무것에도 관심이 없었다.

그는 규칙적인 걸음걸이로 돌아보지도, 멈추지도 않고 줄기차게 오를 뿐이었다. 산 쪽으로 향하는 가파른 오르막길이었다. 길에는 새하얀 울타리가 쳐져 있고, 연방 포도원을 지나쳤다. 찬츠는 오른손을 외투 주머니에 찌른 채, 천천히 그리고 조용히 한눈 한번 팔지 않고 계속해서 올랐다. 이따금 도마뱀이 길을 막았고 말똥가리들이 날아올랐다. 땅은 마치 여름날처럼 태양의 열기에 이글거렸다. 그는 쉬지 않고 올라갔다.

한참 후 그는 포도밭을 지나 숲 속으로 들어섰다. 한결 서늘해졌다. 나무 둥치들 사이로 유라 산의 하얀 바위들이 빛을 냈다. 그는 점점 높이 올랐다. 한결같은 걸음걸이로, 쉬지 않고 앞으로 나아가면서……. 그러고는 마침내 들판으로 들어섰다. 농경지와 풀밭이었다. 길이 한결 완만해졌다. 그는 묘지를 하나 지나쳤다. 회색 울타리를 친 장방형 묘지의 문이 활짝 열려 있었다. 상복을 입은 여인들이 올라가고 있었다. 한 구부정한 노인이 그곳에 서서 외투 주머니에 오른손을 찔러 넣은 채 계속 걸어가는 과객의 뒷모습을 바라보았다.

그는 프렐 마을에 이르렀다. 그리고 베겐 호텔을 지나쳐 랑부잉 쪽으로 방향을 돌렸다. 고원 위 대기에는 바람 한 점 없고 안개도 없었다. 아무리 멀리 있어도 모든 풍경이 선명하게 눈앞에 다가왔다. 다만 세스랄 봉우리만이 눈으로 뒤덮였을 뿐 만물이 밝은 갈색 속에 잠겨서 반짝이며 하얀 울타리와 빨간 지붕들, 밭의 까만 경계선들을 돋보이게 했다.

찬츠는 규칙적인 걸음걸이로 계속 나아갔다. 태양이 그의 등을 비추며 그의 앞쪽에는 그림자를 드리웠다. 길은 내리막이 되었다. 그는 제재소 쪽으로 걸음을 옮겼다. 이제 해는 옆으로 비껴서 비쳤다. 그는 걸음을 계속했다. 아무 생각도 않고 아무것도 쳐다보지 않고, 오로지 하나의 의지에 쫓기며, 하나의 열정에 사로잡혀서. 어디선가 개 짖는 소리가 들리더니 개 한 마리가 다가와 쉬지 않고 전진하는 이 사내를 킁킁거리며 맡아보고는 다시 도망쳐 갔다. 찬츠는 계속 걸었다. 줄곧 오른편 길가로, 더 느리지도 빠르지도 않게 뚜벅뚜벅, 헐벗은 포플러에 둘러싸여 지금은 빛나는 갈색 들판 한가운데 잠겨 있는 그 집으로 다가갔다. 오솔길을 버리고 들판을 가로질렀다. 일구지 않은 논의 미지근한 흙에 신발이 빠졌지만 계속 걸었다.

이윽고 찬츠는 그 집 대문 앞에 섰다. 문은 열려 있었다. 찬츠는 문 안으로 들어섰다. 마당에는 미국제 차가 한 대 서 있었다. 그는 그것에는 주의를 기울이지 않은 채 현관으로 갔다. 현관도 열려 있었다. 찬츠는 복도를 지나 두 번째 문을 열고 일층을 차지한 홀 안으로 들어섰다. 이제 찬츠는 걸음을 멈추었다. 맞은편 창에서는 눈부신 빛이 흘러나왔다.

다섯 발자국도 떨어지지 않은 그의 앞에 가스트만이 서 있고, 그 옆에는 거인 같은 하인들이 부동자세를 한 채 위협적으로 버티고 있었다. 도살자 둘. 셋 모두 외투 차림이었다. 옆에는 가방들이 쌓여 있었다. 모두가 여행 채비를 갖추고 있었다.

찬츠는 그대로 서 있었다.

"당신이었군." 가스트만은 약간 어리둥절한 시선으로 냉담하고 창백한 경관의 얼굴을, 그리고 그 뒤로 아직 열려 있는 문 쪽을 바라보았다. 그러더니 웃음을 터뜨렸다.

"그 영감이 말한 게 이거였군! 제법 세련됐어. 아주, 그럴듯하게 세련됐다고!"

가스트만의 눈이 크게 떠졌다. 그리고 일종의 도깨비 같은 유쾌함이 그의 눈에 번득였다.

조용히, 한마디 말도 없이 두 도살자 가운데 하나가 주머니에서 느릿느릿 권총을 뽑아 들고 쏘았다. 찬츠는 왼쪽 어깨에 타격을 느끼면서 오른손을 주머니에서 빼고는 날쌔게 몸을 피했다. 그러고는 가없는 허공에서 울리는 듯한 가스트만의 웃음을 향해 세 번 발사했다.

19

찬츠에게 전화 연락을 받고 랑부잉에서 샤르넬이, 트반에서는 클레닌이 서둘러 달려왔고, 비일 시에서는 특별 경찰대가 왔다. 찬츠는 피를 흘리면서 세 명의 시체 곁에 있었다. 또 한 방의 총알을 왼쪽 팔에 맞았던 것이다. 격투는 짧게 끝난 것이 분명했지만 이미 죽어버린 세 명 모두는 각기 총을 쏘긴 했던 모양이다. 제각기 곁에 권총을 놓여 있는 채였고, 하인 가운데 한 명은 자기 것을 꽉 움켜쥔 상태였다.

샤르넬이 도착하고 나서 무슨 일이 벌어졌는지 찬츠는 알 수가 없었다. 뉴버빌 의사가 상처에 붕대를 감는 사이에 그는 두 번 기절했다. 그렇지만 상처가 위험하지는 않다는 게 밝혀졌다. 나중에는 마을 주민, 농부와 노동자, 아낙네 들이 몰려왔다. 마당이 꽉 찼고 경찰이 차단을 했다.

그렇지만 한 아가씨는 홀까지 파고들어가는 데 성공했다. 그녀는 홀에 들어서자 큰 소리로 울부짖으며 가스트만 위로 쓰러졌다. 샤르넬의 약혼녀인 여급이었다. 샤르넬은 화가 나서 뻘겋게 상기된 모습으로 그 옆에 서 있었다. 이어서 사람들은 뒤로 물러나는 농부들 틈바구니를 지나쳐 찬츠를 차로 옮겼다.

"여기 세 사람 모두 누워 있군." 이튿날 아침 루츠가 죽은 자들을 가리키며 말했다. 하지만 그의 목소리는 결코 의기양양한 것이 아니라 서글프고 지친 듯이 들렸다.

폰 슈벤디가 얼이 빠져 고개를 끄덕였다. 이 육군 대령께서는 그의 변호 의뢰인의 부탁을 받고 루츠와 함께 비일 시로 가고 없었던 것이다. 지금 그들은 시체들이 안치된 방 안으로 들어와 있었다. 격자를 친 작은 창을 통해 비스듬히 광선이 새어 들어왔다. 두 남자는 외투 차림으로 서서 추위에 떨었다. 루츠의 눈은 붉게 충혈되었다. 밤새 가스트만의 일기를 읽는 데 골몰했던 탓이다. 아주 알아보기 어려운 속기체 기록이었다.

루츠는 양손을 깊이 호주머니에 묻었다.

"우리 인간들은 공포 때문에 서로의 앞에 국가라는 진을 치는 걸세, 폰 슈벤디." 그는 소리 죽여 다시 말했다. "주변을 온갖 보초니 경찰관이니 군인이니 여론 따위로 에워싸는 거지. 그렇지만 그게 우리한테 무슨 소용이 있는가?"

루츠의 표정이 일그러지며 커다랗게 눈이 튀어나왔다. 그리고 그는 그들을 싸느랗고 비참하게 에워싼 공간을 향해 염소 울음 같은 공허한 웃음을 터뜨렸다.

"거대한 세력의 꼭대기에 앉은 한낱 얼간이일 뿐, 여보게 의원, 어느 틈에 우리는 씻겨 떨려나가는 걸세. 일개 가스트만(손님을 대접하는 사람이라는 뜻)일 뿐, 어느 틈에 우리의 보초선엔 구멍이 뚫려 있단 말일세. 전초(前哨)들을 우회해서 뚫고 들어오는 무엇이 있기 때문이지."

폰 슈벤디는 이 예심판사를 현실의 바닥으로 끌어내리는 게 상책이라 생각했지만, 어떻게 손을 쓸지 알 수가 없었다.

"실상 우리의 사교 모임은 온갖 있을 수 있는 인간들에 의해 그야말로 파렴치하게 이용당한다네." 이윽고 그는 입을 뗐다. "이건 곤혹스러운 일이야. 곤혹스러운 일이지."

"아무도 뭔가를 눈치채고 있지는 않네." 루츠가 그를 안심시켰다.

"그럼 슈미트는?" 한마디 실마리를 찾아낸 것을 반가워하면서 입법의회 의원이 물었다.

"가스트만의 집에서 슈미트의 서류철이 하나 발견됐네. 거기엔 가스트만의 생애에 대한 진술과 그의 범죄에 대한 추측이 적혀 있었어.

슈미트는 가스트만의 유죄를 입증하려고 애를 썼네. 그는 개인적 위치에서 그 일을 했지. 그로서는 값을 치르지 않을 수 없는 실수라고 할 수 있어. 가스트만이 슈미트 살해를 교사했다는 것이 입증되었거든. 슈미트는, 하인 가운데 한 사람이 찬츠를 쏘았을 때 들었던 바로 그 총으로 살해되었던 게 분명하네. 권총을 조사하니 이 사실은 금세 확인되었어. 또 그가 살해된 이유도 명백하지. 가스트만은 슈미트에게 정체가 폭로될 것이 두려웠던 걸세. 슈미트가 차라리 우리한테 속을 털어놨더라면 좋았을걸. 그렇지만 그 친구는 젊고 야망이 컸거든."

베르라하가 시체 안치실로 들어섰다. 루츠는 노수사관을 보자 침울해지며 다시 두 손을 호주머니에 찔러 넣었다.

"어이, 경감." 그는 발을 구르며 말했다. "여기서 만나다니 반갑군요. 때맞춰 휴가에서 돌아오셨소. 저도 여기 의원과 함께 겨우 시간에 맞춰 급히 달려왔소이다. 죽은 이들을 검증했어요. 우리는 퍽 많은 논쟁을 벌여왔지요, 베르라하. 나는 온갖 술책을 동원한 두뇌 경찰을 옹호했었습니다. 경찰이 원자탄까지도 갖추면 좋겠다고 생각했지요. 그리고 경감, 당신은 그보다 인간적인 것, 우직한 노인들로 구성된 일종의 헌병대를 옹호했습니다. 우리 그 논쟁은 묻어버립시다. 우리 둘 다 옳지 않았어요. 찬츠가 그 맹목적인 권총을 가지고 극히 비과학적으로 우리의 방법을 부인해버린 겁니다. 어떻게 그렇게 되었는지는 알고 싶지 않아요. 아무튼 좋아요. 그건 정당방위였지요. 우리는 그의 말을 믿어야 하오. 또 믿어도 된다오. 전리품은 그만한 값이 있거든요. 사살당한 자들은, 흔히 말하는 상투어로 천 번 죽어 마땅하니까. 또 설혹 과학적인 방법으로 수사가 진행되었다 해도, 우리는 지금 외교관들 집 근처나 쿵쿵 냄새 맡으며 배회했을 테지요. 나는 찬츠를 승진시키려고 합니다. 그렇지만 우리는 둘 다 멍청이처럼 서 있는 겁니다. 슈미트 사건은 종결되었소."

루츠는 노수사관의 수수께끼 같은 침묵 앞에 당황해서 고개를 떨어뜨리고 골똘히 생각에 잠겼다. 그러나 갑자기 다시 용의주도하고 정확한 관리로 되돌아와 헛기침을 했다. 그러고는 여전히 당황해 있는 폰 슈벤디를 의식하고 얼굴이 붉어졌다. 이어서 그는 육군 대령과 동반하여 천천히 바깥 복도의 어둠 속으로 걸어 나갔다.

베르라하는 혼자 남았다. 시체들은 검정 수건으로 덮여 들것에 누워 있었다. 사방의 황량한 회색 벽에서 회칠이 너덜거렸다. 베르라하는 가운데 들것으로 다가가 죽은 자를 들추었다. 가스트만이었다. 베르라하는 그냥 왼손에 검정 수건을 잡은 채, 시체 위로 약간 몸을 굽히고 서 있었다. 그렇게 그는 죽은 자의 밀랍 같은 얼굴을 내려다보았다. 여전히 유쾌한 듯한 입술의 선, 그러나 눈자위는 한층 깊게 파여 들어갔고, 그 깊은 심연에는 이미 공포스러운 요소가 아무것도 도사리지 않았다.

그렇게 그들은 마지막으로 만났다, 사냥꾼과 야수는. 그 야수는 지금 처치되어 그의 발치에 누워 있었다. 베르라하는, 이제 두 사람의 생이 끝까지 하나의 유희였음을 막연히 느꼈다. 그리고 다시 한 번 그의 시선은 몇 년의 세월을 통과하며 미끄러졌고, 그의 정신은 두 사람의 생이기도 했던 저 불가사의한 미궁의 길들을 헤맸다. 이제 그들 사이에는 측량할 길 없는 죽음밖에 아무것도 남지 않았다. 죽음은 하나의 판관, 그 심판은 침묵이었다.

베르라하는 여전히 몸을 굽히고 서 있었다. 좁은 방의 희미한 빛이 그의 얼굴과 손을 비추면서 동시에 시체 주변에도 어른거렸다. 두 사람 모두에게 해당되는, 두 사람 모두를 위해 창조된 빛, 그것은 둘을 화해시키는 빛이었다. 죽음의 침묵이 그에게 내려앉아 그의 내부로 파고들었다. 하지만 그에게는 상대방과 같은 평안이 없었다. 죽은 자들은 항상 옳았다.

베르라하는 천천히 가스트만의 얼굴을 다시 덮었다. 그가 가스트만을 본 마지막 순간이었다. 이제부터 그의 적수는 무덤에 속했다. 그를 없애겠다는 단 하나의 생각이 몇 년간 그를 지배해왔었다. 듬성듬성 내리는 가벼운 눈발에 덮인 듯 떨어지는 회칠로 덮여서, 그 황량한 잿빛 방 안 그의 발치에 누운 그를 없애겠다는 일념이었다. 이제 노수사관에게는 맥없이 수건을 덮는 일밖에는, 망각을 염원하는 겸허한 기도밖에는 아무것도 남은 게 없었다. 망각이야말로 분노의 불길에 타오르는 심장을 달랠 유일한 은총 아니랴.

20

그러고 나서 그날 중으로, 8시 정각에 찬츠가 알텐베르크 가의 노수사관 집으로 들어섰다. 그 시간에 꼭 와달라는 수사관의 간청을 받았기 때문이다. 그러나 그는 우선 의외의 사실에 놀라지 않을 수 없었다.

하얀 앞치마를 두른 젊은 하녀가 문을 열어주어 복도로 들어서는데, 부엌에서는 음식을 지지고 끓이는 소리, 식기가 달그락대는 소리가 들려왔다. 하녀가 외투 벗는 것을 시중들며 옷을 받아 들었다. 그의 왼손에 붕대가 감겨 있었기 때문이다. 그런 상태인데도 그는 손수 차를 몰고 온 참이었다. 하녀가 식당 문을 열어주자, 찬츠는 얼이 빠진 듯 우뚝 서버렸다. 식탁에는 두 사람 몫의 성찬이 차려져 있었다. 촛대에는 촛불을 밝혀놓았고, 식탁 한끝에는 베르라하가 안락의자에 앉아 있었다. 불그레하니 고요한 촛불 빛을 받으며 냉정하고 의연한 모습으로…….

"앉게, 찬츠." 노수사관은 손님에게 소리치며 식탁 앞에 옮겨다놓은 또 하나의 안락의자를 가리켰다. 찬츠는 얼이 빠진 듯 앉았다.

"식사(독일어로 Gericht라는 말에는 법정이라는 뜻도 있음)에 초대된 줄 몰랐습니다." 이윽고 그는 답했다.

"자네의 승리를 축하해야지." 노인은 차분히 대답하면서 서로의 얼굴이 보이도록 촛대를 약간 옆으로 밀었다.

그러고는 손뼉을 치자 문이 열리고, 뚱뚱하고 체구가 당당한 부인이 쟁반을 하나 들고 들어왔다. 쟁반에는 정어리, 새우, 완두콩, 토마토, 오이 등을 버무려 산더미처럼 마요네즈와 달걀을 얹은 샐러드 사이에 냉육, 닭고기, 그리고 연어가 철철 넘치도록 쌓여 있었다. 노수사관은 모든 음식을 집어서 접시에 담았다.

위장병 환자가 엄청난 양의 음식을 쌓는 것을 보던 찬츠는, 어리둥절한 나머지 감자 샐러드만 약간 담았다.

"무얼 마시려나?" 베르라하가 물었다. "리게르츠산 포도주?"

"좋습니다. 리게르츠산 포도주로 하지요." 찬츠는 몽롱하게 대답했다.

하녀가 와서 술을 따랐다. 베르라하는 먹기 시작했다. 빵까지 곁들여서 연어, 정어리, 붉은 새우살, 냉육, 상추, 마요네즈 요리, 편육을 꿀꺽꿀꺽 삼키고는, 손뼉을 치고 다시 한 번 주문했다. 찬츠는 얼어붙은 듯 감자 샐러드도 미처 다 먹지 못한 상태였다. 베르라하는 세 번째로 잔을 채우게 했다.

"이제 고기만두랑 노이엔부르크산 붉은 포도주일세"라고 그는 외쳤다.

접시가 바뀌었다. 베르라하는 자기 몫으로 고기만두 세 쪽을 접시에 놓게 했다. 거위 간, 돼지고기, 송로(松露)로 속을 채운 만두였다.

"편찮으시잖습니까, 경감님?" 찬츠는 마침내 머뭇거리며 말을 꺼냈다.

"오늘은 아닐세, 찬츠. 오늘은 아니야. 내가 슈미트의 살인자를 마침내 사로잡은 것을 축하하는 걸세!"

그는 두 번째 잔의 붉은 포도주를 비우고는 세 번째 고기만두를 먹기 시작했다. 쉴 새 없이 먹고, 이 세상 음식들을 게걸스럽게 삼켜 턱 사이에서 으깨면서, 끝없는 배고픔을 진정시키는 무슨 악령 같은 모습이었다. 벽에는 갑절로 크기가 확대된 사나운 그림자로 그의 형체가 윤곽을 드러냈다. 마치 개가를 울린 인디언 추장의 춤 같은, 힘찬 팔놀림과 고개를 숙이는 모습을…….

찬츠는 죽을병에 걸린 환자가 벌이는 이 무시무시한 연극을 멍하니 구경했다. 그는 먹지도 않았다. 단 한입도 입에 가져가지 않고, 술한 방울도 맛보지 않은 채로 꼼짝 않고 그렇게 앉아 있었다. 베르라하는 송아지 갈비, 밥, 감자튀김, 상추를 주문하더니 샴페인까지 가져오라고 시켰다. 찬츠는 부르르 몸을 떨었다.

"당신은 위장(僞裝)하고 있군요." 그는 헐떡이며 말했다. "당신은 환자가 아닙니다!"

상대방은 당장은 대답하지 않았다. 처음에는 웃음을 터뜨리고, 이어서 상추를 한입 한입 음미하면서 열심히 먹었다. 찬츠는 이 섬뜩한 느낌을 주는 노인에게 또 한 번 물어볼 엄두를 내지 못했다.

"그렇다네, 찬츠." 이윽고 베르라하가 입을 열었다. 그의 눈이 사납게 이글거렸다. "나는 위장을 해왔지. 아픈 적이 없었어." 그러고는 송아지 갈비를 한쪽 입에 밀어 넣고는, 쉴 새 없이 지치지도 않고 계속 먹었다.

그때 찬츠는, 자신이 음흉한 함정에 빠졌다는 것을, 그 함정의 문은 지금 그의 등 뒤로 철컥 잠겨 있다는 것을 깨달았다. 땀구멍에서 식은땀이 솟아났다. 공포가 점점 세차게 그를 조여왔다. 자신의 상황에 대한 인식이 너무 늦게 찾아왔다. 이미 빠져나갈 출구는 없었다.

"알고 계셨군요, 경감님." 그는 조그만 소리로 말했다.

"그래, 찬츠, 난 알고 있네." 베르라하는 단순하고 냉정한 어조로 말했다. 그러나 무슨 대수롭지 않은 것을 얘기하는 양 언성조차 높이지 않았다. "자네가 슈미트 살해자일세."

이어서 그는 샴페인 잔을 집어 들고 단숨에 비웠다.

"당신이 그걸 안다는 점을 항상 막연히 느껴왔습니다." 상대방은 들릴 듯 말 듯 신음하는 목소리로 말했다.

노수사관은 눈썹 하나 까딱하지 않았다. 그는 식사 말고는 아무것에도 관심이 없어 보였다. 사정없이 자기 접시에 두 번째로 밥을 잔뜩 덜어 소스를 끼얹고는 송아지 갈비까지 그 위에 한 토막 쌓아 올렸다. 찬츠는 다시 한 번 빠져나가려 시도했다. 악마 같은 이 탐식가에게 항거를 시도했다.

"총알은, 하인한테서 발견한 권총에서 나온 겁니다." 그는 고집스레 단언했다.

그렇지만 기가 꺾인 목소리였다.

가느스름하게 모인 베르라하의 눈이 모멸을 드러냈고 번갯불이 번쩍 일었다.

"어림없는 소리야, 찬츠. 발견 현장에서 하인의 손에 있던 건 바로 자네 권총이라는 걸 누구보다 자네가 잘 알지. 자네가 직접 그것을 죽은 사람 손에 쥐여주었지. 다만 가스트만이 범죄자였다는 사실이 밝혀진 것이, 자네의 연극을 투시하지 못하도록 방해했을 뿐이야."

"당신은 그걸 내게 '결코' 입증할 수 없을 겁니다." 찬츠는 기를 쓰고 부인했다.

노수사관은 의자에 앉아서 기지개를 켰다. 이제 그는 무너진 환자가 아니라 태연자약하고 막강한, 초인적 우월감을 지닌 인물, 자신의 희생물을 다루는 한 마리 호랑이였다. 이어서 그는 남은 샴페인을 마셨다. 그러고는 끊임없이 들락날락하는 하녀에게 치즈를 가져오라고 시켰다. 그리고 거기에 곁들여 빨간무를, 소금에 절인 오이와 작은 양파를 먹었다. 그는 끊임없이 새로운 음식을 먹어치웠다. 마치 세상이 인간에게 제공하는 것을 단 한 번 더, 마지막으로 맛보는 사람 같았다.

"자네는 아직도 모르나, 찬츠?" 이윽고 그가 입을 뗐다. "자네가 자네의 범행 증거를 벌써 오래전에 나한테 주었다는 것을? 그 권총은 자네 것일세. 자네가 나를 구하려고 쏘아 죽였던 가스트만의 개가 맞은 총알은, 바로 슈미트를 죽인 권총에서 나온 것과 같은 총알이었거든. 자네 권총에서 나왔지. 내게 필요했던 증거를 자네 자신이 제시했네. 자네는 내 생명을 구해주었을 때 스스로를 폭로한 걸세."

"내가 당신의 생명을 구했을 때라고요? 그래서 그 짐승을 다시 발견할 수 없었군요." 찬츠는 기계적으로 대답했다. "그럼 당신은 가스트만이 사냥개를 갖고 있다는 사실을 아셨나요?"

"그렇다네. 나는 미리 왼쪽 팔에 두꺼운 천을 휘감고 갔지."

"그럼 당신은 그때도 나를 잡을 함정을 파놓은 거로군요." 살인자는 사뭇 억양 없이 말했다.

"그것도 증거였지. 그렇지만 금요일 밤에 자네가 나를 태우고 '푸른 카론'에 얽힌 코미디를 보여주려고 인스 마을을 지나 리게르츠로 차를 몰았을 때, 이미 자네는 내게 첫 번째 증거를 제시해주었다네. 슈미트는 수요일에 촐리코펜 마을을 지나 차를 몰았지. 그걸 나는 알고 있었거든. 그는 그날 밤 리스 시에 있는 차고에 주차를 했어."

"그걸 어떻게 아셨습니까?" 찬츠가 물었다.

"아주 간단하게 전화로 물어보았지. 그날 밤 인스와 에르라하를 거쳐 간 사람이 살인자였네. 자네, 찬츠였단 말일세. 자네는 그린델발트에서 왔거든. 아이거 여인숙도 역시 푸른 메르세데스를 한 대 소지하고 있네. 몇 주일째 자네는 슈미트를 관찰하며 그의 일거수일투

족을 감시했던 걸세. 그의 능력과 그의 성공, 그의 교양과 그의 여자에 질투를 느끼면서. 자네는 그가 가스트만과 상대한다는 걸 알고 있었지. 심지어 그가 언제 가스트만을 방문하는지도. 다만 방문하는 이유가 뭔지는 몰랐어. 그러던 중 우연히 그의 책상에서 가스트만에 대한 기록이 적힌 서류철을 보았지. 자네는 슈미트를 죽이기로, 그 사건을 떠맡기로 결심한 거야. 자네도 한번 스스로 성공해보려고. 자네 생각은 맞았어. 아마도 자네는 쉽사리 가스트만에게 살인죄를 돌릴 수도 있었을 걸세. 그런데 그린델발트에서 푸른 메르세데스를 발견했을 때, 나는 자네가 어떻게 일을 해치웠는지 깨달았지. 자네는 수요일 밤에 그 차를 세냈더군. 내가 알아보았네. 그다음 일은 간단하지. 자네는 리게르츠를 지나 세르넬츠로 가서 차를 트반바하 숲에다 세워놨지. 그리고 계곡을 통과하는 지름길로 숲을 가로질러 나가, 트반-랑부잉 도로변에 다다랐던 걸세. 암벽 있는 데서 자네는 슈미트를 기다렸지. 슈미트는 자네를 알아보고 의아해하며 차를 세웠겠지. 그가 차 문을 열자 자네는 그를 죽였지. 그 얘기를 자네 입으로 내게 하지 않았나. 이제 자네는 뜻하던 것을 차지했네. 그의 성공, 그의 지위, 그의 차, 그리고 그의 여인까지."

찬츠는, 자기를 외통수로 몰아넣고 나서 이제 그 지겨운 만찬을 끝낸 무자비한 장기꾼의 얘기에 귀를 기울였다. 촛불은 한층 불안하게 타올랐다. 불꽃이 타닥거리며 두 사내의 얼굴을 어른어른 비쳤고 그림자들이 짙어졌다. 이 어두운 지옥 안에 죽음 같은 정적이 흘렀다. 이제는 하녀들도 오지 않았다. 노수사관은 이제 꼼짝도 하지 않고 앉아 있었다. 숨도 안 쉬는 것처럼 보였다. 타닥거리는 촛불이 끊임없이 새로운 파장을 일으키며 그의 주변에서 어른거렸다. 빨간 불꽃이 얼음 같은 그의 이마와 영혼에 부딪쳐 부서졌다.

"당신은 나를 도구로 게임을 벌였군요." 찬츠가 느릿느릿 말했다.

"나는 자네를 도구로 게임을 벌였네." 베르라하는 무섭고도 진지하게 대답했다. "딴 도리가 없었지. 자네가 내게서 슈미트를 죽여 앗아갔으니 나로선 자네를 취할 수밖에 없었거든."

"가스트만을 죽이기 위해서 말이군요." 갑작스레 모든 진실을 깨달은 찬츠가 말을 맺었다.

"자네 입에서 그 말이 나왔군. 나는 가스트만의 범죄를 입증하려고 반평생 혼신의 힘을 다했다네. 그리고 슈미트는 나의 마지막 희망이었지. 나는 그로 하여금 사람의 탈을 쓴 그 악마를 추적하도록 시켰어. 한 고상한 짐승으로 하여금 야수를 쫓게 한 걸세. 그런데 자네가 나타난 거야, 찬츠. 자네의 그 가소로운 범죄적 야심을 가지고. 그리고 내 유일한 기회를 없애버렸지. 그래서 나는 자네를, 살인자인 자네를 취한 걸세. 자네를 더없이 가공할 나의 무기로 변신시킨 거야. 절망이 자네를 몰아간 덕분이지. 살인자는 다른 살인자를 찾을 수밖에 없었거든. 나는 나의 과녁을 자네의 과녁으로 만들어버렸다네."

"그 과녁은 내게는 지옥이었습니다." 찬츠가 말했다.

"그건 우리 둘 모두에게 지옥이었지." 노수사관은 무시무시하고도 냉담하게 말을 이었다. "폰 슈벤디의 개입이 자네를 극단으로 몰았지. 자네는 어떤 방법으로든 가스트만이 살인자라고 폭로해야만 했어. 가스트만을 시사하는 단서가 조금만 어긋났어도 그건 바로 자네를 겨누는 단서가 됐을 걸세. 그나마 슈미트의 서류철만이 자네를 도

126

와줄 수 있었지. 자네는 그 서류철이 내게 있다는 건 알았지만 가스트만이 나한테서 그걸 가져갔다는 사실은 몰랐네. 그래서 자네는 토요일과 일요일 밤 사이에 나를 습격했던 걸세. 또한 내가 그린델발트에 간다는 것도 자네를 불안하게 했지."

"그럼 당신을 기습한 것이 나였다는 사실을 아셨습니까?" 찬츠는 억양 없이 말했다.

"첫 순간에 알았지. 내 모든 행동은, 자네를 극단적인 절망으로 몰아넣으려는 의도에서 발생한 거라네. 그리고 그 절망이 극도로 커졌을 때 자네는 어떻게든 결말을 찾아보려고 랑부잉으로 갔지."

"가스트만의 하인들 중 한 놈이 먼저 쏘았습니다." 찬츠가 말했다.

"일요일 아침에 나는 가스트만에게 말해두었네. 그를 죽일 사람을 보내겠다고."

찬츠는 비틀거렸다. 소름이 쫙 끼쳤다.

"그럼 당신은 짐승처럼 나와 가스트만이 서로 쫓도록 부추겼군요!"

"야수와 야수끼리." 안락의자에서 사정없는 음성이 들려왔다.

"그렇다면 당신은 판관이었고, 나는 형리였던 셈이군요." 상대방이 헐떡이며 말했다.

"그런 거였지." 노수사관은 대답했다.

"그럼 나는, 나의 의지와는 무관하게 오로지 당신의 의지만을 수행한 나는, 지금 한낱 범죄자란 말이군요. 쫓기는 신세가 된 인간이란 말입니다!"

찬츠는 일어서서 자유로운 오른쪽 손을 식탁에 버티고 섰다. 이제

단 한 개의 촛불만이 타고 있었다. 찬츠는 이글거리는 눈으로 어둠 속에서 노인의 윤곽을 알아보려고 했지만 시커먼 비현실적 그림자만이 보였다. 그는 불안한 자세로 윗도리 호주머니를 더듬었다.

"그만두게." 노인의 말소리가 들렸다. "소용없는 짓이야. 자네가 우리 집에 와 있는 걸 루츠가 알아. 또 여자들도 아직 집 안에 있고."

"그렇군요, 소용없는 짓이군요." 찬츠는 조그만 소리로 대답했다.

"슈미트 사건은 종결되었어." 노인은 방 안의 어둠을 꿰뚫고 말했다. "나는 자네를 폭로하지 않겠네. 그렇지만 떠나게! 어디로든! 내 앞에 다시는 나타나지 말게. 한 사람을 심판한 것으로 나한테는 충분해. 가라고! 꺼지라고!"

찬츠는 고개를 떨구고 천천히 걸어 나가 어둠에 합류했다. 그런 후 문이 닫히고 조금 뒤 바깥에서 자동차가 떠날 쯤에는, 이미 눈을 감은 노인의 모습을 눈부신 불꽃 속에 다시 한 번 비추고 나서 촛불도 꺼져버렸다.

21

베르라하는 밤새도록 일어나지도, 움직이지도 못하고 안락의자에 앉아 있었다. 다시 한 번 그의 내부에서 활활 타올랐던 엄청나게 탐욕스러운 생명력도 사그라져 막 꺼지려는 기세였다. 노수사관은 대담하게 다시 한 번 게임을 감행했었다. 그러나 어떤 면에서 그는 찬츠를 속였던 것이다.

이른 아침 동이 틀 무렵에 루츠가 허겁지겁 방 안으로 쳐들어와, 찬츠가 시체로 발견되었다고 황망하게 보고했다. 리게르츠와 트반 사이에서 기차와 충돌한 자신의 차 밑에서였다. 수사관은 그때 거의 죽을 지경이 되어 있었다. 노수사관은 가까스로 훙거토벨한테 전화를 걸어달라고 했다. 오늘이 화요일이니까 수술을 할 수 있다고.

"앞으로 일 년이 남았어."

루츠는 창밖으로 유리알같이 맑은 아침 하늘을 내다보는 노인의 음성을 들었다.

"앞으로 단 일 년 남았어."

혐의

Der Verdacht
Friedrich Dürrenmatt

1부

<u>혐의</u>

베르라하는 1948년 11월 초순 병원으로 옮겨졌다. 시청을 비롯해 베른 시 구시가가 내려다보이는 데 위치한 병원이었다. 한번은 심장 장애가 일어나, 그러잖아도 위급한 수술을 이 주일이나 연기하지 않을 수 없었다. 마침내 어려운 집도를 단행했고 수술은 성공적으로 끝났다. 그러나 진단 결과는, 짐작했던 대로 예의 불치병임이 드러났다. 수사관의 용태는 영 좋지 않았다.

그의 상관 예심판사 루츠는 벌써 두 번씩이나 그의 죽음은 결정적이라고 생각했다. 그런데 마침내 크리스마스 직전에 호전 기미가 보이자 두 번째로 새로운 희망을 품게 되었다. 크리스마스 기간 동안 노수사관은 계속 잠만 잤다. 그러나 27일 월요일에는 깨어나 기운을 차리고, 45년도판 낡은 미국 잡지 《라이프》를 뒤적거렸다.

"짐승 같은 놈들이었군, 사무엘." 홍거토벨 박사가 저녁 회진을 하러 어스름한 그의 병실로 들어섰을 때 수사관이 던진 말이었다. "짐승들이었다니까." 그러면서 그는 의사에게 잡지를 내밀었다.

"자네는 의사니까 상상할 수 있겠군. 슈트트호프 강제수용소에서 나온 이 사진을 좀 들여다보게! 수용소 의사 넬레라는 자가 마취도 하지 않고 어떤 포로의 복부 수술을 하는 장면이 사진으로 찍힌 걸세."

그건 나치들이 종종 하던 짓이었다고 말하면서 의사는 사진을 들여다보았다. 그러나 이내 잡지를 치우면서 얼굴이 해쓱해졌다.

"웬일인가?" 환자는 의아해하며 물었다.

홍거토벨은 얼른 대답을 못 했다. 그는 펼쳐진 잡지를 베르라하의 침대에 놓고, 하얀 의사 가운 오른편 윗주머니에서 뿔테 안경을 꺼내더니 수사관이 보기에는 약간 떨면서 안경을 썼다. 그러고는 다시 한번 사진을 자세히 들여다보았다.

베르라하는 '대체 저 친구가 왜 저렇게 과민 반응을 보일까?' 생각했다.

"얼토당토않은 생각이야." 이윽고 홍거토벨은 불쾌한 투로 내뱉고는 잡지를 다른 잡지들이 놓인 탁자에 얹었다. "자, 손이나 내밀게. 맥을 짚어야겠어."

한순간 정적이 흘렀다. 이어서 의사는 친구의 팔목을 놓고 침대에 붙은 도표를 올려다보았다.

"경과가 좋군, 한스."

"일 년은 더 살겠나?" 베르라하가 물었다.

홍거토벨은 당황스런 표정을 지었다.

"그 얘기는 지금은 그만두게." 그가 말했다. "조심스럽게 자신을 지켜봐야 하네. 검사도 받아봐야 하고."

"난 늘 조심스럽게 지켜본다네." 노수사관은 툴툴거렸다.

"그럼 잘되겠지." 홍거토벨은 작별하며 말했다.

"그렇지만 그 《라이프》지 좀 주고 가게." 환자는 대수롭지 않다는 투로 요구했다. 홍거토벨은 침대용 탁자에 놓인 책 더미에서 잡지 한 권을 건네주었다.

"그게 아닐세." 수사관은 약간 이죽거리는 투로 의사를 쳐다보면서 말했다. "자네가 내게서 빼앗아간 그걸 보겠단 말이야. 내가 그렇게 쉽사리 강제수용소 문제에서 놓여날 줄 알았나?"

홍거토벨은 한순간 망설였다. 베르라하의 탐색하는 듯한 시선이 느껴지자 그는 얼굴을 붉히며 잡지를 건네주었다. 그러고는 뭔가 불편한 듯이 서둘러 밖으로 나가버렸다. 수사관은 나머지 잡지들은 가져가도록 부탁했다.

"저건 아닌가요?" 간호사가 베르라하의 담요에 놓인 잡지를 가리켰다.

"아, 그건 그냥 두고." 노인이 말했다.

간호사가 나가버리자 그는 사진을 다시 한 번 자세히 들여다보았다. 짐승 같은 실험을 수행하는 그 의사는 냉혹한 모습에다 어떤 우상 같은 느낌을 주었다. 마스크를 써서 얼굴 대부분이 가려진 상태였다.

수사관은 잡지를 침대용 탁자 서랍에 챙겨 넣고는 손깍지를 끼고 누웠다. 그러고는 눈을 크게 뜨고 조금씩 방 안을 뒤덮는 어둠을 응시했다. 전등을 켜지는 않았다.

나중에 간호사가 식사를 가지고 왔다. 여전히 소량의 다이어트용 식사, 오트밀 국물이었다. 그는 비위에 맞지 않는 보리수꽃 차(茶)는 건드리지도 않았다. 국물만 떠먹은 다음 전등을 끄고 다시금 어둠 속을, 점점 꿰뚫을 수 없이 짙어져가는 그림자들을 응시했다.

그는 창을 통해 들어오는 도시의 등불들을 바라보기 좋아했다.

밤사이 그를 보살피러 간호사가 왔을 때 수사관은 벌써 잠들어 있었다.

이튿날 아침 10시에 홍거토벨이 왔다.

베르라하는 손깍지 베개를 베고 침대에 누워 있고, 담요에는 펼쳐진 잡지가 놓여 있었다. 그의 시선은 주의 깊게 의사를 향했다. 홍거토벨은, 노수사관 앞에 놓인 것이 강제수용소에서 나온 사진이라는 것을 알아차렸다.

"《라이프》지에서 나온 이 사진을 보여주었을 때 자네가 죽은 사람처럼 창백해진 이유를 말해줄 수 없나?" 환자가 물었다.

홍거토벨은 침대 가장자리로 가서 도표를 내리고 보통 때보다 더 유심히 살펴보더니 다시 제자리에 걸었다.

"그건 얼토당토않은 착각이었네, 한스." 그는 말했다. "거론할 가치도 없어."

"자네는 이 넬레 박사를 알고 있나?" 베르라하의 음성은 묘하게도 흥분한 것처럼 들렸다.

"몰라." 홍거토벨은 대답했다. "나는 그런 사람은 모르네. 단지 그 사람이 누군가를 연상시켰을 뿐이지."

"아주 닮았던 모양이지?" 수사관이 말했다.

"아주 닮았어." 의사는 수긍하며 사진을 다시 한 번 자세히 들여다보았다, 다시금 불안한 표정으로. 베르라하는 그 점을 똑똑히 알 수 있었다. "그렇지만 이 사진에는 얼굴 반쪽밖에 안 나와 있는걸. 수술을 하는 모든 의사는 닮아 보인다네." 의사가 말했다.

"대체 이 짐승이 자네한테 누구를 연상시켰나?" 노인은 사정없이 물었다.

"어쨌든 그건 아무 의미도 없는 일일세!" 홍거토벨은 대답했다. "내가 이미 말하지 않았나, 그건 틀림없이 착각이라고."

"그럼에도 그 사람이 이 사진의 주인공이라고 장담할 수 있는 면도 있다는 말 아닌가, 사무엘?"

"그래." 의사는 대꾸했다. "그 사진이 문제의 그 인물일 수 없다는 사실을 몰랐다면 아마 나는 장담했을 걸세. 우리, 이런 재미없는 얘기는 이제 집어치우자고. 생사가 달린 수술을 치르고 난 직후에 낡은 《라이프》지나 뒤적이는 건 득이 될 게 없어."

"여기 이 의사는 내가 아는 그 사람일 리가 없네." 그는 얼마 후 최면에 걸린 듯 다시 사진을 들여다보며 말을 이었다. "왜냐하면 문제의 당사자는 전쟁 동안 칠레에 가 있었거든. 그러니까 그건 온통 난센스야. 누가 봐도 명약관화한 일이지."

"칠레에 있었다고? 칠레라······." 베르라하가 말했다. "그럼 그 사람은 대체 언제 돌아왔나? 자네가 넬레일 수가 없다고 보는 그 사람 말일세."

"45년에."

"칠레에 있었다고, 칠레에······." 베르라하는 되뇌었다. "그럼 자네는 이 사진에서 자네가 연상하는 문제의 인물이 누군지 나한테는 말해주지 않겠다는 건가?"

홍거토벨은 대답을 망설였다. 노의사로서는 실로 난처한 일이었다. 이윽고 의사는 입을 열었다.

"내가 이름을 말해준다면 한스, 자네는 그 남자한테 혐의를 품을 게 아닌가?"

"나는 이미 그 사람한테 혐의를 품고 있네." 수사관이 대답했다.

홍거토벨은 한숨을 내쉬었다.

"이것 보게, 한스." 그가 말했다. "그 점이 걱정스러웠네. 나는 그걸 원치 않아, 알겠나? 나는 늙은 의사일세. 누구한테도 악한 짓을 하고 싶지 않아. 자네가 품는 혐의는 일종의 망상일세. 사진 한 장을 근거로 무턱대고 사람을 의심할 수는 없는 노릇이야. 더욱이 얼굴도 제대로 나오지 않은 사진을 놓고서 말이야. 게다가 그는 칠레에 있었어. 그건 엄연한 사실이야."

"그럼 거기서 그 사람이 무슨 일을 했나?" 수사관이 입을 열었다.

"그는 산티아고에서 병원을 개업했어." 홍거토벨이 말했다.

"칠레에 있었다고, 칠레에……." 베르라하는 되뇌었다. 그러고는 이건 위태로운 악순환이니 수사하기 어렵겠노라 말했다. "사무엘, 자네 말이 옳아. 혐의란 끔찍스러운 것이며 악마한테서 나오지."

"어떤 혐의를 품는 것처럼 사람을 고약하게 만드는 게 없다네." 그는 말을 이었다. "그 점을 나도 너무나 잘 알아. 그래서 내 직업을 곧잘 저주했네. 모름지기 우리는 혐의의 책동을 받아서는 안 되거든. 그런데 우리는 지금 그런 혐의를 품게 되었어. 이건 자네가 나한테 준 거야. 여보게, 그 혐의를 기꺼이 자네한테 되돌려줌세. 자네야말로 혐의를 떨쳐버리지 못할지 모르지만. 그 혐의에서 풀려나지 못하는 사람은 바로 자네란 말일세."

홍거토벨은 노수사관의 침대 가장자리에 앉았다. 그러고는 어쩔 줄 몰라 하며 수사관을 바라보았다. 커튼을 통해서 햇볕이 비스듬히 방 안에 들어왔다. 온화한 겨울날이면 흔히 그렇듯이 바깥은 화창한 날씨였다.

"그럴 수가 없네." 이윽고 의사는 병실의 정적을 깨고 말했다. "자네 말이 맞아. 어쩌면 좋겠나. 그 혐의에서 빠져나올 수가 없어. 나는 그 친구를 너무나 잘 알지. 우리는 대학에서 같이 공부했어. 두 차례 그가 내 대리 역을 했네. 그는 바로 이 사진 속 인물일세. 눈 위에 수술 자국도 나 있어. 나는 그 흉터를 알아. 내가 손수 엠멘베르거를 수술했거든."

홍거토벨은 안경을 벗어 오른편 위쪽 호주머니에 집어넣었다. 그러고는 이마에서 땀을 닦았다.

"엠멘베르거라고?" 수사관은 얼마 후 냉정하게 물었다. "그 사람 이름인가?"

"이제 이름을 말한 셈이군." 홍거토벨은 불안한 기색으로 대답했다. "프리츠 엠멘베르거일세."

"의사인가?"

"의사야."

"그리고 지금 스위스에 살고 있나?"

"취리히에서 존넨슈타인이라는 병원을 경영해." 의사는 대답했다. "그는 32년에 독일로 이주했고 그 후 칠레로 갔지. 45년에 되돌아와 병원을 인수했네. 스위스에서 가장 비싼 병원 가운데 하나일세." 그는 나지막하게 덧붙였다.

"부자들만 찾는 병원인가?"

"갑부들만 찾는 병원이지."

"그 사람 학문적으로는 훌륭한가, 사무엘?" 수사관이 물었다.

훙거토벨은 망설였다.

"그 질문에 대답하기는 어려워. 한때 그는 훌륭한 과학자였다네. 다만 그가 지금도 그런 상태인지는 알 수가 없어. 그는 우리한테는 의심스러울 수밖에 없는 방법을 써서 일을 하거든. 그가 전공으로 택한 호르몬 분야에 대해서 우린 아직 별로 아는 게 없어. 게다가 과학이 지배하기 시작한 모든 분야에서 그렇듯 온갖 잡다한 것이 의술에서도 판을 치지. 과학자와 사기꾼, 흔히 양자는 동일 인물이라네. 뭘 바라겠나, 한스? 엠멘베르거는 환자들한테 인기가 있고 환자들은 그를 신처럼 믿어. 내가 보기엔 돈 많은 환자들한테는 이 점이 가장 중요하단 말일세. 병까지도 호화판으로 앓아야 하는 부자 환자들한테는 믿음이 없으면 안 되거든. 호르몬요법의 경우는 특히 그렇지. 그래서 그는 지금 성공했고, 존경받으며 돈을 벌지. 우리는 그를 상속 아저씨라고 부른다네."

훙거토벨은 갑자기 말을 중단했다. 엠멘베르거의 별명을 입 밖에 낸 것을 후회하는 기색이었다.

"상속 아저씨라고. 왜 그런 별명이 붙었나?" 베르라하가 물었다.

"지금껏 그의 병원은 수많은 환자들의 재산을 상속받았거든." 훙거토벨은 뚜렷이 가책을 드러내며 대답했다. "거기서는 그러는 게 어느 정도 유행이라네."

"그러니까 그게 자네들 의사들 눈에 띄었군!" 수사관이 말했다.

두 사람은 입을 다물었다. 침묵 속에는 뭐라고 입 밖에 낼 수 없는 무엇이 도사렸다. 홍거토벨이 두려워하는 그 무엇이었다.

"자네는 지금 품은 그런 생각을 해선 안 돼." 의사는 후닥닥 놀라며 불쑥 말했다.

"난 다만 자네가 생각하는 걸 생각할 뿐이야." 수사관은 침착하게 말했다.

"우리, 엄밀히 따져보세. 우리가 염두에 두는 것이 일종의 범죄 행위라 해도, 우린 우리의 생각을 두려워해선 안 돼. 다만 양심 앞에서도 그 생각을 인정한다면, 그 점을 검토할 수 있는 걸세. 또 우리가 부당하다면 극복할 수도 있고. 우리가 생각하는 게 뭘까, 사무엘? 바로 이런 것이지. 엠멘베르거는 자기가 강제수용소 슈트트호프에서 배웠던 방법을 써서 환자들로 하여금 그들의 재산을 어떻게든 유증(遺贈)하지 않을 수 없게 만드는 거야. 그리고 나중에 그들을 죽이는 걸세."

"아냐." 홍거토벨은 번득이는 눈초리로 외쳤다. "아니라니까!" 그는 어쩔 줄 몰라 하며 베르라하를 뚫어지게 바라보았다. "그런 생각을 해선 안 돼! 우린 짐승이 아니야!" 그는 다시 소리치더니, 일어나서 이리저리 방 안을 서성거렸다. 벽에서 창 있는 데로 갔다가 창에서 침대 있는 데로.

"맙소사." 의사는 신음 소리를 냈다. "지금처럼 끔찍한 시간은 다시는 없을 거야."

"그런 혐의야." 노인은 침대에 앉은 채 말했다. 그리고 다시 한 번 사정없이 "그런 혐의지" 하고 내뱉었다.

홍거토벨은 베르라하의 침대 곁에 서서 말했다.

"이 대화는 잊어버리게, 한스. 그만두자고. 물론 우리는 때때로 가능성을 붙들고 유희를 벌이는 걸 즐기지. 그건 결코 좋을 게 없어. 더는 엠멘베르거를 마음에 두지 않도록 하자고. 사진을 들여다보면 볼수록 점점 더 그 사람이 아닌 것 같아. 이건 발뺌하려는 구실이 아니야. 그 사람은 칠레에 있었지 슈트트호프에는 있지도 않았어. 이 점만으로도 우리의 혐의는 무위로 돌아간 걸세."

"칠레에 있었다고, 칠레에……"라고 베르라하가 말했다.

그의 눈초리는 새로운 모험욕으로 이글이글 타올랐다. 그리고 기지개를 켜더니, 다시금 손깍지를 벤 채 꼼짝 않고 기운 없이 누웠다.

"이제 환자들한테 가봐야 하지 않나, 사무엘." 얼마 후에 수사관이 말했다. "환자들이 자네를 기다려. 더는 자네를 붙들어놓고 싶지 않네. 우리의 얘기는 잊어버리자고. 그게 상책이겠지. 자네 말이 옳아."

홍거토벨이 문께에서 미심쩍은 기분으로 환자를 다시 한 번 되돌아보았을 때, 수사관은 이미 잠이 들었다.

알리바이

이튿날 아침 홍거토벨은, 7시 반인데 노수사관이 이미 아침 식사를 끝내고 광고지를 읽는 모습을 보고는 약간 의아하게 생각했다. 그도 그럴 것이 의사는 여느 때보다 이른 시간에 왔을뿐더러, 베르라하는 대개 이 시간에는 다시 잠들거나 기껏해야 손깍지 베개를 베고 명하니 조는 게 보통이었다. 뿐만 아니라 의사의 눈에는 수사관이 여느 때보다 한결 생기 있어 보였고 눈가에 예전의 활기가 다시금 내비치는 것 같았다.

"기분이 어떤가?" 훙거토벨은 환자에게 인사말을 건넸다.

"아침 공기가 느껴지네." 환자는 애매하게 대답했다.

"오늘은 다른 때보다 일찍 자네한테 왔지. 애당초 회진차 온 건 아니니까." 훙거토벨은 침대로 다가가며 말했다.

"얼른 의사 신문을 한 뭉치 전해주려고 들른 걸세. 《스위스 의학 주간지》인데 프랑스어로 된 거야. 특히 자네는 영어도 아니까 저 유명한 영국 의학 잡지 《란세트》도 몇 부 가져왔네."

"내가 그런 데 관심이 있으리라 여기다니, 고맙군." 베르라하는 광고 신문에서 눈을 떼지 않은 채 대답했다. "그렇지만 그게 나한테 제대로 된 적합한 읽을거리인지는 모르겠네. 알다시피 나는 의학엔 문외한 아닌가."

훙거토벨은 소리 내어 웃었다.

"우리에게 도움을 받은 사람이 그런 말을 하다니!"

"암." 베르라하는 말했다. "그걸 안다고 고약한 병세가 호전되지는 않지."

"대체 그 광고 신문에서 뭘 읽나?" 훙거토벨은 궁금하다는 듯 물었다.

"팔려고 내놓은 우표 목록을 보고 있네." 노인은 대답했다.

의사는 고개를 가로저었다.

"아무리 우리 의사들을 별 볼 일 없는 도매금으로 여길지언정, 그래도 자네는 이 의학지들은 봐야 해. 어제 우리의 대화가 바보 같은 짓이었다는 점을 나로선 꼭 증명해 보일 필요가 있거든, 한스. 자네는 수사관이고, 또 백지 상태에서라도 우리의 혐의를 받았던 그 인기 많은 의사랑 그의 호르몬을 몽땅 체포할 능력을 가진 위인이라는 점을 나는 믿어 의심치 않네. 내가 어째서 그 사실을 까맣게 잊었는지 알 수 없는 일이야. 엠멘베르거가 산티아고에 있었다는 증거를 이제 쉽게 댈 수 있어. 그는 그곳에서 여러 의학 전문지에 논문을 발표했거든. 영국 잡지에도, 또 미국 잡지에도. 주로 내분비 현상 문제를 다룬 것인데 그 분야에도 이름이 나 있었어. 벌써 학부 시절부터 그의 필재는 뛰어나서 재치 있고 번득이는 펜을 놀렸지. 알겠나, 그 사람은 유능하고 투철한 과학자였다네. 그런 만큼 지금 그가, 그렇게 이름을 붙여도 좋다면, 유행을 타는 방향으로 돌린 것이 더욱 유감이야. 그가 지금 행하는 의술은 학술 의학과는 아무런 관련이 없는 너무나 천박한 짓이거든. 마지막 기고가 45년 1월까지 《란세트》지에 났어. 그가 스위스로 되돌아오기 불과 몇 달 전이야. 이건 우리의 혐의가 정말로 바보짓이었음을 말해주는 명백한 증거가 될 걸세. 부탁인데 나를 다시는 수사관의 위치에서 유인하려 하지 말게. 사진에 난 그 남자는 엠멘베르거일 리가 없네. 아니면 사진이 위조되었던가."

"그건 일종의 알리바이일 수 있지." 베르라하는 광고 신문을 접으면서 말했다. "그 잡지들을 놔두고 가게."

홍거토벨이 10시에 정기 회진을 하러 다시 왔을 때, 노수사관은 침대에 누운 채 열심히 잡지를 읽고 있었다.

"갑자기 의학에 흥미를 느낀 것 같군." 의사는 놀라워하면서 베르라하의 맥을 짚었다.

"훙거토벨, 자네 말이 맞았어." 수사관은 말했다. "이 논문들은 칠레에서 나온 거야."

훙거토벨은 기쁨과 홀가분함을 느꼈다.

"그것 보게! 그런데 우리는 공연히 엠멘베르거를 대량 학살자로 보지 않았나."

"사람들은 오늘날 그 방면 기술에서는 놀라운 발전을 이룩했지." 베르라하는 냉담하게 대답했다. "시간이야, 여보게, 시간이 문제야. 영국에서 나온 잡지는 필요 없네. 그렇지만 스위스에서 나온 잡지들은 여기에 좀 놔두게."

"하지만 《란세트》지에 발표된 엠멘베르거의 논문이 훨씬 중요한 걸세, 한스!" 친구가 의학을 문제 삼는다고 확신한 훙거토벨은 반대의 말을 했다. "그 논문을 꼭 읽어봐야 해."

"《스위스 의학 주간지》에는 엠멘베르거가 독일어로 쓰지 않았나?" 베르라하는 약간 비웃는 투로 대꾸했다.

"그래서?" 영문을 모르는 의사는 물었다.

"내 관심을 끄는 건 그의 문체란 말일세, 사무엘. 지난날엔 재치 있는 펜을 날렸다는데, 여기 있는 건 실로 졸렬하기 짝이 없게 써 내려간 한 의사의 문체란 말야." 노인은 조심스레 말했다.

"그게 대체 어쨌다는 건가?" 훙거토벨은 여전히 아무것도 짐작하지 못한 채 침대 위 도표에 열중하면서 물었다.

"그렇게 쉽사리 알리바이가 세워질 수는 없는 법이야." 수사관은 말했다.

"그게 무슨 말인가?" 의사는 당황해서 외쳤다. "자네는 여전히 그 혐의를 못 버리는 건가?"

베르라하는 생각에 잠겨 친구의 당황하는 얼굴을 들여다보았다. 평생 동안 결코 환자들을 가벼이 대한 적이 없었으면서도, 인간에 대해서는 여전히 아무것도 모르는 한 의사의 늙고 품위 있는 주름 잡힌 얼굴이었다. 이윽고 수사관이 말했다.

"자네 여전히 '수마트라의 작은 장미' 피우지? 나한테 한 개비 전해주면 고맙겠군. 지겨운 오트밀죽을 먹은 뒤에 그놈을 한 개비 피워 물 상상을 하니 기분이 썩 좋은걸."

퇴직

그러나 점심때가 되기도 전에 환자는 수술 후 면회 손님을 맞았다. 그는 마침 췌장에 관한 엠멘베르거의 논문을 계속 붙들고 있는 중이었다. 방문객은 '상관'이었다. 그는 11시에 병실로 들어서서 약간 당황한 기색으로 노인의 침대 곁에 앉았다. 외투도 벗지 않고 손에는 모자를 든 채로. 베르라하는 이 방문이 무엇을 뜻하는지 너무나 잘 알았고, 상관은 수사관의 현재 상황이 어떤지 정확히 알았다.

"그래, 경감." 루츠는 입을 뗐다. "기분이 어떻소? 우리는 몇 번씩이나 최악의 사태를 염려했지요."

"천천히 하늘로 가는 거지요." 베르라하는 대답하고는 또다시 고개 밑으로 손깍지를 꼈다.

"대체 뭘 읽는 거요?" 방문의 본래 용건을 꺼내고 싶지 않았던 루츠는 딴 데로 주의를 돌리려고 물었다. "원, 베르라하. 그건 의학 잡지 아니오!"

노인은 조금도 당황하는 기색 없이 대답했다.

"이건 추리소설처럼 잘 읽히는군요. 병석에 누워 있으면 시야가 좀 넓어지지요. 또 새로운 분야에도 눈을 돌리게 되고."

루츠는, 의사 소견으로는 베르라하가 얼마나 더 오래 병석에 누워 있어야 하는지 물었다.

"두 달이랍니다." 수사관은 대답했다. "두 달간은 더 누워 있어야 한다는군요."

이제 상관은 원하든 원치 않든 용건을 꺼낼 수밖에 없었다.

"정년 말인데요." 그는 가까스로 입을 뗐다. "정년 문제입니다, 경감. 이해하시겠지만 우리가 공연히 그것을 더 거론할 필요도 없겠지요. 우리네 법이라는 게 있으니까."

"알겠습니다." 환자는 표정 하나 흐트러뜨리지 않고 대답했다.

"분명히 해야 할 일은, 분명히 처리해야지요." 루츠가 말했다. "건강을 조심하시오, 경감. 원인은 그겁니다."

"또, 범죄자를 상표 붙은 과일 통조림으로 간주하는 현대의 과학적 수사 방법이라는 것도 원인이 되겠지요." 노인은 루츠의 말을 약간 정정하면서 말했다. 그리고 자신의 후계자가 누구인지를 물었다.

"뢰트리스베르거요." 상관이 대답했다. "그 사람이 이미 당신의 대리 임무를 맡았지요."

베르라하는 고개를 끄덕이면서 말했다.

"뢰트리스베르거라고요. 그 친구, 아이를 다섯이나 키우니 봉급이 좀 나아진 것을 기뻐하겠군요. 새해부터인가요?"

"새해부터"라고 루츠는 확인해주었다.

"그러니까 오는 금요일까지는 내가 경감 직에 있는 셈이군요." 베르라하가 말했다. "이제 국가에 봉직하는 일을 관두게 되어 기쁘군요. 터키 경찰도, 또 베른 시경도. 이제부터 몰리에르(Molière(1622~1673):프랑스의 극작가이자 배우로 복합적인 성격을 뛰어나게 묘사한, 프랑스 고전극을 대표하는 인물)며 발자크(Honoré de Balzac(1799~1850):근대 사실주의 문학을 대표하는 프랑스 소설가)를 읽을 시간이 넉넉해졌다는 이유 때문만은 아닙니다. 물론 그것도 좋은 일이지만 가장 주된 이유는, 이른바 시민의 세계 질서라는 것이 이미 참되지 않다는 사실을 아는 데 있습니다. 나는 그 일을 너무나 잘 압니다. 사람들이란 항상 똑같은 존재지요. 일요일에 하기아 소피아(Hagia Sophia:콘스탄티노플에 있는 중심 교회)에 가든 베른의 성당에 가든 간에. 거물 악한은 풀어주고, 조무래기 악당은 가둡니다. 요컨대 세상에는, 신문에 날 만큼 눈에 띄는 살인보다 단지 약간은 유미적이기 때문에 사람들이 관심을 돌리지 않는 범죄가 한 무더기 존재합니다. 그렇지만 그런 범죄들도 환상을 갖고 엄밀히 살펴보면 신문에 난 살인과 똑같은 범죄란 말입니다. 환상, 바로 그겁니다, 환상을 가져야지요! 환상의 결여 때문에 한 착실한 상인이 식욕 항진제를 먹으며 점심 식사를 하는 사이에 흔히 어떤 장사에 휩쓸린 범죄를 저지릅니다. 어느 누구도 예상 못 하고, 상인 자신은 꿈도 못 꾸는 범죄지요. 왜냐하면 아무것도 그것을 들여다볼 환상을 갖지 못했기 때문입니다. 세계는 소홀함으로 인해 그릇되었고, 소홀함 때문에 몰락할 위기에 처했습니다. 이 같은 위험이 스탈린 전체와 그 밖의 요제프〔스탈린의 이름〕집안을 몽땅 합친 것보다 더 크단 말입니다. 나 같은 늙은 사냥개한테는 국가에 봉직하는 일이 이미 마땅치가 않아요. 너무나 많은 사소한 사건이 있고, 너무나 끝없이 냄새를 맡고 킁킁거려야 하니까요. 그런데 정작 추적해야 할 돈벌이 야수, 진짜 거물급 짐승들은 마치 동물원 안에 있는 것처럼 국가의 보호를 받는단 말입니다."

이 이야기를 들은 루치우스 루츠 박사의 표정이 시무룩했다. 이러한 화제가 그에게는 곤혹스러웠고, 마음 밑바닥에서는 이 같은 고약한 견해에 반대 의사를 표명하지 않는 것부터가 옳지 않다는 생각이 들었다. 그렇지만 이 영감은 결국 환자이며, 다행히도 이제 은퇴를 하지 않는가. 그는 분기(忿氣)를 삼키면서, 유감스럽지만 이제 자신은 가봐야겠노라 말했다.

"11시 반에 구빈원 측과 회의가 있소."

"구빈원이 재정 부서보다는 경찰과 더 상관이 있다니, 뭔가 좀 합당하지 않군요." 수사관이 대꾸했다.

루츠는 다시금 고약한 화제를 걱정하지 않을 수 없었다. 하지만 다행히도 베르라하가 다른 문제를 겨누는 통에 마음이 놓였다.

"한 가지 호의를 베풀어주셨으면 합니다. 지금 저는 병들었고, 아무짝에도 쓸모가 없어진 처지이니……."

"그렇게 하지요." 루츠는 약속했다.

"저, 박사님, 한 가지 정보를 알았으면 합니다. 저로서는 개인적으로 좀 호기심을 느끼면서 이곳 침대에 누워 범죄수사학적 조립을 하는 것으로 만족합니다. 아무리 늙은 고양이라도 쥐새끼를 놓아줄 수는 없는 법이죠. 여기 《라이프》지에 슈트트호프의 친위대 수용소 의사였던 넬레라는 이름의 의사 사진이 나와 있습니다. 그런 사람이 아직도 감옥에 살아 있는지, 아니면 어떻게 되었는지 좀 조사해주십시오. 우리한테는 이런 케이스를 위한 국제 부서가 있지 않습니까? 친위대가 범죄자 조직이라고 공표된 이래 전혀 써먹지 않는 부서 말입니다."

루츠는 모든 것을 메모했다.

그는 노수사관의 괴팍한 짓을 의아하게 여기면서도 조사를 시키겠노라 약속했다. 그러고 나서 작별 인사를 했다.

"안녕히 계십시오, 회복되시길 빕니다." 그는 수사관의 손을 잡고 흔들며 말했다. "오늘 밤 안으로 정보를 보내도록 하지요. 그러고 나면 맘껏 조합을 해보시지요. 블라터도 같이 왔는데 당신한테 인사를 하고 싶다는군요. 저 바깥의 차 안에서 기다리고 있습니다."

그러고는 키가 크고 뚱뚱한 블라터가 들어오고 루츠는 사라졌다.

"안녕하시오, 블라터." 베르라하는, 자주 자신의 운전사 노릇을 했던 경찰관에게 말을 건넸다. "만나서 반갑군."

"저도 반갑습니다." 블라터가 말했다. "경감님께서 안 계셔서 서운합니다. 어디를 가든 경감님을 아쉬워한답니다."

"그래, 블라터, 내 자리에 이제는 뢰트리스베르거가 앉아 자기 식으로 운영하겠군. 상상이 가고도 남아." 노수사관이 대답했다.

"유감입니다." 경관이 말했다. "아무 말씀도 드리고 싶진 않았습니다. 경감님께서 다시 건강해지시면, 뢰트리스베르거도 분명 좋아하겠지요!"

"하얀 수염을 기른 유태인이 경영하는, 저 고지에 있는 골동품상을 알지, 블라터? 파이텔바하라는 이름의 남자 말일세." 베르라하가 물었다.

블라터는 고개를 끄덕였다.

"항상 변함없는 우표들을 진열장에 진열해놓은 그 사람 말씀입니까?"

"그럼 오늘 오후 그곳에 들러 파이텔바하한테 전해주게. 《걸리버 여행기》를 병원에 보내달라고. 내가 자네한테 부탁하는 마지막 임무일세."

"난쟁이와 거인이 나오는 책 말씀입니까?" 경찰관은 어리둥절했다.

베르라하는 소리 내어 웃었다.

"여보게, 블라터, 나는 동화를 좋아한다네!"

그 웃음 안에 있는 무언가가 경찰관한테는 으스스한 기분을 주었다. 그러나 그는 감히 물어보지는 못했다.

오두막

바로 그 주 수요일 오후에 루츠가 전화를 걸어왔다. 훙거토벨은 마침 친구의 침대께에 앉아, 곧 있을 수술을 앞두고 차를 한잔 마시고 있었다. 말하자면 기회를 보아 병석의 베르라하를 '면회'하는 시간으로 이용 중이었다. 그때 전화벨이 울려 두 친구는 담화를 중단했다.

베르라하는 자신을 밝히고 긴장해서 귀를 기울였다. 잠시 후 그가 말했다.

"잘됐네, 파브로. 자료를 후송해주게." 그러고는 수화기를 내리며 말했다. "넬레는 죽었다네."

"다행이군." 홍거토벨은 소리쳤다. "우리 축하라도 해야 할 판이네." 그러고는 '수마트라의 작은 장미'에 불을 붙였다. "간호사가 당장 오지는 않겠지."

"점심때도 간호사님께서는 못마땅해하더군." 베르라하는 단호히 말했다. "나야 어쨌든 자네를 끌어댔지. 그랬더니 아가씨 왈, 그것도 자네를 닮았다나."

"대체 넬레는 언제 죽었나?" 의사는 물었다.

"45년 8월 10일, 함부르크의 한 호텔에서 자살했다는군. 독약을 먹은 게 밝혀졌다네." 수사관은 대답했다.

"그것 보게." 홍거토벨은 고개를 끄덕였다. "이제 자네 혐의의 찌꺼기까지 익사해버리지 않았나."

베르라하는, 홍거토벨이 즐기듯 입에서 뿜어내는 둥근 모양, 팽이 모양의 담배 연기 구름을 가느스름한 눈초리로 바라보았다.

"혐의처럼 익사하기 어려운 것도 없다네. 왜냐하면 그것처럼 그렇게 끊임없이 쉽게 다시 떠오르는 건 없으니까." 이윽고 그가 대답했다.

"자네는 치유 불가능한 상태로군." 홍거토벨은 소리 내어 웃었다. 그는 모든 걸 별 볼 일 없는 농담으로 여겼던 것이다.

"수사관이 갖추어야 할 첫 번째 덕성이지"라고 수사관은 응답하더니 이어서 질문을 던졌다. "사무엘, 자네는 엠멘베르거와 친한 사이였나?"

"아니." 홍거토벨은 대답했다. "그건 아닐세. 그리고 내가 알기로는 그는 그와 함께 공부했던 우리 가운데 누구와도 친하지 않았어. 《라이프》지의 사진에 얽힌 사건에 대해 나는 줄곧 생각해봤네, 한스. 그리고 왜 내가 그 친위대 의사의 잔인한 모습을 엠멘베르거와 연결하게 되었는지 얘기해줌세. 자네도 분명 그 점을 생각했을 테지. 사진만 보고는 자세히 알 수가 없지. 또 혼동은 닮았다는 것과는 별개로 일어날 수도 있으니까. 분명 닮은 점도 있긴 하지만. 나는 벌써 오래전부터 그 사건을 머리에 떠올리지 않았네. 비단 그 얘기가 오래전 일이어서라기보다는 소름 끼치는 것이었기 때문일세. 사람들이란 모름지기 역겨운 이야기들은 망각하고 싶어 하는 법이 아닌가. 나는 엠멘베르거가 마취하지 않고 수술을 하는 현장에 한 번 있었다네, 한스. 그건 내게 만약 지옥이라는 것이 있다면 지옥에서 벌어질 법한 장면으로 보였네."

"지옥이란 존재하지." 베르라하는 냉담하게 대꾸했다. "그런데 엠멘베르거가 이미 옛날에 그런 일을 했단 말인가?"

"여보게." 의사는 말했다. "당시엔 다른 방도가 없었어. 그리고 엠멘베르거의 시술을 받았던 그 가엾은 녀석은 지금도 살아 있다네. 자네가 그 친구를 만나게 되면 그가 맹세코 엠멘베르거야말로 악마라고 장담하는 모습을 보게 될 걸세. 그렇지만 그건 부당한 일이야. 왜냐하면 엠멘베르거가 없었더라면 그 친구는 지금 죽고 없을 거야. 그렇긴 해도 솔직히 고백하자면 나는 그 친구를 이해할 수 있네. 그건 실로 끔찍스러운 일이었어."

"대체 어쩌다 그렇게 되었나?" 베르라하는 긴장하며 물었다.

홍거토벨은 찻잔에 남은 마지막 모금을 삼키고는 다시 한 번 '수마트라의 작은 장미'에 불을 붙였다.

"정직하게 보자면 그건 마술 같은 건 아니었네. 다른 모든 직업이 그렇듯이 우리 직업에도 마술 따위는 통하지 않지. 주머니칼 하나와 담력, 그 이상은 필요 없는 일이었어. 물론 해부학에 대한 지식하고. 그렇지만 우리 같은 젊은 대학생들 중에 누가 그 일에 필요한 냉담한 정신을 갖추었겠나?"

우리 다섯 의학도들은 키엔 계곡에서 블륌리스알프(Blüemlisalp : 알프스의 봉우리 가운데 하나로 해발 1,837미터)로 등반을 갔지. 어디로 가려 했는지는 지금 기억이 안 나는군. 나는 대단한 등산가인 적도 없고 게다가 길눈이 어두우니까. 때는 1908년 6월이었던 걸로 생각되네. 무더운 여름이었지, 그 점만은 분명해. 우리는 알프스의 한 봉우리 위 어느 오두막에서 숙박을 했어. 무엇보다도 이 오두막만은 내 기억에 남아 있다는 게 이상한 일이야.

그래, 나는 아직도 종종 꿈에서 그 오두막을 보고 식은땀에 젖어 후닥닥 잠에서 깨어나곤 한다네. 애당초 그 오두막에서 벌어졌던 일은 미처 생각하지도 않은 채로 말야. 분명히 그것은, 겨우내 비어 있는 알프스의 여느 흔한 오두막과 다름없었네. 끔찍스러운 요소는 단지 나의 환상 속에 있을 뿐이지. 그게 환상이라는 점은 쉽게 알 수 있어. 왜냐하면 내 눈앞에 보이는 오두막은 항상 축축한 이끼로 뒤덮여 있거든. 그렇지만 알프스의 오두막들에 이끼가 있을 리 있겠나.

우리는 흔히, 애당초 그 실체를 제대로 알지도 못하면서 짐승 가죽을 벗기는 오두막(고문실)에 관해 책에서 읽곤 하지. 그런데 나의 상상 속에서는 이 알프스의 오두막이 바로 그런 박피장 같은 곳일세. 오두막 둘레에는 소나무들이 솟아 있고, 멀지 않은 곳엔 샘도 하나 있었어. 또 오두막의 통나무도 검정색이 아니라 부옇게 썩어 있었어. 나무 틈서리마다 버섯이 자라났고……. 하긴 이런 것도 나중에 덧붙인 상상일 수 있네. 오늘과 그 사건 사이에는 엄청난 세월이 버티고 있어서, 꿈과 현실이 뗄 수 없이 서로 얽혀버렸다고나 할까. 그렇지만 뭐라 해명할 수 없는 공포감만은 아직도 분명히 기억한다네.

우리가 울퉁불퉁한 바위로 뒤덮인 알프스 산지의 목장을 지나 그 오두막을 향해 다가갈 때 그런 공포감이 나를 엄습했어. 여름 내내 사용되지 않던 목장의 계곡에 문제의 건축물이 있었지. 공포감이 우리 모두를 덮쳤을 거야, 아마도 엠멘베르거만 빼고는. 말소리가 뚝 그쳤고 모두가 입을 다물었네. 우리가 미처 오두막에 닿기 전에……, 참을 수 없게 여겨지는 한순간, 저물어가는 저녁 빛이 그 인적 없는 얼음과 바윗덩어리 세계 위로 기묘한 시뻘건 빛을 드리웠지. 그러자 더욱 소름이 끼쳤어. 우리의 얼굴과 손을 물들이는 그 무시무시하고 이 땅의 것 같지 않은 조명은, 우리의 별보다 태양에서 더 멀리 떨어져 운행되는 어떤 다른 항성을 지배하는 빛 같았지.

그래서 우리는 쫓기듯이 오두막 안으로 뛰어 들어갔네. 그건 쉬웠어. 문이 잠겨 있지 않았거든. 벌써 키엔 계곡에서부터 우리는 그 오두막에서 밤을 지낼 수 있으리라는 얘기를 듣고 간 참이었지. 오두막

안은 황량했고 판자 몇 조각밖에는 아무것도 없었어. 그런데 희미한 빛 속에서 저 위 지붕 밑에 짚이 있는 것이 보였네. 지난해의 비료와 똥이 묻은 휘청거리는 검정 사다리 하나가 그 위로 통하고 있었고 엠멘베르거는 이상하게 서두르며 바깥 샘에서 물을 길어오려고 했네. 마치 이제부터 벌어질 일을 미리 아는 것처럼 말일세. 물론 그랬을 리야 없지만.

이어서 우리는 원시적 부뚜막에다 불을 지폈네. 솥이 하나 걸려 있었거든. 그런데 그때, 그처럼 공포와 피로가 묘하게 우리를 휩싼 와중에 우리 가운데 한 친구가 생명이 위험할 정도로 사고를 당했네. 루체른 출신으로 술집 주인의 아들, 우리랑 같이 의학 공부를 하던 뚱뚱보 친구. 왜 이 공부를 했는지는 애당초 아무도 몰랐어. 녀석은 그 일 년 뒤에 학업을 포기하고 술집을 계승했거든. 이 약간 아둔한 친구가 지붕 밑 짚을 꺼내오려고 사다리를 오르다가 사다리가 무너지는 바람에 추락해버린 거야. 그 통에 운 나쁘게도 벽에서 불거져 나온 대들보에 목이 걸려 신음하며 쓰러졌던 걸세. 추락의 충격은 심했네. 처음에는 어딘가가 부러졌다고 생각했지. 그런데 잠시 후에 그는 숨을 몰아쉬려고 애를 썼어. 우리는 그 친구를 바깥 벤치로 실어 날랐네. 그래서 그는 이젠 등성이를 넘어가버린 그 무시무시한 햇빛 속에 눕혀졌지. 햇빛은 층층이 낀 구름 덩이에서 모래처럼 불그레하게 내리비쳤어. 불행을 당한 녀석을 바라보는 건 가슴을 옥죄는 일이었네. 피투성이가 된 목은 할퀴어져 퉁퉁 부어올랐고, 격렬하게 뒤통수를 움씰거리며 고개를 뒤로 가누었지. 공포에 질려 우리는, 그의 얼굴이 점점 시커메진다는 것을 알아챘네. 지평선의 저 지옥 같은 조명 속에서 사뭇 칠흑처럼 보였어. 또 그의 커다랗게 뜬 두 눈은, 얼굴에 박힌 축축한 하얀 자갈돌 두 알처럼 번득였어. 우리는 어쩔 줄 몰라 했고 습포 찜질을 하면서 애를 썼지만 아무 소용이 없었어.

목은 점점 더 안으로 부어오르고, 그 친구는 막 숨이 넘어갈 것 같았네. 처음에는 열에 들뜬 불안 상태에 사로잡혔다면 이제 눈에 띄게 무감각 상태에 빠져들었지. 숨은 끊어질 듯 헐떡거렸고, 이미 말도 못 했어. 그가 극도의 생명의 위험에 처했단 것만큼은 알았지만, 우리로선 정말 어찌해야 할지를 몰랐어. 우린 아무 경험도 없었고, 지식도 거의 없었지. 도움이 될 응급 수술이라는 게 있다는 것 정도는 알았지만, 감히 아무도 행동에 옮길 생각은 못 했지.

다만 엠멘베르거만이 사태를 파악하고 행동하기를 주저하지 않았네. 그는 그 루체른 친구를 자세히 진찰하더니, 부뚜막 위 끓는 물에 자신의 주머니칼을 소독했지. 그러고는 우리가 코니오토미라고 부르는 절개를 단행했네. 종종 응급 시에 적용되는 것으로 후두 위 후두돌기(喉頭突起)와 환상연골(環狀軟骨) 사이에 가로로 메스를 찔러 넣어 숨통을 터주는 시술법이지.

끔찍한 것은 한스, 주머니칼로 수행된 그 수술이 아니었네. 전율스러운 광경은 좀 다른 것이었지. 그건 말하자면 두 사람 사이에서, 즉 두 얼굴에서 벌어졌다네. 아마도 부상당한 친구는 벌써 거의 질식으로 마비되었는지도 모르지. 하지만 어쨌든 그는 여전히 눈을 뜨고 있었네. 실로 커다랗게 벌려놓고 있었지. 그러니까 그 친구는 벌어졌던 모든 일을, 혹시 악몽처럼일지는 몰라도 모조리 알고 있었음에 틀림없네. 그리고 절개를 수행할 때 엠멘베르거는, 맙소사, 한스, 그도 똑같이 커다랗게 눈을 뜨고 표정을 일그러뜨렸다네. 갑자기 그 눈에서는 무슨 악마 같은 요소가, 일종의 가학(加虐)의 엄청난 기쁨 같은 것이, 아니면 뭐라고 달리 이름을 붙이든 그런 요소가 뿜어져 나오는 것 같았다네. 그래서 나로서는 비록 한순간 동안이지만 인간적 공포를 느끼지 않을 수 없었네. 그렇게 어느새 만사 지나가버렸지. 그렇지만 그런 느낌은 나를 빼고는 아무도 느끼지 못했을 거야. 다른 친구들은 감히 쳐다볼 엄두도 못 냈으니까. 또 내가 체험한 것이 대부분은 상상이라는 생각도 들어. 침침한 오두막과 그날 저녁의 무시무시한 햇빛이 그런 착각을 하게끔 상상의 일부를 도와주었으리라는 생각이야.

이 사건에서 기묘한 점은, 엠멘베르거가 코니오토미로 생명을 구해준 그 루체른 친구가 나중에 그의 은인과 다시는 한마디 말도 안 했다는 점일세. 그렇지, 감사의 말조차 안 했어. 그래서 많은 친구들이 그 루체른 녀석을 나쁘게 보았지. 반대로 엠멘베르거에 관해서는 그때부터 점점 그를 인정하는 말이 나오기 시작했어. 그는 실로 대단한 스타 대접을 받았지.

그의 삶의 여정은 참 이상했다네. 우리는 그가 출세를 하리라 생각했지. 그런데 그는 출세에는 뜻이 없었어. 그는 엄청나고도 사납게 닥치는 대로 공부를 했네. 물리학, 수학, 그 어느 것도 만족할 줄을 몰랐지. 철학과 신학 강의에도 참석했어. 눈이 부실 정도로 국가고시 성적이 좋았는데도 그는 결코 병원을 떠맡지 않고 대리의사로만 일했지, 내 병원에서까지도. 환자들이 그에 관해 열광했다는 점을 인정하지 않을 수 없네, 그를 싫어하던 몇 사람을 제외하고는. 그렇게 그는 불안정하고 외로운 삶을 영위했네. 마침내 해외로 가버리기까지는.

그는 야릇한 논문들을 발표했네. 점성술을 옹호하는 글 등인데 내가 이제껏 읽은 것들 중에서 더할 수 없는 궤변일세. 내가 아는 한 아무도 그에게 접근하지 못했네. 또 그는 냉소적이며 신뢰할 수 없었고, 더욱이 아무도 그의 위트를 감당하지 못했기에 불편한 협조자로 변해갔지. 우리로서 놀라웠던 점은, 그가 칠레에서 갑자기 너무나 달라졌다는 사실이었네. 그는 그곳에서 아주 객관적이고 학술적인 업적을 쌓았단 말일세. 그건 전적으로 기후 탓이었는지 몰라. 아니면 환경 탓이었든가. 스위스에 와서는 그는 다시 그 옛날의 자신으로 되돌아왔거든.”

“점성술에 관한 논문은 자네가 보관했겠지.” 훙거토벨이 말을 마치자 베르라하가 물었다.

“내일 가져다줄 수 있네.” 의사가 대답했다.

“그러니까 이것이 문제의 스토리군.” 수사관은 깊은 생각에 잠겨 말했다.

“보다시피.” 훙거토벨은 말했다. “아마도 나는 평생 동안 너무 많은 꿈을 꾸었는지 몰라.”

“꿈은 거짓말을 않는다네.” 베르라하가 대꾸했다.

“무엇보다도 꿈이 거짓말을 하지.” 훙거토벨은 말했다. “그런데 이제 실례하겠네. 수술을 해야 하거든.” 그러면서 그는 의자에서 일어섰다.

베르라하는 그에게 손을 내밀었다.

“코니오토미인가 뭔가, 자네가 말한 그런 수술은 아니기를 바라네."

훙거토벨은 소리 내어 웃었다.

"서혜(鼠蹊) 헤르니아일세, 한스. 솔직히 고백하자면 이것이 더 중병이긴 하지만, 내게는 더 호감 가는 병일세. 어쨌거나 자네는 이제 좀 쉬게나, 반드시. 자네한테 열두 시간의 잠보다 더 필요한 건 없거든."

걸리버

하지만 자정이 가까워질 때쯤 노수사관은 다시 잠에서 깨어났다. 창밖에서는 나직한 소음이 들려오고, 차가운 밤바람이 병실로 새어 들어왔다.

수사관은 당장은 전등을 켜지 않고 대체 무슨 일이 벌어지는 걸까, 생각부터 해보았다. 그리고 마침내, 덧창문이 천천히 위로 밀어 올려졌다는 사실을 깨달았다. 그를 에워싼 어둠이 밝혀지더니, 불확실한 조명 속에서 유령처럼 커튼이 부풀어올랐다. 이어서 그는 덧창문이 조심스레 아래로 닫히는 소리를 들었다. 다시금 꿰뚫을 수 없는 한밤의 어둠이 그를 휩쌌다. 하지만 그는, 어떤 형태가 창께에서 방 안으로 움직이는 것을 느낄 수 있었다.

"결국" 하고 베르라하는 말했다. "자네가 왔군, 걸리버." 그러고는 침대 탁자의 스탠드를 켰다.

방 안에는 스탠드의 붉은 조명을 받으며, 유태인들이 걸치는 얼룩

덜룩하고 낡은 장삼 차림을 한 유태인 거인이 서 있었다.

　노수사관은 머리 밑에 손을 고이고는 다시 베개에 머리를 얹었다.

　"오늘 밤 안으로 나를 찾아오리라고 반쯤은 생각했지. 자네가 건물 정면을 기어오르는 데 능하다는 것쯤 쉽게 상상할 수 있었거든."

　"당신은 내 친구니까." 침입자는 대답했다. "그래서 왔지요."

　그의 벗겨진 머리엔 위엄이, 두 손엔 품위가 있어 보였다. 하지만 온통 끔찍한 상처 자국으로 뒤덮여 비인간적 학대를 받아왔음을 증명해주었다. 하지만 그 어떤 것도 그 얼굴에 서린 인간의 위엄을 망가뜨리지는 못했다. 거인은 약간 몸을 굽힌 채 허벅지에 두 손을 내려뜨리고, 방 한가운데 꼼짝 않고 서 있었다. 그의 그림자가 벽과 커튼에 유령처럼 비쳤다. 속눈썹 없는 금강석 같은 그의 두 눈이 의연한 정기를 내뿜으며 노수사관한테 박혀 있었다.

　"내가 베른에 있다는 걸, 또 쓸모가 있으리라는 걸 어떻게 아셨지요?" 거의 입술 모양도 사라진, 손상된 입에서 흘러나온 말이었다. 세련되지 못하고 지나치게 소심한 어투, 너무나 여러 나라 말을 쓰며 돌아다니다 보니 갑자기 독일어로 표현하기가 힘들어진 듯한 사람의 어투였다. 하지만 그의 발음엔 별난 악센트가 없었다. "걸리버는 흔적을 남기지 않습니다"라고 그는, 잠시 동안의 침묵 후에 말했다. "나는 눈에 띄지 않게 일을 하니까요."

　"누구든 한 가지 흔적은 남긴다네." 수사관은 대꾸했다. "자네의 흔적은 이런 걸세. 말해줄 수 있지. 자네가 베른에 와 있으면 자네를 감춰주는 파이텔바하가 광고 신문에다 새삼스레 고서와 우표를 판다는 광고문을 내거든. 그러고 나면 파이텔바하한테도 돈이 생길 테고."

유태인은 웃었다.

"베르라하 경감의 위대한 기술은, 간단한 것을 찾아내는 데 있군요."

"이제 자네도 자신의 흔적을 알아버렸군." 노수사관은 말했다. "자신의 비밀을 알아내는 수사관처럼 고약한 건 세상에 없지."

"베르라하 경감님한텐 나의 흔적을 남겨놓도록 하지요. 파이텔바하는 가난한 유태인입니다. 그 친구는 돈벌이라는 걸 영원히 할 줄 모를 겁니다."

이 말과 함께 거대한 유령은 노인의 침대 곁에 앉았다. 그러더니 장삼에 손을 넣어, 먼지투성이 술병 하나와 작은 유리잔 두 개를 꺼냈다.

"보드카입니다." 거인은 말했다. "같이 마십시다, 경감님. 우리는 늘 술자리를 같이하지 않았습니까."

베르라하는 술잔의 냄새를 맡았다. 그는 종종 술 마시는 걸 즐겼지만 지금은 왠지 양심에 걸렸다. 이 모든 장면을 보면 눈이 휘둥그레져서 놀랄 홍거토벨 박사를 생각했다. 술과 유태인, 그리고 벌써 잠자리에 들었어야 할 한밤중이라는 시간. "정말 감당 못할 환자로 군" 하고 홍거토벨이 호통을 치며 야단법석을 떨 게 분명했다. 그는 의사를 잘 알았다.

"대체 이 보드카는 어디서 났나?" 그는 첫 모금을 마시고 나서 물었다. "맛이 참 훌륭하군."

"러시아에서 가져왔지요." 걸리버가 웃었다. "러시아 사람들한테

받았습니다."

"그럼 또다시 러시아에 갔었단 말인가?"

"나의 일인걸요, 코미사르(Kommissar : 경감님)."

"코미세르(Kommissär)라고 발음하네." 베르라하가 정정했다. "베른 식으로는 코미세르라고만 발음하거든. 자네는 그 흉측한 장삼을 소련에서도 벗어버리지 않았단 말인가?"

"나는 유태인이고 그래서 이 유태인들의 장삼을 입지요. 그러기로 맹세를 했습니다. 나는 가엾은 우리 민족의 의상을 좋아합니다." 걸리버가 대답했다.

"보드카 한 잔 더 주게." 베르라하가 청했다.

유태인은 술잔 두 개를 채웠다.

"건물 정면을 기어오르는 일이 너무 힘들지 않았기를 바라네." 베르라하는 이마에 주름을 지으며 말했다. "자네가 오늘 밤 저지른 일은 또 법을 어기는 짓일세."

"걸리버는 남의 눈에 띄어서는 안 되니까요." 유태인은 간단히 대답했다.

"8시면 벌써 한창 깜깜하다네. 그리고 이 병원에서는 분명 자네를 내 병실에 들어오게 했을 걸세. 여긴 경찰이 없거든."

"그렇다면 벽면을 기어오르는 것도 가능한 일이지요." 거인은 대꾸하며 웃음을 터뜨렸다. "그건 어린애 장난이었지요, 경감님. 홈을 타고 올라, 벽의 돌출 면을 따라오는 겁니다."

"내가 이제 은퇴하는 판국이니 잘된 일이야." 베르라하는 고개를 절레절레 흔들었다. "은퇴하고 나면 자네 문제 같은 것이 더는 양심에 걸릴 필요가 없거든. 나는 벌써 오래전에 자네를 감옥에 가둬 넣었어야 했는데 그걸 못 했거든. 그랬더라면 온 유럽이 나의 공로로 높이 평가할 대어(大漁)를 낚았을 텐데 말이야."

"당신은 그러지 못할 겁니다. 왜냐하면 내가 무엇을 위해 싸우는지 알고 계시니까요." 유태인은 의연하게 대답했다.

"자네도 어쨌든 일단 무슨 증명서 같은 것을 갖추는 게 어떨까." 노수사관은 제안했다. "나도 그런 것을 대단히 중요하다고 여기지는 않지만, 어쨌든 맹세코 어떤 질서 같은 게 있어야 하니까."

"나는 죽었습니다." 유태인은 말했다. "나치 놈들이 나를 총살했지요."

베르라하는 입을 다물었다. 거인이 무엇을 염두에 두고 한 말인지 그는 알았다. 전등 불빛이 움직이지 않는 원을 그리며 두 남자를 에워쌌다. 어디선가 자정을 알리는 소리가 들려왔다. 유태인은 보드카를 잔에 따랐다. 그의 두 눈은 묘하게도 차원 높은 맑음에 싸여 반짝였다.

"45년 5월 어느 날, 쾌적하기 짝이 없는 날씨였지요. 조그만 조각 구름이 아직도 똑똑히 기억납니다. 총살당한 가엾은 내 동족들 쉰 명이 처박힌 어느 치욕스럽기 이를 데 없는 석회 갱 안, 그 안에다 친위대 녀석들이 실수로 나를 팽개쳐버렸을 때, 그리고 몇 시간 후 피범벅이 되어 라일락 꽃나무 밑으로 기어 나왔을 때……. 멀지 않은 곳에 서 있던 꽃이 만발한 라일락 나무 덕분에 갱을 몽땅 삽질해 덮은 분대원조차 나를 발견하지 못했던 겁니다. 그때 나는 맹세했습니다. 금세기 우리 인간이 흔히 짐승처럼 살지 않을 수 없게 예정된 것이 하느님 뜻이라면, 이제부터 나는 상처와 맷자국투성이인 한 토막 짐승의 처참한 실존을 영원히 그대로 끌고 다니겠노라고.

이때부터 나는 오직 묘지의 어둠 속에서만 살아오며, 지하실이며 그 비슷한 곳에만 머물렀지요. 오로지 밤[夜]만이 내 얼굴을 보았습니다. 별과 달만이 처참하고 갈기갈기 찢긴 이 장삼을 비추었지요. 바로 그런 겁니다. 독일인들이 나를 죽였습니다. 지난날 나의 아리안 혈통 아내한테서 내 사망증서를 이 눈으로 확인했어요. 아내가 제국 우체국을 통해 받아두었지요. 그녀는 지금 죽었습니다. 그녀로서는 잘된 일이지요. 그렇게 사망 증명이라는 것은 철저히 수행되었답니다. 그것은, 그 민족을 문명인으로 길러내는 훌륭한 수업을 위해서는 더할 나위 없는 명예에 해당했지요.

그러나 죽음은 어디까지나 죽음일 뿐, 이 점은 유태인도 기독교인도 마찬가지입니다. 이런 순서로 부른 것을 용서하십시오, 경감님. 죽은 자에게는 증서 따위가 존재하지 않습니다. 이 점은 인정하셔야 해요. 국경도 없습니다. 죽음은 박해당하고 고문당하는 유태인이 있는 곳이면 어디든 찾아오지요. 건배합시다, 경감님. 우리의 건강을 위해서!"

두 사나이는 잔을 비웠다. 장삼을 입은 사내는 새로이 보드카를 따르면서, 두 눈을 번득이며 가늘게 모아 뜨고 말했다.

"나한테 뭘 원하십니까, 코미사르 베르라하?"

"코미세르라니까." 노인이 정정했다.

"코미사르" 하고 유태인은 고집했다.

"자네한테서 한 가지 정보를 얻고 싶네." 베르라하는 말했다.

"정보란 좋은 것이지요." 거인은 웃었다. "정보는 금같은 값어치가 있지요, 견고한 정보는……. 걸리버는 경찰보다 더 많이 안답니다."

"두고 보면 알겠지. 자네는 온갖 강제수용소에 있어보았다고 했지. 언젠가 나한테 그런 말을 했었네. 그 밖에는 자신에 관해 별로 들려주질 않더군." 베르라하가 말했다.

유태인은 두 술잔을 모두 채웠다.

"한때 사람들은 나라는 사람을 꽤나 주요 인물로 취급해서 이 지옥에서 저 지옥으로 끌고 다녔습니다. 그런 지옥이 열 군데도 넘었어요. 지옥이라는 데를 가보지도 않았던 단테가 노래한 그런 곳 말입니다. 지옥마다 나는 죽음을 겪고 나서 엄청난 흉터들을 안고 소생했습니다." 그는 왼손을 펼쳤다. 그 손은 불구가 되어 있었다.

"그럼 혹시 넬레라는 이름의 친위대 의사를 아는가?" 노인은 긴장해서 물었다.

유태인은 한순간 생각에 잠겨 수사관을 바라보았다.

"슈트트호프 수용소의 그 작자 말입니까?" 이윽고 그가 물었다.

"그 작자 말일세." 베르라하가 대답했다.

거인은 조소를 띠며 노인을 바라보았다.

"그 작자는 45년 8월 10일, 함부르크에 있는 어느 초라한 호텔에서 자살했습니다." 잠시 후 그가 말했다.

베르라하는 조금 실망했고 걸리버는 경찰보다도 한 발짝 더 앞서 아는구나, 생각했다. 그러고는 입을 뗐다.

"자네는 자네 생애에서, 아니면 어떻게 이름을 붙이든 일찍이 넬레를 만나본 적이 있나?"

넝마를 걸친 유태인은 새삼스레 탐색하듯 수사관을 살펴보았다. 그러고는 그의 흉터투성이 얼굴을 잔뜩 찌푸렸다.

"그 괴상한 짐승 녀석에 관해서는 왜 묻는 거지요?" 그가 대꾸했다.

베르라하는 이 유태인에게 어디까지 털어놓을지 생각해보고는 입을 다물기로, 자기가 엠멘베르거에게 품었던 혐의 부분을 혼자만 간직하기로 작정했다. 그래서 이렇게 말했다.

"그 작자 사진을 보았지. 그런데 그자가 어떻게 되었는지 관심이 가더군. 나는 환자일세, 걸리버. 한참 동안 누워 있어야 할 판인데 늘 상 몰리에르나 읽는 것으론 안 되겠네. 그럴 때 사람들은 자신의 생각을 추적하는 법이지. 그러다 보니 대량 학살자란 과연 어떤 종류의 인간인지 의아한 생각이 들었네."

"모든 인간은 똑같습니다. 넬레는 인간이었지요. 그러니까 넬레는 모든 인간과 같습니다. 이건 되는대로 주워섬긴 삼단논법입니다만, 아무도 여기에 대고 이의를 제기할 수는 없겠지요."

대답하는 동안 거인은 베르라하에게 눈을 떼지 않았다. 베르라하의 막강한 얼굴은 대체 무슨 생각을 품었는지, 전혀 아무 기색도 드러내지 않았다.

"내 추측으로는, 당신은 넬레의 사진을 《라이프》지에서 봤을 겁니다, 경감님." 유태인은 말을 이었다. "그것은 그 작자의 사진 중에 실재하는 유일한 것이지요. 이 세상을 있는 대로 뒤져보아도 다른 사진은 한 장도 더 나타나지 않았습니다. 그런 만큼 그 유명한 사진에서 전설 같은 이 형리의 모습을 잘 알아볼 수 없다는 점은 더욱이 참을 수 없는 일이지요."

"그러니까 단 한 장밖에 없는 사진이라고." 베르라하는 골똘히 생각에 잠겨 말했다. "어떻게 그럴 수가 있지?"

"악마는 자기 교구의 선민들을 위해, 하늘이 하늘의 선민을 위해 베푸는 것보다 더욱 훌륭하게 배려를 합니다. 그래서 여러 가지 상황을 일치시켜놓았지요." 유태인은 조소를 머금고 대답했다. "현재 뉘른베르크에 범죄수사학용으로 비치되어 있는 친위대 명단에는 넬레가 기입되어 있지 않습니다. 또 다른 명부에도 그의 이름은 없어요. 그는 친위대에 소속되지 않았던 모양입니다. 슈트트호프 수용소에서 친위대 사령부에 보낸 공식 보고서들에도 그의 이름이 언급된 적이 한 번도 없습니다. 또 인사 기록에 관한 부록 일람에도 그의 이름은 빠져 있어요. 추호의 가책도 없이 헤아리지 못할 만큼 희생자를 낸 이 인물한테는 뭔가 전설적 요소와 비합법적 요소가 달라붙어 있단 말입니다. 마치 나치스까지도 이 인물을 꺼려 했던 것처럼 말이죠.

하지만 어쨌든 넬레는 생존했었습니다. 그가 실재했음을 의심한 사람은 이제껏 아무도 없어요. 하물며 교활하기 짝이 없는 무신론자들까지도 그의 실존을 믿었지요. 그도 그럴 것이 사람들은 최악의 고통을 부화시키는 신의 존재를 제일 쉽사리 믿는 법이니까요. 그래서 그 당시 우리는 무수한 수용소에서 끊임없이 그에 관해 얘기했습니다. 물론 그곳은 어떤 점에서도 슈트트호프에 뒤지지 않는 장소들이었지요. 하기야 그것은, 판관과 형리들로 구성된 이 천국에 존재하는 무수한 악하고 비정한 천사들 중에서 구체적인 한 인물에 대한 얘기였다기보다는 오히려 막연히 떠돌아다니는 소문을 화제 삼은 것이었습니다만……, 안개가 걷히고 나서도 사정은 나아지지 않았어요.

뭔가 진상을 밝혀주었을 법한 사람은 수용소에서 한 사람도 살아 남지 못했습니다. 고문을 이겨내고 살아남은 몇 안 되는 포로들은 러시아인들이 들어왔을 때 친위대에게 몰살당했고요. 한편 러시아인들 측에서는 간수들한테 정의(正義)를 집행하여 그들을 교수형에 처했습니다. 그렇지만 그렇게 죽은 악당들 틈에도 넬레는 없었지요, 경감님. 그는 그전에 수용소를 떠나버린 게 분명해요."

"그렇지만 사람들이 그를 추적하지 않았나?" 베르라하가 물었다.

유태인은 소리 내어 웃었다.

"그 당시 추적당하지 않은 사람이 어디 있습니까, 베르라하 경감님! 독일 국민이 몽땅 형사 사건이 되었지요. 그렇지만 넬레에 관해서는 어느 누구도 상기하지 않았을는지 모릅니다. 기억할 수 있는 사람이 아무도 없었을 테니까요. 그렇게 그의 범죄는 세상에 알려지지 않고 영원히 묻힐 수도 있었어요. 만약 전쟁이 끝났을 때 《라이프》지에 당신도 아는 그 사진이 발표되지 않았더라면 말이죠. 마취를 하지 않고 수행되었다는 작은 미적(美的) 오류를 제외하면 완벽한 기술의 대가다운 수술 장면 사진이었지요. 인류는 도리에 맞게 당연히 격분했고, 그래서 추적을 시작했지요. 그렇지 않았다면 넬레는 아무 방해도 받지 않고 개인적 생활로 되돌아갔을 겁니다. 무해 무탈한 시골의사로 변신하거나 요양소 의사가 되어 어떤 호화판 병원을 경영할 수도 있었겠지요."

"대체 《라이프》지가 어떻게 그 사진을 입수했을까?" 노인은 아무 것도 예상하지 못하고 물었다.

"세상에서 제일 간단한 일이죠." 거인은 차분하게 대답했다. "내가 사진을 그 잡지에 제공했거든요!"

베르라하는 깜짝 놀라 상체를 벌떡 일으키고는 유태인을 마주 보았다. 아무튼 걸리버는 경찰보다 더 많이 아는구나, 그는 당황해서 생각했다. 무수한 유태인의 생명을 구출해낸 인물이었던 이 거인의 모험적 삶은, 바로 범죄와 엄청난 악덕이 수렴되는 영역 안에서 영위되었다. 독자적 법칙에 따르는 한 판관이 베르라하 앞에 앉아 있었다. 이 땅의 영광스러운 조국들의 시민 법전이나 형 집행과는 상관없이, 자신이 임의대로 심판하고 사면하며 형벌을 가하는 판관이었다.

"우리 보드카를 마십시다." 유태인은 말했다. "이런 술은 언제라도 유익하지요. 그것에 의지하여 지탱할 수밖에 없어요. 아니면 이 저주받을 유성에서 그나마 달콤한 환상을 모조리 잃을 판이니까요."

그는 잔을 채우고 소리쳤다.

"인간이여, 살아갈지어다!" 그러더니 잔을 쭉 들이켜고 말했다. "그렇지만 어떻게? 흔히 그것이 어렵단 말입니다."

"그렇게 소리치지 말게." 수사관이 말했다. "그랬다간 야간 당직 간호사가 올 걸세. 우린 지금 건실한 병원 안에 있단 말이야."

"기독교 정신, 기독교 정신이라는 것." 유태인은 말했다. "그것은 훌륭한 간호사들을 길러내는 동시에 유능한 살인자들도 길러냈지요."

한순간 노경감은 이제 보드카를 그만 마셔야 하지 않을까 생각했다. 하지만 결국 또 들이켜고 말았다.

방 안이 잠깐 동안 빙 돌았고, 걸리버의 모습이 무슨 커다란 박쥐를 연상시켰다. 하지만 방 안은 약간 기울어 보일망정 그래도 멈춰 섰다. 그 정도는 감수할 수밖에 없는 일이었다.

"자네는 넬레를 알고 있겠지." 베르라하는 입을 열었다.

거인은 넬레와 종종 관계를 맺은 적이 있노라 대답하며 줄곧 보드 카를 마셨다. 그러더니 잠시 후 이야기를 시작했다. 하지만 아까까지 의 냉담하고 뚜렷한 음성이 아니라 이번에는 묘하게도 노래하는 듯 한 가락으로, 풍자와 조소가 섞였을 때는 커졌다가 때로는 나직이 가 라앉는 음성이었다. 따라서 베르라하는 거칠고 냉소적인 내용까지 포함하여 그 모든 이야기가 한때는 아름다웠던 창조주의 세계가 오 늘날 저지른 불가사의한 죄과에 대해 헤아릴 수 없는 비애를 표현한 다는 걸 깨달을 수 있었다.

이렇게 이 한밤중에 영원한 거인 같은 유태인은 불치의 병에 걸려 누워 있는 노수사관 곁에 앉아 이야기를 했고, 노수사관은 우리 시대 의 역사가 음침하고 무서운 죽음의 사자로 만들어버린 인물, 비통에 찬 사나이의 말에 귀를 기울이고 있었다.

"44년 12월의 일이었지요." 걸리버는 반쯤 보드카에 취해 노랫가 락 같은 음성으로 보고를 시작했다. 그 가락의 바다 위로 그의 고통 이 어두운 기름 표면에서처럼 번져나갔다. "그리고 이듬해 일월까지, 투명한 희망의 태양이 스탈린그라드와 아프리카 위로 저 아득한 지 평선에 솟아올랐을 때의 일이었습니다. 그렇지만 이 몇 달은 실상 저 주스러운 세월이었지요, 경감님. 나는 우리의 경애하는 모든 《탈무 드》연구가들과 그들의 회색 수염을 걸고, 생전 처음으로 맹세를 했 지요. 내가 그들보다 더 오래 살아남지 못하리라고. 그럴 수밖에 없 었던 사정은 넬레 때문이었습니다. 당신이 지금 그토록 간절히 그 삶을 알고 싶어 하는 넬레 말씀입니다.

이 의학의 사도에 관해서 지금 말씀드릴 수 있는 것은, 그가 내 생명을 구해주었다는 사실입니다. 그것도, 나를 지옥의 가장 밑바닥까지 담갔다가 백척간두로 끌어올리는 그런 방식으로 말이죠. 내가 아는 한 그러한 방법을 견뎌 이겨낸 사람은 단 한 사람, 즉 모든 것을 이겨내도록 저주받은 바로 나 한 사람뿐이었습니다. 엄청난 감사의 마음에서 나는 그의 사진을 찍어 폭로하는 일을 망설이지 않았지요. 이 도착(倒錯)된 세계 안에는, 오로지 악랄한 행위로만 갚을 수 있는 자선 행위가 존재한답니다.”

“자네가 하는 말을 통 알아들을 수 없네.” 수사관은 대답했다. 그러면서 그것이 보드카 기운 탓인지 어떤지 갈피를 잡을 수가 없었다.

거인은 소리 내어 웃더니 소맷자락에서 또 한 병의 보드카를 꺼냈다.

“용서하십시오.” 그는 말했다. “내가 늘어놓는 사설은 장황합니다. 그렇지만 나의 고통의 길이는 훨씬 더 길었습니다. 내가 말하려는 요점은 간단해요. 넬레가 나를 수술했다는 겁니다. 마취를 하지 않고. 이 같은 전대미문의 영예가 내게 주어졌던 겁니다. 다시 한 번 용서하십시오, 경감님. 그렇지만 그 생각을 하노라면 보드카를 마시지 않을 수 없군요, 그것도 물처럼. 그만큼 끔찍스러운 일이었으니까요.”

“빌어먹을.” 베르라하는 소리치더니 이어서 또 한 번 병원의 정적을 깨고 “빌어먹을” 하고 되뇌었다. 그러고 나서 반쯤 몸을 일으키고는, 자신의 침대 곁에 앉은 괴물에게 기계적으로 빈 잔을 내밀었다.

“이 이야기를 들으려면 약간의 굵은 신경만 있으면 됩니다. 그것을 실제 체험하는 데 요하는 만큼은 결코 아니지요." 유태인은 더럽고 낡은 장삼에 싸여 노래하는 듯한 어조로 말을 이었다. "그 일을 이젠 잊어버리라고 사람들은 말합니다. 그것은 독일에서만 벌어진 일이 아니라고. 러시아에서도 지금 잔혹한 일들이 벌어지며 사디스트란 어디에나 있는 법이라고. 그렇지만 나는 아무것도 잊지 않겠습니다. 그렇다고 내가 유태인이라는 이유 때문만은 아닙니다. 독일인들은 나의 동족 600만 명을 죽였지요, 600만 명을! 그렇지만 그것만이 이유는 아닙니다. 무엇보다 그 이유는, 내 비록 지하실 구석에서 쥐새끼들이랑 어울려 살망정 나는 여전히 엄연한 한 사람의 인간이기 때문입니다!

민족 간에 차별을 두고 좋은 국민이니 나쁜 국민이니 입에 올리는 것을 나는 거부합니다. 그렇지만 인간은 구별을 하지 않을 수 없습니다. 이것은 내가 뼈에 사무치도록 터득한 사실이지요. 나의 살 속을 파고드는 첫 번째 타격을 당한 그 순간부터 나는 가해자와 피해자를 분류하게 되었습니다. 지금 다른 나라들에서 벌어지는 다른 간수들의 새로운 잔학 행위들도 계산서에서 공제할 수 없습니다. 내가 나치스에게 내미는, 그래서 그들이 내게 지불해야 할 그 계산서에 새로운 잔학 행위들도 가산하겠습니다. 내 임의대로, 가학을 행하는 자들 사이에는 아무 구별을 두지 않겠어요. 그들은 한결같이 똑같은 눈을 갖고 있답니다.

만약 한 분의 신이 계신다면 경감님, 나의 능욕당한 가슴은 그 이상 더 바라는 게 없습니다만, 그 신 앞에서는 민족들이 있는 것이 아니라 오로지 인간들이 있을 뿐입니다. 그리고 그 신은 누구를 막론하고 범죄의 정도에 따라 심판하고, 그가 실천한 정의의 정도에 따라 사면을 해주실 것입니다. 기독교도인 경감님, 일찍이 당신네들의 구세주를 십자가에 못 박았던 동족의 일원인 이 유태인, 그리고 이제 그 동족과 더불어 기독교인들에게 십자형을 당했던 이 한 유태인의 말을 들어보십시오. 그때 나는 처참한 육체와 영혼을 끌고 슈트트호프 강제수용소 안에 누워 있었습니다.

세칭 근절수용소의 하나, 그것은 유서 깊은 도시 단치히 근처에 있었지요. 그 도시 때문에 그놈의 범죄적 전쟁이 터졌으니만큼(폴란드가 단치히를 내놓으라는 히틀러의 요구를 거부한 것을 빌미로 독일은 폴란드를 점령하고 2차 세계대전을 일으켰다) 그곳 사태는 극단적이었습니다. 야훼는 아득한 곳에서 다른 세계들의 문제에 열중하고 계셨지요. 아니면 때마침 야훼의 거룩하신 성령이 요청되는 무슨 신학적 문제에 골몰하셨던가. 아무튼 그런 사정이니만큼 야훼의 백성은 갈수록 방자하게 친위대의 기분에 따라 그때그때 기후에 맞춰 가스실로 보내지거나 총살당하며 죽음으로 몰려갔지요. 동풍이 불면 교수형에 처하고, 서풍이 불면 유태족에게 개를 몰았습니다. 그러니까 그런 판국에, 당신이 그 운명을 간절히 알고 싶어 하는 문제의 의사 넬레, 한 관습적 세계 질서의 인물도 끼여 있었습니다.

그는, 잔뜩 곪은 종기처럼 어떤 수용소에든 득실대던 수용소 의사들 가운데 하나였지요. 학문적 열의를 갖고 대량 학살에 헌신했던 파리 떼들, 몇백 명 포로에게 공기며 페놀, 석탄산, 하늘과 땅 사이에서 벌어진 그 악마적 쾌락을 위해 수중에 닿는 것이면 그 밖의 무엇이든 주사를 놓았던 무리들, 심지어는 필요에 따라 마취도 하지 않고 인

174

간을 상대로 실험을 해대던 놈들, 그것도 뚱뚱보 원수가 동물의 생체 해부를 금지했기 때문에 부득이한 일이라고 큰소리를 쳐가면서 말입니다. 그러니까 넬레 한 사람만은 아니었습니다. 그 사람에 관해 얘기할 필요가 있겠군요.

수많은 각종 수용소를 전전하는 가운데 나는 가학자들을 자세히 들여다보게 되었고, 이른바 내 형제들의 실체도 알게 되었습니다. 넬레는 자신의 소임을 수행하는 면에서 여러 가지로 두드러졌습니다. 그는 다른 이들의 잔혹성과 똑같은 걸 발휘하지는 않았지요. 가능하다면 일체를 근절하는 것을 소명으로 하는 수용소 안에서 그나마 소용이 닿는 한에서 그가 포로들을 도와주었다는 점을 시인하지 않을 수 없군요. 그는 다른 의사들과는 완전히 다른 의미에서 가공할 만한 인물이었습니다, 경감님.

그의 실험의 유별난 점은, 고도의 학대만은 아니었습니다. 치밀하게 포박된 유태인들은 다른 의사들의 메스 밑에서도 죽어갔어요. 의사의 기술 때문이 아니라 바로 고통에서 오는 충격 때문에 죽어갔단 말입니다. 그런데 넬레의 악마적 행위는, 그가 이 모든 과정을 바로 자기 희생자의 동의를 받아 수행한다는 점에 있었습니다. 실로 믿기 어려운 얘기지만 넬레는 자발적으로 지원한 유태인들만 수술했다 이겁니다. 자기 앞에 닥친 상황을 정확히 아는 지원자들 말이지요. 그들은 심지어 그 고문이 주는 온갖 공포를 직접 보도록 수술 현장을 참관하지 않으면 안 되었지요. 그가 이것을 조건으로 내세웠으니까요. 그리고 나서야 똑같은 고문을 당하는 데 동의할 수 있었답니다."

"어떻게 그럴 수가 있단 말인가?" 베르라하는 숨을 죽이고 말했다.

"희망 때문이지요." 거인은 웃었다. 그의 가슴이 볼록 나왔다가 가라앉았다. "희망 때문입니다, 기독교 신자님." 그의 두 눈은 뭐라고 포착할 수 없는 야수 같은 점을 드러내며 번득였고, 얼굴의 흉터는 더욱 뚜렷이 두드러졌다. 또 짐승의 앞발처럼 베르라하의 담요에 두 손을 얹고는, 그 망가진 몸체 속으로 끊임없이 보드카를 게걸스레 빨아들이는 형체 잃은 입은 아득한 슬픔의 신음 소리를 냈다.

"믿음과 소망과 사랑, 이 세 가지는 〈고린도전서〉 13장에서 멋들어지게 읊는 것들입니다. 그렇지만 이 중에서 가장 끈질긴 것은 소망이랍니다. 이 희망이라는 것이 지금도 붉은 흉터 범벅인 몸뚱이를 끌고 다니는 유태인 걸리버의 편을 들고 있습니다. 사랑과 믿음, 그 두 가지는 슈트트호프에서 일찌감치 악마한테 가버렸지요. 그렇지만 희망만은 남아 있어 사람들은 그것을 끌고 악마한테 갔던 겁니다. 희망, 희망! 넬레는 희망을 호주머니 안에 준비해 갖고 있다가, 그것을 원하는 누구에게나 내밀었습니다. 그리고 수많은 자들이 그것을 가지려고 했습니다.

믿기 어려운 얘기입니다만 경감님, 몇백 명이 사색이 되어 바들바들 떨면서 앞선 지원자들이 수술대 위에서 뒈져가는 광경을 목격한 뒤에, 아직도 아니라고 거부할 수 있는 사정인데도 결국 넬레한테서 마취 없는 수술을 받았던 겁니다. 이 모든 일은, 넬레가 그들에게 약속한 자유를 얻겠다는 맹목적 희망을 근거로 벌어진 거랍니다. 자유! 그것을 얻기 위해서라면 무엇이든 참아낼 만큼 자유에 대한 인간의 열망은 엄청나지요. 그 당시 슈트트호프에서도, 사람들은 자진해서 연옥 속으로 걸어 들어갔습니다. 오로지 자신에게 제공된 이 자유의 초라한 사생아를 끌어안겠다는 일념으로 말입니다.

자유란 때로는 창녀의 모습이고, 때로는 선녀의 모습이지요. 각자에게 각기 다른 모습이랍니다. 노동자에게 보이는 자유, 성직자의 자유, 은행가의 자유는 모두 다릅니다. 또 아우슈비츠, 루브린, 마이다네크, 나츠바일러, 슈트트호프 같은 근절수용소에 있는 한 가엾은 유태인에게는 역시 또 다른 것입니다. 거기서는 그 수용소 바깥에 있는 모든 것이 자유를 의미했지요. 그렇다고 감히 창조주의 아름다운 세계를 바란 것도 아닙니다. 오, 그건 아닙니다. 사람들은 끝도 없이 겸손해져서, 단지 그저 부켄발트나 다카우 같은 편안한 곳으로 반송되기만을 희망했지요. 이제 와서 보니, 그곳에는 실로 황금빛 자유가 있었으니까요. 죽을 위험, 가스화할 위험은 없고 다만 죽도록 매를 맞을 위험만 있던 곳, 근절수용소에서의 절대적으로 확실한 죽음에 비하면 그나마 어떤 예기할 수 없는 우연에 의해 구출될 수 있으리라는 백만 분의 1의 희망이 있던 곳, 그곳으로 되돌아가기를 희망했답니다.

아, 경감님. 우리 자유라는 것이 모두에게 똑같은 것이 되도록 싸웁시다. 어느 누구도 다른 사람 앞에서 자신의 자유를 부끄러워하지 않도록! 가소로운 일이지요. 다른 강제수용소로 이송될 수 있다는 희망이 사람들을 대량으로, 아니면 적어도 과반수를 넬레의 고문대로 몰아갔습니다. 웃기는 일이지요. (그러면서도 유태인은 실로 절망과 분노의 조소를 터뜨렸다.) 그리고 기독교 신자이신 경감님, 나 역시 피투성이 도마에 누워, 넬레의 메스와 집게들이 스포트라이트를 받으며 도깨비처럼 내 위에서 어른거리는 것을 보았습니다. 그러고는 끝없는 고통의 나락으로, 단말마의 고통 속 점점 더 참담하게 벗겨지는 저 휘황한 거울 캐비닛으로 굴러떨어졌지요! 나 역시, 그래도 빠져나와 살아남겠다는, 그놈의 저주받은 수용소를 떠나겠다는 희망에서 그에게 갔던 겁니다. 그도 그럴 것이 이 멋들어진 심리학자 넬레는 다른 때는 자비심과 신뢰감도 보여주었기 때문에 그 점에서 그를 믿었던 겁니다. 극도의 곤경에 처하면 줄곧 기적의 존재를 믿듯이 말이지요.

아닌 게 아니라 과연 그는 약속을 지켰어요! 내가 유일하게 터무니없는 위절제술을 이겨냈을 때 그는 내가 회복되도록 보살펴주기까지 하고, 이월 초순경 부켄발트로 되돌려 보냈습니다. 하지만 끝없는 이동을 거치고도 나는 끝내 거기에 닿지 못했지요. 왜냐하면 아이스레벤 시 근처에서 저 화창한 오월을 맞았으니까요. 라일락이 만발했던, 그래서 그 밑에 내가 기어들어 숨었던, 예의 그날 말입니다.

이것이 지금 당신 앞 침대 곁에 앉은, 산전수전을 겪은 사내의 행적이랍니다, 경감님. 이 시대 난센스의 피바다 속을 헤매고 돌아다닌 나의 고통의 역사지요. 그러고도 여전히 이 몸뚱이와 영혼의 깨어진 잔재는 우리 시대의 소용돌이에 계속 휘말립니다. 죄 없는 사람, 죄 지은 사람을 가리지 않고 몇백, 몇천만을 삼키는 시대의 소용돌이에. 그렇지만 이제 두 번째 보드카 병도 비워버렸으니 어쩔 수 없이 이 유태인 정신은, 벽의 돌출부와 홈으로 된 국도(國道)를 타고 파이텔바하 집의 축축한 지하실로 되돌아가야겠습니다."

그러나 노수사관은, 이미 일어서서 방의 절반을 그림자로 어둡게 뒤덮는 걸리버를 놓아주려 하지 않았다.

"대체 넬레는 어떤 인간이었나?" 그는 물었다. 그의 목소리는 사뭇 속삭이는 듯했다.

"기독교 신자님." 유태인은 술병과 술잔을 더러운 장삼에 감추고 난 뒤 입을 열었다. "누가 당신의 질문에 대답할 수 있겠습니까? 넬레는 죽었습니다. 자살했단 말입니다. 그의 비밀은 하늘과 지옥을 다스리는 하나님한테 가 있습니다. 그리고 하나님은 그의 비밀을 내주려 하지 않아요. 신학자들한테까지도 말이죠. 죽음만이 존재하는 장소를 탐색한다는 것은 치명적인 일입니다. 도저히 말도 붙일 수 없는 이 의사가 쓴 가면의 정체를 파고들려고 얼마나 애를 썼는지 모릅니다. 그 작자는 친위대원들이나 다른 의사들하고도 어울리지 않았는데 하물며 한낱 포로와 얘기가 됐겠습니까! 그의 번득이는 안경 뒤에서 벌어지는 일을 캐내보려고 얼마나 애를 썼는지 몰라요! 수술 가운을 입고 반은 가린 얼굴밖에 내놓지 않는 자신의 가해자를 놓고, 한 가련한 유태인이 뭘 할 수 있었겠습니까?

포로수용소에서 사진을 찍는 것처럼 위험한 일은 없지요. 그는 늘, 내가 생명을 무릅쓰고 찍었던 사진에 나온 모습 그대로였답니다. 그는 전염이라도 될세라 겁이 나는 듯 소리도 내지 않고, 약간 구부정하고 하얗게 휘감은 깡마른 모습을 한 채 처참한 고통과 한탄으로 꽉 찬 바라크들을 돌아다녔지요. 아마도 조심하느라 도사렸다는 생각이 듭니다. 어느 날 갑자기 수용소에 있는 모든 지옥의 유령이 사라질 것을 항상 계산에 넣었던 것 같아요. 그래서 그 유령이 어디 다른 곳에서 다른 가해자 무리, 다른 정치체제와 더불어 무슨 문둥병처럼 인간 본능의 심부에서 새로이 터져나오리라는 것을⋯⋯. 따라서 그는 일찌감치 개인적 생활로 도망칠 것을 준비했던 것 같습니다. 마치 그 지옥에서는 전문 요원으로 고용살이라도 한 것처럼.

그 후에 나는 계산된 타격을 가했지요, 경감님. 그리고 목표는 훌륭하게 조준되었습니다. 《라이프》지에 사진이 발표되자 넬레는 권총 자살을 한 겁니다. 세상이 그의 이름을 알았던 것이 그 일을 성사시켰지요, 경감님. 용의주도한 사람은 자신의 이름을 감추니까요. (이 말이 노수사관의 귀에 들린 걸리버의 마지막 말이었다. 그것은 청동으로 된 종이 내는 둔탁한 울림처럼 환자의 귀에 소스라치도록 굉굉 울렸다.) 자신의 이름을 말입니다!"

이제 보드카가 기운을 발하기 시작했다. 실상 환자의 눈에는 저편 창가의 커튼이 마치 사라져가는 배의 돛처럼 부푸는 것이 보였고, 귀로는 밀어 올리는 덧문의 달각거리는 소리까지 들리는 듯싶었다. 이어서 한층 몽롱하게, 거대하고 육중한 몸집이 어둠 속으로 침잠하는 것도 느꼈다.

그러나 곧 열린 창틈으로 무수한 별빛이 쏟아져 들어오자, 노인의 내부에서는 누를 길 없는 용기가 솟아올랐다. 이 세상 안에서 존속하겠다는, 더 나은 다른 세계를 위해 싸우겠다는, 암이 좀먹는 처참한 몸뚱이를 이끌고서라도, 일 년밖에 안 남은 여생 동안 열렬히 줄기차게 싸우겠다는 용단이었다.

보드카가 불길처럼 그의 내장을 달아오르게 하자, 노인은 그르렁거리는 소리로 병원의 정적을 향해 〈베른행진곡〉을 불러대어 다른 환자들을 불안하게 만들었다. 그보다 더 힘찬 노래는 그에게 떠오르지 않았다. 그러나 얼마 후 혼비백산한 야간 간호사가 뛰어들어 왔을 때는, 그는 이미 잠이 들었다.

추리

다음 날은 목요일이었다. 예견했던 대로 베르라하는 점심 식사가 들어오기 직전, 정오가 다 되어서야 깨어났다. 머리는 약간 무거운 듯싶었지만, 그 밖에는 오랜만에 기분이 좋았다. 그래서 그는 종종 제맛인 술을 마시는 것은 어쨌든, 특히 병석에 오랫동안 누워 금주를 당할 때는 최상의 약이라고 생각했다.

침대 곁 탁자에는 우편물이 놓여 있었다. 루츠의 지시로 부쳐온 넬레에 관한 보고서였다. 오늘날의 경찰 조직 체계에 관해 이제는 실로 더 말할 나위가 없었다. 더욱이 다행스럽게도, 모레면 닥치는 은퇴를 앞둔 마당에 콘스탄티노플에서는 그 당시만 해도 한 가지 정보를 얻으려면 몇 달씩 기다려야만 했다.

노수사관이 보고서에 미처 손을 대기도 전에 간호사가 식사를 날라 왔다. 그가 특별히 좋아하는 간호사 리나였다. 그렇지만 오늘 그녀의 태도는 어딘가 서먹했고, 완연히 전과 같지가 않았다. 수사관의 기분도 썰렁해졌다. 어젯밤 벌어진 일의 진상을 알아챈 모양이구나, 라고 그는 짐작했다. 할 수 없는 일이었다. 걸리버가 가고 나서 마지막에 〈베른행진곡〉을 불렀던 것 같은 막연한 느낌이 들긴 했지만 그건 착각인 듯싶었다. 자신이 도대체 언제 애국적이었단 말인가. 제기랄, 기억을 해낼 수만 있다면 좋겠는데, 라고 그는 생각했다. 한결같이 오트밀죽이라니까! 그는 오트밀죽을 먹으면서 의심스럽게 방 안을 둘러보았다.

세면대에는 전에 없던 약제랑 약병 몇 개가 놓여 있었다. 대체 저건 또 웬 걸까? 모든 일을 믿을 수가 없었다. 게다가 10분마다 다른 간호사가 나타나 뭘 가져가거나, 찾거나, 날라서 왔다. 어떤 간호사는 바깥 복도에서 쿡쿡 웃음을 터뜨렸다. 웃음소리가 분명하게 들렸다. 홍거토벨에 대해서는 감히 물어볼 엄두도 안 났다. 낮 동안 시내에서 수술이 있기 때문에 저녁때가 되어서야 온다니, 어쨌든 잘된 일이었다.

베르라하는 서글픈 기분으로 사과쨈을 곁들인 거친 보리죽을 삼켰다. 이것 역시 기분전환은 되지 못했다. 하지만 곧 후식으로 설탕을 친 진한 커피가 나온 것을 보고는 깜짝 놀랐다. 간호사가 질책하듯 설명한 바로는 홍거토벨 박사의 특별 처방이었다. 그렇지 않다면 이런 경우란 있을 수 없는 일이었다. 커피는 픽이나 맛있었고, 그의 기분을 상쾌하게 돋우어주었다. 이어서 그는 서류철에 몰두했다. 그것이 할 수 있는 가장 분별 있는 일인 것 같았다. 하지만 1시가 지나자 뜻밖에도 어느새 홍거토벨이 들어섰다. 심각한 표정이었다. 노수사관은 그냥 서류에 몰두하는 시늉을 하면서도, 남이 알아챌 수 없는 눈 움직임으로 의사의 기색을 간파했다.

"한스." 홍거토벨은 입을 떼며 단호하게 침대 곁으로 다가섰다. "대체 어떻게 된 건가? 단언컨대 나뿐 아니라 모든 간호사까지 자네가 지독한 과음을 했다고 맹세할 수 있단 말일세!"

"그런가." 노인은 서류에서 고개를 들면서 말했다. 그러고는 또다시 내뱉었다. "원, 참!"

"그렇고말고." 홍거토벨은 말했다. "어느 모로 봐도 그런 인상을 주는군. 아침 내내 자네를 깨우려고 했지만 소용없었지."

"미안하게 됐네." 수사관은 유감의 뜻을 표명했다.

"실제적으로는 자네가 알코올을 마셨다는 건 불가능한 일이지. 그랬다면 자네는 병째로 삼켜버렸단 얘기가 된단 말야!" 의사는 난감한 기색으로 소리쳤다.

"나도 그렇게 생각하네." 노인은 싱긋이 웃었다.

"수수께끼로군." 홍거토벨은 안경을 닦으며 말했다. 흥분했을 때의 버릇이었다.

"사무엘." 수사관은 말했다. "아무래도 수사관을 입원시킨다는 건 쉬운 일은 아닐 걸세. 그 점은 시인하네. 나로서는 몰래 술을 마셨다는 혐의를 전적으로 뒤집어쓸 수밖에 없지. 그러니 취리히의 존넨슈타인 병원에 전화를 걸어주길 부탁하네. 그리고 나를 블라이제 크라머라는 이름으로, 갓 수술을 해서 병석에 누운 돈 많은 환자로 신고를 좀 해주게."

"자네 엠멘베르거한테 갈 셈인가?" 홍거토벨은 깜짝 놀라서 자리에 앉으며 물었다.

"물론." 베르라하는 대답했다.

"한스." 홍거토벨이 말했다. "자네를 이해할 수 없군. 넬레는 죽었다니까."

"한 명의 넬레는 죽었지." 노수사관은 고쳐 말했다. "이제부터 확인해야겠네, 어떤 넬레인지."

"맙소사." 의사는 숨 가쁘게 물었다. "그럼 두 명의 넬레가 있단 말인가?"

베르라하는 서류를 집어 들었다.

"우리 함께 이 경우를 고찰해보세." 그는 차근히 말을 이었다. "그리고 거기서 눈에 띄는 점을 검토해보자고. 우리의 기술은 수학적 요소와, 또 풍부한 환상으로 구성된다는 걸 자네도 알게 될 걸세."

"영문을 모르겠군." 홍거토벨은 신음을 했다. "오전 내내 아무것도 종잡을 수가 없단 말일세."

"진술서를 읽어보겠네." 수사관은 말을 이었다. "키가 크고 깡마른 체구, 머리칼은 회색, 지난날에는 홍갈색, 눈빛은 녹회색, 두 귀는 뚝 떨어져 붙었음, 얼굴은 좁고 창백함, 눈 밑의 주름, 치아는 건강함. 특별한 표지(標識), 오른쪽 눈썹 곁의 흉터."

"정확히 바로 그 친구일세." 홍거토벨은 말했다.

"누구?" 베르라하가 물었다.

"엠멘베르거." 의사가 대답했다. "그 서술을 듣고 그 친구라는 걸 알았네."

"그렇지만 이건 함부르크에서 시체로 발견된 넬레에 관한 서술일세." 베르라하는 대꾸했다. "경찰 수사국의 진술서에 적힌 대로야."

"그렇다면 두 사람을 혼동하는 게 더욱 당연하지." 홍거토벨은 만족스러운 듯 자신 있게 말했다. "우리 가운데 누구라도 살인자와 닮을 수 있다네. 나의 혼동이 가장 단순하게 세상을 설명하는 길을 찾아낸 걸세. 그 점을 자네도 시인해야만 해."

"그건 한 가지 귀결이지." 수사관은 말했다. "그렇지만 언뜻 보기에는 그다지 신빙성이 있어 보이지 않아도 '역시 가능한 것'으로 상세히 검토되어야만 하는 다른 귀결들이 존재할 수 있다네. 다른 하나의 귀결은 이렇지. 엠멘베르거가 칠레에 있었던 게 아니고 넬레가 그의 이름으로 거기에 있었다는 것, 반면에 엠멘베르거는 넬레의 이름으로 슈트트호프에 있었다는 것."

"그건 결코 있을 법하지 않은 귀결일세." 훙거토벨은 어리둥절해했다.

"하기야." 베르라하는 대답했다. "그렇지만 한결 신빙성이 가는 귀결이지. 우리는 모든 가능성을 고려해야만 하네."

"그럼 대체 우리는 어디에 닿겠나!" 의사가 항의했다. "그렇다면 함부르크에서 자살한 자가 엠멘베르거고, 지금 존넨슈타인 병원을 운영하는 의사가 넬레일 수도 있단 말일세."

"자네 칠레에서 돌아온 뒤로 엠멘베르거를 본 적이 있나?" 노인이 이의를 제기했다.

"그저 잠깐." 훙거토벨은 어안이 벙벙해서 대답하고는 당황스레 머리를 감싸 안았다.

마침내 그는 다시 안경을 썼다.

"그것 보게, 이 같은 가능성도 있는 걸세!" 수사관은 계속했다. "다음과 같은 해답도 있을 수 있지. 함부르크에서 죽은 자가 칠레에서 되돌아온 넬레고, 엠멘베르거는 슈트트호프에서 넬레의 이름을 사용하다가 스위스로 돌아온 것."

"우린 하나의 범죄를 전제로 해야만 이 같은 명제를 옹호할 수 있을 걸세." 훙거토벨은 고개를 절레절레 흔들며 말했다.

"맞았어, 사무엘!" 수사관은 고개를 끄덕였다. "우리는 넬레가 엠멘베르거에게 살해되었다는 것을 전제로 해야만 하네."

"똑같은 권리를 가지고 우리는 그 반대 경우도 가정할 수 있네. 넬레가 엠멘베르거를 살해했다는 거지. 보다시피 자네의 환상에는 한계라는 것이 아예 그어지지 않는군."

"그 명제도 옳은 얘기야." 베르라하는 말했다. "우리는 그것 역시 가정할 수 있다네, 최소한 현재 추리 단계에서는."

"그건 모조리 난센스야." 노의사는 화가 난 투로 말했다.

"그럴는지도 모르지." 베르라하는 불투명하게 대답했다.

훙거토벨은 격렬하게 반론을 폈다. 베르라하가 현실을 접하는 식으로 원시적 방식을 이용한다면 무엇을 원하든 그 방향으로 쉽게 증명할 수 있다는 얘기였다. 또한 그런 방법으로는 도대체 만사가 문제시될 수밖에 없다고도 했다.

"수사관이란 모름지기 현실을 문제시할 의무를 지지." 노수사관은 대답했다. "바로 그런 거야. 이 점에서는 우리는 전적으로 철학자들처럼 일에 착수해야 하지. 철학자들이란 모름지기 일단 모든 것을 의심한다고 하지 않는가. 그런 연후에야 그들은 자신들 일의 진상을 파악하고, 예술에 관해 더없이 훌륭한 사고(思考)에 도달하려고 애쓰며, 죽음 후의 삶에 관해 숙고한단 말일세. 다만 우리는 그들보다 덜 쓸모 있는 존재인지도 모르지.

우리는 지금까지 여러 가지 명제들을 세웠지. 그 모든 것이 가능하다네. 이것이 첫 번째 단계일세. 다음 단계는, 가능한 명제들에서 개연성 있는 명제들을 구별하는 일일 거야. 가능한 것과 개연성 있는 것은 동일하지 않다네. 가능한 것이 꼭 개연성 있는 것일 필요는 없지. 그러니까 우리는 우리의 명제들이 지닌 개연성의 정도를 검토해 봐야겠네. 우리에겐 두 명의 인물, 즉 두 명의 의사가 있어. 한편에는 범죄자인 넬레, 그리고 다른 한편에는 취리히 존넨슈타인 병원장이며 자네 친구인 엠멘베르거. 근본적으로 우리는 두 개의 명제를 세웠지. 두 명제 모두 가능하지만 개연성의 정도는 얼핏 보아서는 다르네. 하나의 명제인즉 엠멘베르거와 넬레 사이에는 아무 관계가 없다는 것, 그리고 그것은 개연성이 있네. 두 번째 명제는 그들 간의 관련을 전제하고 있고 개연성이 별로 없네."

"그렇고말고." 훙거토벨이 노수사관의 말을 중단시켰다. "그것이 내가 몇 차례 한 말일세."

"사무엘." 베르라하는 응수했다. "유감스럽게도 나는 수사관이고, 인간관계에서 범죄를 찾아낼 의무가 있네. 나는 넬레와 엠멘베르거 사이에 아무런 관계를 설정하지 않은 첫 번째 명제에는 흥미가 없네. 그에 비해 내 직업은 나로 하여금 한결 개연성이 낮은 두 번째 명제를 자세히 검토하도록 강요한다네. 이 명제에서 존재할 수 있는 건 뭐겠나?

이 명제가 말해주는 것인즉 넬레와 엠멘베르거는 각자의 역할을 바꿔치기했다는 것, 그리고 엠멘베르거는 넬레로서 슈트트호프에 있으면서 마취 없이 포로들을 시술했다는 걸세. 나아가 넬레는 엠멘베르거 역을 맡아 칠레에 머물면서 그곳에서 보고서며 논문들을 의학 잡지들에 부쳤다는 거지. 그다음 일들, 즉 함부르크에서 넬레가 죽은 것과 엠멘베르거가 현재 취리히에 체류하는 데 관해서는 일단 제쳐놓기로 하세. 이 같은 명제는 기발하다네. 이 점만은 일단 조용히 인정하자고.

이 명제는 두 사람, 즉 엠멘베르거와 넬레가 모두 의사일 뿐 아니라 서로 닮았어야만 가능하지. 여기서 우리가 머무르고 가야 할 첫 번째 요점에 도달했네. 이것은 우리의 사고 과정에서, 즉 가능한 것과 개연성 있는 것이 엉클린 가운데 맨 먼저 떠오른 사실일세. 이 사실을 검토해보자고. 두 사람이 어떻게 닮았는가?

우리가 유사점에 부딪치는 경우는 흔한 일이야. 하지만 큼지막한 유사점에 부딪치는 경우란 드물다네. 그리고 아마도 우연한 사항들까지, 이를테면 타고난 것이 아니라 어떤 특정한 사고로 인해 생긴 특징들까지 일치하는 유사점에 부딪치는 경우란 극히 희귀하다네. 이 점에서 바로 그렇지. 두 사람은 같은 머리색, 같은 눈 빛깔, 비슷한 얼굴 모습, 같은 몸집 등등을 지녔을 뿐 아니라 오른쪽 눈썹 근처에 똑같이 특징적 흉터가 있단 말일세."

"음, 그건 우연이겠지." 의사가 말했다.

"아니면 인위적인 것일 수도 있네." 노수사관은 보충했다. "자네는 언젠가 엠멘베르거의 눈썹 근처를 수술해주었다고 했지. 대체 무슨 일이 있었나?"

그 흉터는 깊게 진행된 전두엽의 염증에 적용하는 수술의 결과 생겨났다고 홍거토벨은 대답했다.

"되도록이면 흉터가 보이지 않게 하려고 눈썹 부위를 절개하지. 엠멘베르거의 경우 아무래도 나는 그 점에서는 성공하지 못했던 것 같

아. 그때는 다소간 기술적으로 불운했던 게 틀림없어. 대부분 나는 아주 솜씨 있게 수술하는 축이라네. 흉터 자국은 외과의사 체면에 어울리지 않게 뚜렷해졌고, 게다가 나중에는 눈썹의 한 부분까지 없어졌더군."

"이런 수술이 흔한가?" 수사관은 따지고 들었다.

"음." 훙거토벨은 대답했다. "그다지 자주 있는 건 아닐세. 전두엽에 생긴 염증을, 막상 수술할 정도로 진행되게끔 내버려두지는 않으니까."

"그것 보게." 베르라하는 말했다. "그게 바로 이상한 점이야. 이처럼 별로 흔치 않은 수술을 넬레도 받았거든. 또 그의 경우에도 똑같은 부위에 빈틈이 나타나 있어. 여기 진술서에 그렇게 쓰여 있네. 함부르크에서 시체는 면밀히 부검을 받았지. 엠멘베르거에겐 왼쪽 팔뚝에 한 뼘쯤 되는 화상 자국이 있었나?"

"어떻게 그걸 알지?" 훙거토벨은 놀라워하며 물었다. 그러고는 엠멘베르거가 언젠가 화학 실험을 하다가 사고를 당한 적이 있다고 말했다.

함부르크의 시체에서도 그런 흉터를 발견했노라고 베르라하는 흡족해하며 말했다.

"엠멘베르거가 그런 상흔을 지금도 갖고 있나? 이게 중요한 지점이야. 자네는 그를 잠시 본 적이 있지 않나?"

"지난여름 아스코나(Ascona : 스위스 남단 마조레 호숫가에 있는 휴양지)에서였지." 의사는 대답했다. "그때 보니 두 군데 흉터 자국이 그대로였어. 단번에 눈에 띄더군. 엠멘베르거는 옛날과 조금도 다름이 없었어.

악의적인 말을 몇 마디 하더군. 그건 그렇고 나를 거의 알아보지 못했어."

"그래?" 수사관은 말했다. "자네를 거의 알아보지 못하는 것 같았다, 이 말이지. 보다시피 둘 사이는 누가 누구인지 종잡을 수 없을 정도로 유사점이 많다네. 그러니 우리는 희귀하고 특별한 우연을 믿든가, 아니면 인위적인 술책을 믿든가 양자택일을 해야 하네. 실은 두 사람 사이의 유사점은, 근본적으로 우리가 지금 생각하는 것처럼 그렇게 크지 않을지도 모른다네. 공식 증명서와 여권에서 유사해 보이는 것만으로는 두 사람을 서슴없이 혼동하기에 충분치 못하거든.

그렇지만 유사한 점이 이토록 우연한 사항에까지 뻗친다면 이런 경우엔 어느 한쪽이 다른 쪽을 대신할 공산이 훨씬 커지지 않겠나. 그렇다면 인위적으로 사고를 끌어들여 위장 수술을 하는 책략을 쓰는 것도 유사한 인물을 곧바로 동일 인물로 변신시키는 데 큰 의미가 있겠지. 하긴 지금의 검토 단계에서는 우린 다만 추측만 할 수 있을 뿐이라네. 그렇지만 이런 유의 유사점이 우리의 두 번째 명제를 한층 개연성 있게 한다는 사실을 자네도 인정해야 할 걸세."

"혹시 넬레 사진이 《라이프》지에 난 것 말고 또 있나?" 홍거토벨이 물었다.

"함부르크 수사국에서 촬영한 것이 석 장 있네." 수사관은 서류에서 사진들을 떼어 친구에게 건네주면서 말했다. "죽은 자를 찍은 걸세."

"여기서는 이미 알아볼 수 없는 점이 많군." 홍거토벨은 잠시 후 실망해서 말했다. 그의 목소리가 떨려서 나왔다. "대단하게 닮은 점이 있다고 할 수 있겠지. 그래, 엠멘베르거도 죽으면 이런 모습일 수 있으리란 생각이 드는군. 대체 넬레는 어떻게 죽었나?"

노인은 생각에 잠겨, 사뭇 무언가를 잔뜩 노리듯이 의사를 건너다보았다. 의사는 흰 가운 차림으로 실로 망연자실하여 그의 침대 곁에 앉아 베르라하의 취기며, 기다리는 환자들이며 모든 것을 잊었다.

"청산가리로." 수사관은 한참 만에 대답했다. "대부분의 나치스 요원들이 그랬듯이."

"어떤 형태로?"

"그는 정제를 하나 씹어 삼켰다네."

"멀쩡한 위장에다가?"

"그 점을 확인했네."

"그건 즉각 효력을 발하지." 훙거토벨은 말했다. "또 이 사진들을 보면, 넬레는 죽기 전에 뭔가 끔찍스러운 것을 보았던 것 같군."

두 사람은 침묵했다.

이윽고 수사관이 입을 열었다.

"넬레의 죽음까지 수수께끼라면, 우리 더 계속해보세. 아직 또 다른 혐의점들을 검토해봐야겠네."

"어떻게 그 이상의 혐의점들을 거론할 수 있는지 자네를 이해할 수가 없군." 훙거토벨은 의아해하는 동시에 의기소침해서 말했다. "그건 지나친 과장이야."

"오, 아닐세." 베르라하는 말했다. "한편으론 자네의 학창 시절 체험이 있네. 그걸 잠깐만 언급할까 해. 그건 다음과 같은 문제에 대한 심리학적 근거를 제공함으로써 날 도왔어. 즉 왜 엠멘베르거는 사정에 따라서, 그가 슈트트호프에 있었을 때 그랬으리라고 우리가 전제하는 그런 행동을 할 수 있는가 하는 문제일세.

하지만 나는 또 다른 더욱 중요한 사실을 얘기하겠네. 여기에 우리가 넬레라는 이름으로 아는 자의 이력이 있네. 그의 아버지에 관해선 알려진 것이 없고 어머니는 하녀였지. 어머니는 사생아를 조부모에게 맡겨놓고 무절제한 생활을 하며 살다가 나중에는 교도소에도 들어가는데 그 후 실종되었지. 할아버지는 보르지히 기계 회사〔1837년 안구스트 보르지히(Angust Borsig : 1804~1854)가 베를린에 세운 기계 공장의 후신〕에서 일을 했고, 역시 사생아로 젊은 날에 바이에른을 떠나 베를린으로 갔다네. 할머니는 폴란드 여자였지. 넬레는 초등학교를 다니고 나서 열네 살에 입대해 열다섯 살까지 보병으로 있다가 어떤 군의관의 추천으로 위생 부대로 이동되었지. 여기서 이미 의학에 대한 걷잡을 수 없는 호기심에 눈을 뜬 모양이야. 성공적으로 응급 시술을 수행했다는 이유로 철십자훈장을 받았군.

1차 대전이 끝나고 그는 여러 정신병원과 요양원 의사 조수로 일했고, 여가 시간에는 고등학교 졸업 자격고시를 준비했네. 대학에서 의학 공부를 하려고 말일세. 그런데 두 번씩이나 시험에 낙방했어. 고대어와 수학 과목에서 실패했지. 이 남자는 오로지 의학에만 타고난 재능을 가졌던 모양이야. 그 후 그는 자연요법을 쓰는 돌팔이 의사가 되었는데, 각계각층에서 그를 찾아 몰려왔다는군. 그러다가 법적 문제로 갈등에 얽혀들어 약간의 벌금형을 받았는데, 이유인즉 재판부 측 확언대로 그의 의학적 지식이 놀라웠기 때문이었지. 진정서가 들어가고 신문들은 그를 편드는 글을 썼지. 그가 이런 수법을 끊임없이 계속해서 쓰자 결국은 당국에서도 슬쩍 눈을 감아주게 되었네. 그렇게 넬레는 30년대에 슐레지엔, 베스트팔렌, 그리고 바이에른, 헤센 지방을 돌아다니며 의료 행위를 벌였지.

그러고 나서 20년이 지난 뒤 커다란 전환이 일어났다네. 38년에 그가 고등학교 졸업 자격고사에 합격한 걸세. 그런데 엠멘베르거는 37년에 독일을 떠나 칠레로 갔단 말이지! 넬레는 고대어와 수학에서 눈부신 성적을 보여주었어. 대학에서는 모종의 명령을 통해 그에게 입학을 허용했고, 결국 그는 고등학교 졸업 자격고사에서 그랬듯 세상 사람들을 깜짝 놀라게 하면서 수용소 의사가 되어 사라진 걸세."

"맙소사." 훙거토벨은 말했다. "거기서 또 무엇을 추론해낼 셈인가?"

"그건 간단하다네." 베르라하는 조소의 빛을 띠며 대답했다. "지금 우리가《스위스 의학 주간지》에서 볼 수 있는, 즉 칠레에서 나온 엠멘베르거의 글들을 보도록 하지. 이 또한 부인할 수 없는, 그리고 검토해야 할 엄연한 사실이야. 이 논문들이 학문적으로는 괄목할 만하다고 하는데 그 점을 믿겠네. 그렇지만 내가 믿을 수 없는 점은 이 글들이, 자네가 엠멘베르거에 관해 주장하듯 훌륭한 문학적 문재(文才)를 가진 사람한테서 나온 것이란 사실일세. 아마도 이렇게 서투른 문재로 표현한 글은 또다시 없을 것이네."

"학술 논문은 결코 시가 아니야." 의사는 항의했다. "칸트 역시 결국 난삽하게 썼거든."

"칸트는 집어치우게." 노인은 투덜거렸다. "그는 어렵게 쓰긴 했어도 졸렬하게 쓰지는 않았네. 그렇지만 칠레에서 나온 이 원고 작성자의 경우는 서투른 문장일 뿐 아니라, 문법적 오류도 범하지. 이 남자는 3격과 4격에 대해서 분명히 아는 것 같지도 않아. 사람들이 베를린 사람들을 보고, '너를'과 '너에게'를 영 구별하지 못한다고 주장하는 그대로야. 또 이상한 점은 그가 그리스어를 라틴어라고 칭했다는 점일세. 마치 그 말들을 전혀 모르는 사람처럼 말이야. 예를 들면 42년도 15호에 쓴 가스트로리제(Gastrolyse : 위분해) 같은 단어일세."

쥐 죽은 듯 고요한 침묵이 방을 지배했다.

몇 분이 흘렀다.

그러자 홍거토벨이 '수마트라의 작은 장미'에 불을 붙였다.

"그럼 자네는 넬레가 그 논문을 썼다고 생각하나?" 이윽고 의사가 물었다.

"그럴 개연성이 높다고 보네." 수사관은 침착하게 대답했다.

"더는 자네한테 반박할 수가 없군." 의사는 침울하게 말했다. "자네는 내게 진실을 증명해 보여주었어."

"지금 우린 과장해선 안 돼." 노수사관은 담요에 놓인 서류철을 덮으며 말했다. "난 자네한테 단지 내 명제들의 개연성을 입증했을 뿐이야. 하지만 개연성이 높다고 해도 그것이 아직은 실재하는 것이 아닐세. 내가 내일 비가 올 확률이 높다고 말한다고 해서 내일 꼭 비가 올 필요는 없지. 이 세상에서는 사고(思考)가 꼭 진실과 일치하지는 않거든. 그렇기만 하다면 우리는 많은 면에서 한결 쉽게 살 거야, 사무엘. 사고와 실재 사이에는 여전히 현존이란 모험이 버티거든. 우리 이제 맹세코 그것을 이겨내보자고."

"그건 무의미한 짓이야." 홍거토벨은 신음하듯 말하고는 난감한 표정으로, 언제나처럼 요지부동으로 손깍지 베개를 베고 침대에 누운 친구를 바라보며 말했다. "만약 자네의 추리가 맞다면, 자네는 무시무시한 위험으로 걸어 들어가는 걸세. 그렇다면 엠멘베르거는 악마 같은 놈일 테니까!"

"알아." 수사관은 고개를 끄덕였다.

"의미 없는 짓이야." 의사는 다시 한 번 소리를 죽여 사뭇 속삭이듯 말했다.

"정의엔 항상 의미가 있다네." 베르라하는 자신의 모험을 고집했다. "엠멘베르거의 병원에 신청을 해주게. 나는 내일 떠나겠네."

"섣달 그믐날에?" 홍거토벨은 벌떡 일어났다.

"그래." 노인은 대답했다. "섣달 그믐날에." 그러고는 그의 눈이 조소하듯 번득였다. "점성술에 관한 엠멘베르거의 소고(小考)를 가져왔나?"

"그럼." 의사는 더듬댔다.

베르라하는 소리 내어 웃었다.

"그럼 이리 주게. 나의 별자리에 관해서도 그 안에 쓰여 있는지 호기심이 생기는군. 어쩌면 내게도 한 번의 기회는 있을지 모르지."

또 하나의 방문

이 대단한 노인은, 이제 오후 내내 애를 써가며 종이 한 장을 채워 무언가를 쓰고, 그 밖에도 칸톤 은행이니 공증인 한 사람과 통화하는

일로 보냈다. 간호사들도 점점 다가오는 걸 주저하게 된 이 우상처럼
꿰뚫을 수 없는 환자, 마치 한 마리 거대한 거미처럼 하나의 귀결을
다른 귀결에 어김없이 짜 맞추면서 흔들림 없이 냉담하게 자기 나름
대로 그물을 펼치던 수사관은 저녁때가 다 되어 또 하나의 방문객을
맞았다. 훙거토벨이 섣달 그믐날에 존넨슈타인에 입원할 수 있다고
알려준 직후였다.

누구인지 알 수 없는 이 방문객은 자진해서 찾아왔다. 아니면 수
사관이 불렀는지도 모를 일이다. 방문객은 기다란 목에 키가 작고 깡
마른 남자였다. 그는 풀어헤친 레인코트를 걸쳤는데 코트 주머니마
다 신문이 잔뜩 들어 있었다. 코트 속 갈색 줄무늬의 남루한 회색 양
복에도 역시 보이는 곳마다 신문을 쑤셔서 박아놓았다. 목덜미를 휘
감은 오렌지색 얼룩투성이 실크 목도리, 대머리에 찰싹 붙어 얹혀 있
는 베레모, 숱 많은 눈썹 밑으로 두 눈이 빛을 발했고, 억센 매부리코
는 이 난쟁이 같은 사내에게는 너무나 커 보였다. 그리고 그 아래로
달린 비참하게 움푹 들어간 입에는 이가 하나도 없었다.

그는 혼잣말로 커다랗게 뭔가 떠들었는데, 듣기에는 시구(詩句) 같
았지만 간간이 무슨 섬처럼 단어들이 낱개로, 이를테면 노선버스, 교
통경찰 등의 말들이 불쑥불쑥 튀어 올랐다. 무슨 이유에서인지 그를
말할 수 없이 격분시킨 대상물들인 모양이었다. 초라한 행색에 비하
면 우아하긴 해도, 완전히 유행에 뒤처진 은빛 손잡이로 된 까만 지
팡이는 아무래도 어울리지 않았다. 전세기의 유물임에 틀림없는 그
물건을 그는 별 동기도 없이 휘두르고 다니는 모양이었다. 벌써 현관
에서부터 그는 어떤 간호사와 부딪쳐서 굽실거리며 장황한 사과의

말을 더듬거렸고, 곧이어 터무니없이 길을 잃어 산부인과로 빠져들어 하마터면 한창 일이 벌어지는 분만실로 돌진할 뻔했으며, 그러다가 의사한테 쫓겨나 병실 문들 앞에 무더기로 놓인 카네이션 꽃병 가운데 하나에 걸려 넘어진 것이다.

마침내 그는 신축 병동으로 안내를 받아 왔지만(사람들은 그를 마음 안 놓이는 짐승한테 하듯이 사로잡았다) 노수사관의 병실로 미처 들어서기도 전에 또다시 지팡이가 다리 사이에 끼여 복도의 절반은 미끄럼질을 쳤고, 결국 웬 병실 문에 세차게 쾅 부딪치고 말았다. 바로 중병에 걸린 수사관이 누워 있는 방문 앞이었다.

"이놈의 교통경찰!" 방문객은 마침내 베르라하의 침대 곁에 서며 소리쳤다. 고마우셔라, 하고 그를 동반했던 견습 간호사는 생각했다. "사방에 그놈들이 서 있거든. 도시가 온통 교통경찰들로 찼다니까!"

"이봐요." 수사관은 흥분한 방문객을 조심스럽게 살피고 대답했다. "그런 교통경찰도 결국은 필요한 거요, 포르트쉬크. 교통에도 질서가 있어야 하거든. 그렇지 않으면 지금까지보다 더 많은 사람이 죽어나갈 겁니다."

"교통에다 질서라고요!" 포르트쉬크는 특유의 꽥꽥거리는 소리로 외쳤다. "좋습니다. 그럴듯하게 들리는군요. 그렇지만 특별난 교통경찰이 필요한 게 아닙니다. 그것을 위해서는 무엇보다 인간의 합리성에 대한 더 많은 신뢰가 필요하지요. 베른 시 전체가 한 덩어리의 교통경찰 진영이 되어버렸단 말입니다. 보행자들이 모조리 사나워지는 건 이상할 것도 없어요. 그렇지만 베른 시는 항상 그 모양이었지요. 갈 데 없는 경찰의 둥지란 말입니다. 일종의 불치의 독재가 이

도시 안에선 예부터 둥지를 틀어왔지요. 일찍이 레싱도 불행했던 헨지(Samuel Henzi(1701~1749) : 베른 출신의 정치가이자 시인. 1744년 헌법 개혁 탄원서에 서명한 혐의로 추방되었다가 사면 후 1748년 부도서관장을 지냈다. 이듬해 세습 귀족의 전복과 시민 조합 헌법을 꾀하는 음모에 가담했고 주모자로 체포되어 처형되었다. 레싱은 그의 죽음을 다룬 연극을 쓰려 했으나 초고에 그쳤다)의 처참한 죽음을 알고 나서 베른에 대한 비극을 한 편 쓰려고 했지요. 슬프기 짝이 없는 일입니다. 레싱이 그 비극을 쓰지 못했던 것은!

50년 동안 나는 수도의 이 둥지 속에 삽니다. 이 잠든, 비대한 도시 안에서 취생몽사하며 굶주리는 것이 어떤지는 굳이 설명하고 싶지도 않습니다. 주간 문예지 《분트》 말고는 제공된 것이 없지요. 한 낱말 조립자(Wortsteller : 작가(Schriftsteller)라는 독일어에 대비해 신문 편집인을 칭하는 작가의 조어(造語))에게 소름 끼쳐요, 끔찍하게 소름이 끼친다니까요! 나는 낱말을 조립하지 문체를 조립하지는 않으니까요! 50년 동안이나 나는 베른 시를 통과해 걸을 때마다 두 눈을 감았습니다. 벌써 유모차를 탈 때부터 그랬지요. 나의 부친이 무슨 조수 노릇을 하다가 쓰러져간 이 불행의 도시를 보고 싶지 않았거든요. 그런데 지금 눈을 뜨고 보니 뭐가 보이겠습니까? 교통경찰들, 어디를 가도 교통경찰들입니다.”

“포르트쉬크.” 노인은 힘주어 말했다. “우리가 지금 교통경찰에 관해 얘기할 때가 아니지 않소.” 그러고는 의자에 앉은 초라하고 남루한 인물을 엄격하게 바라보았다. 빈궁에 시달린 채 커다란 부엉이 눈을 하고 참담하게 비틀거리는 모습이었다.

“당신한테 무슨 일이 벌어졌는지 영문을 모르겠군.” 노수사관은 말을 이었다. "빌어먹을, 포르트쉬크, 당신은 그래도 팔레트에 무슨 색인가 갖고 있어요. 지난날의 당신은 상당한 인물이었지요. 당신이 발행하는 《아펠슈쓰》('사과 쏘기'라는 뜻. 스위스의 전설적 영웅 빌헬름텔이 아들의 머리에 사과를 얹고 활을 쏜 일화에서 나온 말)는 비록 규모는 작아도 훌륭한 신문이었다오. 그런데 지금 당신은 그것을 온통 시시한 소리들로 채우고 있단 말이오. 교통경찰, 노선버스, 개, 우표 수집가, 볼펜, 라디오 프로그램, 극장가 가십, 열차표, 영화 광고, 연방의회, 트럼프 놀이 등등. 당신의 경우 언제나 실러의 《빌헬름텔》에서처럼 일이 벌어지지요. 당신이 그런 것들을 쫓아다니느라 쏟는 에너지와 열정은 모르긴 해도, 무언가 다른 일에서 가치 있게 쓰여야 해요."

"경감님." 방문객은 쉰 목소리로 말했다. "경감님! 스위스에 살아야만 하는, 더욱이 열 배는 고약하게도 스위스를 뜯어먹고 살아야 하는, 끝없는 불행을 지닌 글을 쓰는 한 인간, 시인을 범죄자로 몰지 마십시오."

"자, 그러지 말고." 베르라하는 그를 진정시키려고 했다. 그러나 포르트쉬크는 점점 더 격해졌다.

"자, 그러지 말고." 그는 소리치며 의자에서 벌떡 일어나 창가로 달려갔다가 다시 문 있는 데로, 그렇게 줄곧 시계추처럼 서성댔다. "자, 그러지 말고, 말이야 쉽지요. '자, 그러지 말고'라는 소리로 무엇을 변명할 수 있습니까? 아무것도 안 돼요! 맹세코, 아무것도! 인정하지요. 나는 한낱 가소로운 인물이 되었습니다. 사뭇 우리네의 하박국, 테오발트, 오이스타케, 무스타케, 아니면 뭐라고 이름을 내세우든 간에 지루하기 짝이 없는 우리네 일간지들의 난(欄)을 그 진기한 행적으로 채워주는 자들, 컬러 단추와 아내, 그리고 면도날을 갖고 진기한 생활을 꾸려나가는, 그런 자들 가운데 하나가 되었지요. 물론 오락란을 채워주는 자들 말입니다. 그렇지만 주변 온 세상이 요란하게 무너져내리는 판국에 여전히 한가롭게 영혼의 속삭임이나 시구를 쓰는 이 나라에서, 누군들 모조리 오락란으로 빠져들지 않겠습니까!

경감님, 경감님, 인간다운 삶을 살아내려고 내가 내 타자기로 시도해보지 않은 게 있는 줄 아십니까? 그래 봤자 중간치기 시골 가난뱅이만큼의 소득도 거두지 못했어요. 계획했던 일을 차례대로 포기하지 않을 수 없었고 희망도 차례대로 포기했지요. 최상의 희곡 작품, 뜨거운 시, 가장 품위 있는 소설들! 공중누각, 한낱 공중누각이었어요! 스위스는 나를 바보로, 삐딱한 망상가로, 풍차랑 양 떼를 상대해서 싸우는 돈키호테로 만든 겁니다. 여기서는 자유, 정의와 동시에 조국의 장터에 팔려고 내놓은 저 다른 품목들을 옹호해야 하지요. 또 장사가 아닌 정신에 몸을 바치려 하면, 건달과 거지의 실존을 끌고 가도록 강요당하는 그런 사회를 존중해야 한다는 말입니다.

사람들은 삶을 즐겁게 누리려고 합니다. 그러나 그 향락의 천 분의 일도 내놓으려 하지는 않습니다. 한 조각 빵도, 땡전 한 푼도. 그리고 언젠가 어느 천년왕국에서 사람들이 문화라는 말을 듣자마자 권총의 안전장치를 풀었듯이, 이 땅에서는 그 말을 들으면 지갑에 안전장치를 하지요."

"포르트쉬크." 베르라하는 엄중한 어조로 말했다. "당신이 돈키호테를 끌고 오다니 잘됐습니다. 아닌 게 아니라 그건 내가 사랑하는 주제라오. 만약 한 줌 심장을 지녔고 두개골 밑에 콩알만 한 오성(悟

性)이라도 지녔다면, 모름지기 우리는 모조리 돈키호테가 되어야 할 판입니다. 그렇지만 우리는, 양철 갑옷을 걸친 그 옛날의 초라한 기사처럼 풍차에 맞서 싸워서는 안 되지요. 오늘날 전장의 적수는 위험한 거인들이란 말입니다. 때로는 잔인무도하고 교활한 괴물이고, 때로는 태초부터 참새의 뇌수를 가진 진짜 공룡입니다. 모조리 짐승이지요. 그렇다고 동화책에 나오거나 우리의 환상 속에 있는 그런 짐승이 아니라 현실에서 버티는 짐승이라오. 이제 우리의 과제는, 만난(萬難)을 무릅쓰고 어떤 형태든 비인간성과 맞서 싸우는 일입니다.

그러나 여기서 실로 중요한 것은, 우리가 어떻게 싸우느냐이며 동시에 조금은 현명하게 투쟁에 진전을 보는 것이지요. 악에 맞선 투쟁은 불을 갖고 노는 유희가 되어서는 안 됩니다. 그런데 바로 포르트쉬크 당신은, 불을 가져다놓는단 말이오. 왜냐하면 당신은, 물 대신 기름을 뿌리는 소방수처럼 훌륭한 투쟁을 어리석게 벌이니까. 당신이 발행하는 잡지, 그 초라한 팸플릿을 읽노라면, 사람들은 당장 온 스위스가 폐기되어야 한다는 생각을 하게 되지요. 이 나라 안에는 제대로 되어 있지 못한 것이 얼마나 많은지! 그런 거라면 나도 당신한테 얼마든지 읊어댈 수 있고, 결국 그 때문에 나도 약간은 속을 썩였다오. 그렇다고 해서 마치 소돔과 고모라에 사는 것처럼 만사를 불에 던져버린다는 건 어리석을 뿐 아니라 온당치 못한 일이지요.

당신은 마치 이 나라를 여전히 사랑하는 것조차 부끄러운 것처럼 행동해요. 그건 내 맘에 들지 않아요, 포르트쉬크. 우리는 모름지기 자신의 사랑을 부끄러워해서는 안 되지요. 조국애라는 것도 여전히 좋은 사랑이오. 다만 그 사랑은 엄격하고 비판적이어야 하오. 그렇지 않으면 그건 한낱 본능적 사랑이 되고 말지요. 따라서 우리는 조국의 더러운 부위와 얼룩을 발견하면, 실로 헤라클레스가 아우기아스의 외양간에서 똥을 쳐낸 것처럼 쓸고 닦는 일부터 파악해야 할 거요(1963년 뒤렌마트는 〈헤라클레스와 아우기아스의 외양간〉이라는 희곡을 발표하기도 했다). 그 영웅의 열 가지 행적 가운데 이 일이 나한텐 가장 마음에 와 닿는다오. 집채를 몽땅 무너뜨린다는 건 무의미하고 현명치 못한 짓이지요. 이처럼 초라하게 파손된 세계 안에서 새집을 짓기는 어려울 테니. 새집을 지으려면 한 세대 이상 세월이 걸릴 테고, 마침내 완성된다 해도 그것 역시 낡은 집보다 더 나으리란 보장이 없지요.

중요한 건 진실이 말해질 수 있다는 사실, 그리고 재치 있는 허튼 소리를 곧장 뒤쫓아가지 않고 진실을 위해 투쟁할 수 있다는 점이오. 그것이 스위스에서는 가능하지요. 우리 이 점을 냉정하게 시인하고, 또 감사히 여깁시다. 우리는 어떤 정부나 연방의회, 또는 의회라고 이름 붙인 어떤 것 앞에서도 두려워해서는 안 됩니다. 물론 개중에는 많은 사람들이 초라한 행색으로 돌아다니며 무턱대고 다분히 편안치 못한 삶을 이어갑니다. 이것이 돼지 같은 삶이라는 점은 시인해요. 그렇지만 참된 돈키호테는 자신의 초라한 무장에 대해 긍지를 느끼지요.

인간의 어리석음과 이기주의에 맞선 투쟁은 예부터 힘들고 값진 수고를 요하며, 늘 가난 및 멸시와 묶인다오. 그렇지만 그 투쟁은 한탄이 아닌 존엄성을 가지고 끝까지 임해야 하는 성스러운 투쟁이오. 그런데 당신은 우리 선량한 베른 시민들의 귀가 아플 정도로 아우성을 치며 저주만 퍼부어요. 그러면서 그들 가운데서 얼마나 부당한 운

202

명을 겪습니까! 당신은 다음번 혜성의 꼬리가 다가와서 우리의 고도를 폐허로 조각내기를 원한단 말이오.

포르트쉬크, 포르트쉬크, 당신은 사소한 동기들을 가지고 당신의 투쟁을 벌인다오. 누구든 정의(正義)를 거론하려면, 그가 오로지 빵광주리에만 매달린다는 혐의에서는 벗어나야 합니다. 당신의 불행에서, 당신이 지금 걸친 해진 바지에서 빠져나오시오. 하잘것없는 사항과의 유격전에서 벗어나라고요. 이 세상에는 기필코 교통경찰보다 큰 중요한 문제가 있습니다."

포르트쉬크의 바싹 마른 비참한 몸체는 다시금 안락의자로 기어들어 갔고, 그는 기다랗고 누런 목을 움츠리고는 가느다란 다리를 끌어올렸다. 베레모가 의자 밑으로 떨어졌고, 오렌지빛 목도리는 조그만 사내의 웅크린 가슴에 서글프게 걸려 있었다.

"경감님." 그는 울먹이며 입을 뗐다. "당신은 나한테 엄격하시군요. 이스라엘 백성을 대하는 모세나 이사야처럼. 당신 말이 지당하다는 건 나도 압니다. 그렇지만 나는 나흘째 따뜻한 음식을 먹지 못했고, 담배를 사 피울 돈조차 없답니다."

"그럼 이제는 라입운트굿츠 사장 댁에서 식사를 하지 않는단 말이오?" 노수사관은 이마에 주름을 지으며, 갑자기 약간 당황한 기색으로 물었다.

"라입운트굿츠 사장 부인이랑 괴테의 《파우스트》를 놓고 언쟁을 벌였거든요. 부인은 2부가 좋다고 했고 나는 반대했지요. 그랬더니 부인이 다시는 나를 초대하지 않더군요. 《파우스트》 2부는 자기 아내한테는 신성불가침한 작품이라고 사장이 내게 편지를 썼어요. 그래서 유감스럽지만 자기로서도 이젠 날 위해 아무것도 해줄 수 없다나요." 작가는 훌쩍이며 대답했다.

이 불쌍한 친구를 보노라니 베르라하는 마음이 언짢았다. 아무래도 저 친구에게 너무 심하게 대했지 생각하고는 당황한 나머지 얼떨결에 "대체 초콜릿 공장 사장 부인이 괴테랑 무슨 상관이 있담" 하고 투덜댔다. "그럼 라입운트굿츠 집에서는 지금 누구를 초대하지요?" 그는 한참 만에 물었다. "다시 그 테니스 교사인가?"

"뵈징거랍니다." 포르트쉬크는 조그만 소리로 대답했다.

"그럼 그 친구 최소한 몇 달간은 사흘마다 괜찮은 식사를 하겠군." 노수사관은 약간 누그러져서 말했다. "훌륭한 음악가지. 물론 그가 작곡한 곡을 귀 기울여 들을 수는 없지만……, 나도 콘스탄티노플에서부터 끔찍한 잡음에 꽤나 길들여졌는데도 말이오. 그렇지만 그건 별개의 문제지요. 다만, 뵈징거라는 친구도 곧 그 사장 부인과 베토벤의 9번 교향곡에 관해 동감하지 못하게 되겠군요. 그러고 나면 다시 테니스 교사를 부르겠지요. 그들은 정신적으로 매우 세도를 부린단 말이오. 포르트쉬크, 당신을 의류 상회 그롤바하-퀴네의 그롤바하 씨 댁에 추천하지요. 좀 기름지긴 하지만 그 집 요리는 훌륭해요. 내 생각에는 그편이 라입운트굿츠 댁보다 더 잘 유지될 것 같군요. 그롤바하 씨는 문학적이지도 않고 《파우스트》에도, 괴테에도 관심이 없거든요."

"그럼 부인은?" 포르트쉬크는 걱정스레 물었다.

"지독한 난청이라오." 수사관은 그를 안심시켰다. "당신한텐 잘된 일이지, 포르트쉬크. 탁자에 놓인 가느다란 갈색 시가를 피우시오.

'작은 장미'라오. 홍거토벨 박사가 그걸 별도로 놔두고 갔지요. 이 방에선 마음 놓고 담배를 피워도 된다오."

포르트쉬크는 '작은 장미'에 서투르게 불을 붙였다.

"열흘 동안 파리로 떠나지 않으시겠소?" 노수사관은 무심히 지나가는 투로 물었다.

"파리로?" 자그마한 사내는 소리를 지르며 의자에서 벌떡 일어섰다. "나한테도 축복이란 게 있다면, 그것을 걸고 맹세하지요, 파리라고요? 불문학을 앞장서서 존중하는 내가 말입니까? 다음번 기차를 타고 가지요."

포르트쉬크는 뜻밖인 데다가 기쁜 나머지 숨을 헐떡였다.

"분데스 가에 있는 부츠 공증인한테, 당신에게 줄 500프랑켄과 기차표 한 장을 맡겨놨습니다." 베르라하는 차분히 말했다. "당신한테도 여행이 좋을 거요. 파리는 아름다운 도시지요. 내가 아는 한 가장 아름다운 도시요, 콘스탄티노플을 제외하고는. 그리고 모르긴 해도 프랑스인들은 포르트쉬크, 어쨌든 가장 훌륭하고 문명화된 친구들이라오. 대신 그곳에는 터키인 같은 진국은 한 사람도 없을 거요."

"파리로, 파리로." 가엾은 친구는 더듬거렸다.

"그렇지만 그전에, 지금 내 가슴에 무겁게 걸린 어떤 사건을 위해 당신이 필요합니다." 베르라하 말하고 나서 조그만 사내를 날카롭게 관찰했다. "이건 아주 난감한 케이스라오."

"범죄 사건인가요?" 상대방은 떨리는 목소리로 물었다.

"어떤 범죄의 정체를 폭로하는 일이지요." 수사관은 대답했다.

포르트쉬크는 느린 동작으로 '작은 장미'를 곁에 있는 재떨이에 놓왔다.

"내가 해야 할 일이 위험한 겁니까?" 그는 눈을 크게 뜨고 나직한 소리로 물었다.

"아니요." 노수사관은 말했다. "위험하지 않아요. 그리고 또 위험의 가능성을 제거하려고 당신을 파리로 보내는 것이오. 그렇지만 당신은 내 말을 따라야만 해요. 《아펠슈쓰》 다음 호는 언제 발행됩니까?"

"모르겠습니다. 나한테 돈이 생기면……."

"돈이 생기면 당신은 언제 다음 호를 발행할 수 있나요?" 수사관이 물었다.

"즉각." 포르트쉬크가 대답했다.

"당신 혼자서 《아펠슈쓰》를 발행하오?" 베르라하가 물었다.

"혼자서. 타이프라이터와 낡은 복사기 한 대를 가지고." 편집인이 대답했다.

"몇 부나?"

"마흔다섯 부. 이건 정말 아주 작은 신문이지요." 의자에서 조그만 소리가 들려왔다. "예약이 열다섯 부가 넘지 않거든요."

수사관은 잠시 생각에 잠겼다.

"《아펠슈쓰》 다음 호는 대량으로 발행하시오. 300부로. 모든 비용은 내가 부담하리다. 이번 호에서 어떤 특정 기사를 작성해주는 것말고는 당신한테 다른 요구는 아무것도 없어요. 그 밖에 무엇을 싣든 그건 당신 소관이오. 그 기사에는 내가 여기 써놓은 내용이 실려야하오(그는 편집인에게 종이를 넘겼다). 그렇지만 당신의 문체로, 포르트쉬크, 당신의 전성기 때 같은 최상의 문체였으면 좋겠소. 내가 써놓은 진술 이상은 당신이 알 필요가 없어요. 또 이 팸플릿이 겨누는 의사가 누구인지도. 내 주장들을 격하게 만들지는 마시오.

그 주장이 옳다는 점은 날 믿어도 좋습니다. 내가 보증하지요. 당신이 특정한 병원들에 발송하게 될 이 기사에는 단 하나 진실이 아닌 대목이 있어요. 즉 포르트쉬크 당신이 이러한 주장의 증거를 입수해서 가지고 있으며, 의사의 이름도 안다는 대목이오. 이것이 왜 위험한가의 요점이오. 그래서 당신은 《아펠슈쓰》를 우편으로 부친 다음 파리로 가야만 한다오. 그날 밤 안으로."

"쓰겠습니다, 그리고 떠나겠어요." 작가는 노인이 넘겨준 종이를 손에 들고 확언했다.

그는 완전히 다른 사람이 되어 기뻐서 껑충거리며 춤을 췄다.

"당신의 여행에 대해 아무한테도 말하면 안 돼요." 베르라하는 명했다.

"아무한테도 말하지 않겠습니다. 단 한 사람한테도!" 포르트쉬크는 장담했다.

"그럼 이번 호를 발행하는 데 얼마만큼 비용이 들겠소?" 노인은 물었다.

"400프랑켄." 조그만 사내는, 마침내 약간의 유복함을 누리게 된 것에 신이 나서 눈을 반짝이며 요구했다.

수사관은 고개를 끄덕였다.

"그 돈을 부츠 씨한테서 가져갈 수 있을 거요. 서두르면 오늘 중으로라도 줄 거요. 내가 이미 그 사람과 통화를 했으니까. 신문이 나오면 떠날 거지요?" 그는 불신을 누르지 못하며 다시 한 번 다져 물었다.

"즉각 떠나지요." 조그만 사내는 장담하고 손가락 세 개를 공중에 펴 보였다. "그날 밤 안으로. 파리로."

그렇지만 포르트쉬크가 떠나고 나서도 노수사관은 편안해지지가 않았다. 그 작가가 전에 없이 믿음직하지 못한 느낌이었다. 그는 루츠에게 포르트쉬크를 경호해달라고 부탁해야 할지 곰곰 생각했다.

"말도 안 되는 짓이야." 이어서 그는 말했다. "그들은 나를 해고했어. 엠멘베르거의 경우는 나 스스로 해치우겠어. 포르트쉬크는 엠멘베르거에 대한 기사를 쓴 다음에는 떠날 테니 공연히 걱정할 필요가 없겠지. 훙거토벨까지도 그것에 관해 뭘 알 필요가 없지. 그 친구를 이제 불러야겠군. '작은 장미'가 한 개비 필요하다고 해야지."

2부

심연

그리하여 금요일 밤에 접어들 무렵 수사관은 두 다리를 시트에 올리고 누운 채 자동차를 타고 취리히 시에 도착했다. 한 해의 마지막 날이었다. 홍거토벨은 손수, 그것도 친구가 염려되어 보통 때보다 한결 조심스럽게 차를 몰았다. 쏟아지는 빛의 폭포 속에서 도시의 야경이 웅장하게 빛났다. 홍거토벨은 빽빽한 자동차 대열로 끼어들었다. 자동차들은 사방에서 이 휘황한 조명 속으로 미끄러져 들어왔다가 옆 골목으로 뿔뿔이 흩어져 들어가 창자를 열어젖히고는 수많은 인파를 토해냈다. 한결같이 이 밤을, 한 해의 마지막을 탐하는, 한결같이 새해를 시작하고 계속해서 살아갈 태세를 갖춘 남녀 무리들이었다.

노사수관은 자동차 뒤칸에, 그 비좁고 둥근 공간의 어둠에 묻혀 꼼짝 않고 앉아 있었다. 그는 홍거토벨에게 조금만 돌아서 가자고 부탁했다. 그러고는 탐색하듯이 지칠 줄 모르는 거리의 교통 상황을 지켜보았다. 취리히는 여느 때의 그에게는 별로 호감이 가는 도시가 아니었다. 40만 스위스인이 한 군데 몰려 있다는 사실은 조금 지나치게 느껴졌다. 그들이 지금 통과하는 역 앞 거리도 그는 싫어했다. 그런데 어떤 미지의 위협적 목적지를 향해서 가는 지금, 이 불가사의한 여행길에서는, 홍거토벨에게 말했듯이 현실(리얼리티)을 향해 가는 여행길에서는 이 도시도 그를 매혹했다.

별 없는 시커먼 하늘에서는 비가 뿌리기 시작하더니 눈발이 날렸다. 그러더니 결국 다시 비가 내렸다. 불빛 속의 은빛 가락들. 사람들, 사람들! 끊임없이 새로운 인파가 거리 양편으로, 눈과 비의 장막 뒤로 무리 지어 굴러갔다. 전차들은 초만원이었다. 차창 너머로 유령처럼 비치는 얼굴들, 신문을 움켜쥔 손들, 모든 것이 환상처럼 은빛 광선 속에서 스치고 가라앉았다.

병석에 눕고 나서 처음으로 베르라하는 스스로를 끝장나버린 사람, 죽음과의 싸움, 이 피할 수 없는 싸움에서의 패배자처럼 여겼다. 자신을 걷잡을 수 없이 취리히로 몰고 온 이유, 즉 이 같은 혐의가 아무것도 아닌 무가치한 것으로 여겨졌다. 끈질긴 정력으로 짜 맞추었으나 역시 병의 나른한 파동 속에서 우연히 어울려 꿈꾸어진 것이었다. 이제 무엇을 바라고 자신을 혹사한단 말인가, 무엇을 위해, 무엇 때문에? 되돌아가 주저앉고 싶은 마음이 간절했다. 끝없는, 꿈도 꾸지 않는 잠을 갈망했다. 홍거토벨은 마음속으로 욕을 했다. 그는 노수사관의 체념을 등 뒤로 느끼고는 이 모험을 막지 않은 자신을 질책했다.

호수의 어두운 표면이 막연하게 그들을 향해 몰려왔다. 자동차는 천천히 다리를 미끄러져서 가는 중이었다. 교통경찰의 모습이 나지막하게 솟아올랐다. 기계적으로 팔다리를 움직이는 자동인형, 베르라하는 후딱 포르트쉬크를 생각했다. 지금 베른의 어느 더러운 지붕 밑 방에서 부리나케 손을 놀려 팸플릿을 쓸 포르트쉬크. 그러고는 곧 그 생각도 놓쳐버렸다. 그는 등을 기대고 앉아 눈을 감았다. 피곤은 그의 내부에서 점점 더 엄청나게 유령처럼 불어났다.

사람은 죽는 거야, 라고 그는 생각했다. 언젠가는 죽는 거야, 일 년 뒤에. 도시, 민족, 대륙 들도 언젠가는 죽어가듯이. 뭐져가는 거지, 라고 생각했다. 그것은 바로 뭐져간다는 말이야. 그래 지구는 여전히 태양 주위를 맴돌겠지. 변함없는, 눈에 띄지 않게 흔들리는 궤도를 타고 고집스럽게 사정없이, 무섭게 돌진하면서도 소리 없는 운행을 하겠지, 여전히, 변함없이. 이 도시가 여기에 살아 있든, 아니면 생명 없는 회색의 물 표면이 모든 것을, 집과 탑, 인간들을 뒤덮어버리든 그것이 뭐가 중요하단 말인가? 우리가 다리 위를 달릴 때 보았던 눈과 비의 어둠 속에서 헤엄쳐 가던 것은 바로 죽음의 바다의 납덩어리 물결 아니었던가?

그는 추워졌다. 우주의 추위, 막연하게만 예감했던 엄청난, 바윗덩어리 같은 추위가 그에게 내려와 앉았다. 한순간, 그러면서도 영원히 느껴지는 덧없는 흔적.

그는 눈을 뜨고 새삼스럽게 밖을 내다보았다. 취리히 극장 건물이 떠올랐다가 사라졌다. 노인은 앞좌석의 친구를 보았다. 의사의 태연함, 선의의 태연함이 그의 기분을 돋우어주었다(그는 의사의 불안을 꿈

에도 생각지 않았다). 허무의 입김을 쐰 덕분에 그는 다시 깨어나 용감
해졌다. 대학 근처에서 그들은 우회전을 했다. 거리는 오르막길에 점
점 어두워지고 연방 커브를 이루었다. 노인은 그렇게 실려갔다. 맑은
정신으로, 주의 깊게, 의연하게.

난쟁이

  홍거토벨의 차는 어느 정원에 멈췄다. 베르라하가 추측컨대 정원
의 전나무들이 눈에 띄진 않지만 숲으로 이어지는 모양이었다. 지평
선을 이루는 숲 가장자리만이 그에게 막연히 느껴져왔다. 이곳 고지
에서는 눈발이 커다랗고 투명한 송이로 흩날렸다. 내리치는 눈발 사
이로 노수사관은, 길게 뻗은 병원 건물의 정면을 희미하게 알아보았
다. 차가 멈춰 서 있는 가까이, 환하게 불을 밝힌 정문은 건물 정면으
로 깊숙이 들어가 있고, 정교하게 격자를 친 창문이 양쪽 측면에 엄
호하듯 달려 있었다. 저 창문에서는 정문을 감시할 수 있겠구나, 수
사관은 생각했다.
  홍거토벨은 말없이 '작은 장미'에 불을 붙여 입에 물고 차를 떠나
병원 입구로 사라졌다. 존넨슈타인이로구나, 수사관은 생각했다. 현
실이야. 눈발은 점점 세차게 날렸다. 수많은 창문 가운데 불을 켠 창
문은 하나도 없었고, 떨어지는 눈덩이 사이로 희미한 불빛 하나가 이
따금 깜빡거릴 뿐이었다. 유리창으로 뒤덮인 새하얀 현대식 건물이
죽은 것처럼 그의 앞에 놓여 있었다. 노인은 불안해졌다. 홍거토벨은

212

영 돌아오지 않으려는 것 같았다. 그러나 시계를 보니 미처 일 분도 지나지 않은 게 틀림없었다. 내가 신경이 곤두서 있는 거야, 노인은 그런 생각을 하며 눈을 감을 요량으로 등을 기대고 앉았다.

그때 베르라하의 시선은, 바깥 면으로 녹아내린 눈[雪]이 널따란 흔적을 남기며 흘러내리는 차창을 통해 병원 정문 왼쪽 창문에 걸린 하나의 형체에 멎었다. 처음에 그는 자신이 본 것이 원숭이라고 생각했다. 그러나 이내 그것이 난쟁이라는 사실을 알아챘다. 어쩌다 서커스에서 관객들 오락거리로 보게 되는 그런 난쟁이였다. 맨손과 맨발인 상태로 원숭이처럼 격자를 움켜잡았고 거대한 머리통은 수사관을 향했다. 그것은 짐승처럼 추한 쭈그러진 파파노인의 얼굴, 자연이 품위를 앗아간 깊은 주름과 흠투성이 얼굴이었다.

그 얼굴이 지금 풍상을 겪은 이끼투성이 바윗덩이처럼 요지부동 커다랗고 어두운 눈으로 노수사관을 응시했다. 수사관은 몸을 굽히고 더 자세히 볼 요량으로 젖은 창유리에 얼굴을 찰싹 붙였다. 하지만 난쟁이는 어느새 사라지고 없었다. 보아하니 고양이처럼 단숨에 깡충 뛰어 뒤쪽 방 안으로 들어간 모양이다. 창문은 어둡게 비어 있었다. 그때 홍거토벨이 돌아왔고, 그 뒤로는 그칠 줄 모르는 눈발 속에서 갑절로 새하얀 모습을 한 간호사가 두 명 따라왔다. 차 문을 연 의사는 베르라하의 해쓱한 얼굴을 보고는 깜짝 놀랐다.

"무슨 일이 있었나?" 그는 소곤거렸다.

"아무 일도 없어." 노인은 대답했다. "이제 이 현대식 건물에 길들여지면 되겠지. 현실이란 어쨌든 생각하는 것과는 늘 조금은 다르니까."

홍거토벨은 노수사관이 뭔가 털어놓지 않는다는 걸 느끼고는 의심스러운 눈으로 그를 쳐다보았다.

"자." 그는 아까처럼 작은 소리로 대꾸했다. "이 지경까지 왔네."

"자네 엠멘베르거를 보았나?" 수사관은 소곤거렸다.

"그와 얘기했네." 홍거토벨은 보고했다. "그가 본인이라는 사실에는 의심의 여지가 없네, 한스. 내가 아스코나에서 본 건 착각이 아니었던 거야."

두 사람은 입을 다물었다. 차 바깥에서는 간호사들이 벌써부터 약간 초조한 기색으로 기다렸다.

우리는 허깨비 하나를 좇는 것이지, 홍거토벨은 생각했다. 엠멘베르거는 무해 무탈한 의사고, 이 병원도 다른 병원과 다를 게 없거든, 다만 비용이 많이 들 뿐.

차의 뒤칸, 거의 꿰뚫을 수 없는 어둠 속에 앉은 수사관은 홍거토벨이 머릿속에서 생각하는 것을 정확히 간파했다.

"언제 나를 검진〔독일어로 untersuchung은 의사의 검진으로도, 경찰의 심문으로도 번역할 수 있다〕할 건가?" 그가 물었다.

"지금." 홍거토벨이 대답했다.

의사는 노수사관이 유쾌해지는 것을 느꼈다.

"그럼 여기서 작별하세, 사무엘." 베르라하는 말했다. "자네는 시치미 떼고 연극할 줄은 모르지 않나. 우리가 친구 사이라는 것을 알게 해선 안 돼. 이 첫 번째 심문에 많은 것이 달렸네."

"심문이라니?" 홍거토벨은 어리둥절해했다.

"그렇지 않으면 뭔가?" 수사관은 조소하는 투로 대답했다. "엠멘베르거는 나를 진찰할 테고, 나는 그를 심문할 걸세."

그들은 손을 내밀어 악수를 했다.

간호사들이 왔다. 이제는 네 명이었다. 노수사관은 번쩍이는 금속제 수레침대에 들려 옮겨졌다. 몸을 기대 누우면서 그는 홍거토벨이 가방을 내주는 것까지 보았다. 그러고는 텅 빈 새까만 평면 같은 하늘을 올려다보았다. 하늘에서는 눈송이들이 소리 없이 불가사의하게 소용돌이치면서 날려 내려왔다. 눈은 마치 춤을 추듯, 무너져 내리듯 조명 속을 반짝이면서 한순간 축축하고 차갑게 그의 얼굴을 건드렸다. 눈이 한참 동안 그치지 않겠군, 그는 생각했다. 수레침대는 정문을 통과해 밀려갔다. 바깥에서 홍거토벨의 차가 멀어지는 소리까지 그의 귀에 들렸다.

"그는 떠났어, 그는 떠났어." 그는 나직이 혼잣말을 했다.

노인의 위로는 커다란 거울들을 이어서 붙인 천장이 궁륭을 이루며 새하얗게 반짝였다. 그는 그 속에 비친 자신의 모습을 보았다. 속절없이 누워서 뻗은 모습이었다. 진동도, 소음도 없이 수레는 비밀스러운 복도들을 지났다. 간호사의 발소리조차 들리지 않았다. 휘황한 양편 벽에는 까만 숫자들을 붙여놓았고, 문들은 눈에 띄지 않게 하얀 벽 안에 조립해놓았다. 어느 벽감 안에는 희미한 나상(裸像)이 보였다. 베르라하는 병원의 포근하면서도 으스스한 세계를 새로이 받아들였다.

또 그의 뒤로 수레를 미는 간호사의 뚱뚱하고 붉은 얼굴.

노인은 다시금 두 손을 목덜미 뒤로 포개고 누웠다.

"이 병원에 난쟁이가 한 사람 있습니까?" 그는 표준 독일어로 물었다. 그가 이곳에 자신을 외국에 거주하는 스위스 사람으로 신고했기 때문이다.

간호사는 웃었다.

"아, 크라머 씨." 그녀는 말했다. "어떻게 그런 생각을 하실 수 있지요?"

그녀는 스위스 발음이 가미된 표준 독일어로 말했다. 그 말씨로 보아 그녀가 베른 출신임을 짐작할 수 있었다. 수사관은 그녀의 대답에 심히 불신을 느꼈지만, 그래도 이 점이 뭔가 긍정적인 부분으로 여겨졌다. 여기서도 최소한 베른 사람 곁에 있게 되었다는 점이다.

그래서 그는 물었다.

"간호사, 이름이 뭔가요?"

"클레리예요."

"베른 출신이지요?"

"비그렌 출신입니다, 크라머 씨."

이 여자를 설득해야지, 경감은 생각했다.

심문

간호사는 얼핏 보기에는 유리로 된 것 같은 방 안으로 베르라하를 밀고 들어갔다. 그의 앞에 휘황한 밝음에 둘러싸인 방 안 풍경이 전개되자 그는 두 사람의 모습을 알아보았다. 한 사람은 약간 구부정하니 마른 모습에 의사 가운을 입고 도수 높은 뿔테 안경을 썼으나 그래도 오른쪽 눈썹의 흉터는 가리지 못한 세련된 모습의 신사, 바로 프리츠 엠멘베르거 박사였다. 노수사관의 시선은 우선 의사를 후딱 스쳤다. 그러고는 자신이 혐의를 둔 사내 곁의 여자를 더 열심히 몰두해서 살폈다. 여자들은 늘 그의 호기심의 대상이었으니까.

그는 여인을 미심쩍게 뜯어보았다. 베른 사람인 그에게는 우선 '대학 교육을 받은' 여자들이란 생소했다. 게다가 그 여자는 아름다웠다. 그 점은 시인하지 않을 수 없었다. 늙은 총각인 그는 여인의 아름다움에 대해 이중으로 약점을 지닌 셈이었다. 그녀가 귀부인이라는 점을 첫눈에 알 수 있었다. 그녀는 흰 가운 차림이었으며, 기품 있고 겸손한 자세로 엠멘베르거 곁에 (아무튼 대량 살인자일 수도 있는 그자와 나란히) 서 있었다. 그렇지만 그녀는 수사관에게는 좀 과하게 고상했다. 저 여자는 곧장 동상의 받침대 위에 세워도 되겠는걸, 수사관은 분한 마음으로 생각했다.

"안녕하십니까요." 그는, 조금 전까지 클레리 간호사와 나누었던 표준 독일어를 집어치우고 말했다. "저명하신 의사 선생님을 뵈옵게 되어 기쁘기 그지없습니다그려."

"당신 베른 독일어를 쓰시는구려." 의사 역시 사투리로 대답했다.

"외국에 사는 베른 사람으로 나도 아직은 뮤히모이히터르리〔베른 사투리로 젖 짜는 도구라는 뜻. 베른 사람들만 발음할 수 있는 특징적 언어를 의미한다〕라는 말을 좀 발음할 수 있는 모양이지요." 노수사관은 퉁명스레 말했다.

"그래요, 그런 줄 알았지요." 엠멘베르거는 웃었다. "뮤히모이히터르리의 예술적 발음은 여전히 베른 사람들을 알아보는 암호지요."

훙거토벨 말이 옳았어, 라고 베르라하는 생각했다. 이자는 넬레는 아니야. 베를린 사람이라면 도저히 뮤히모이히터르리를 알지 못했을 거야.

그는 다시금 귀부인을 눈여겨보았다.

"나의 조수, 마로크 박사입니다." 의사가 소개했다.

"그렇습니까?" 노수사관은 담담하게 말했다. "역시 만나 뵙게 되어 기쁩니다." 그러고 나서 그는 고개를 약간 의사 쪽으로 돌리면서 불쑥 질문을 던졌다. "엠멘베르거 박사님, 독일에 계신 적이 있습니까?"

"몇 년 전이지요." 의사가 대답했다. "한 번 간 적이 있지요. 그렇지만 대부분 칠레 산티아고에 있었습니다."

이 말을 하는 동안 그는 무슨 생각을 하는지, 혹시 질문으로 인해 불안을 느끼는지 아무런 표정도 드러내지 않았다.

"칠레라, 칠레에 계셨다고요." 노수사관은 말하고는 다시 한 번 "칠레라, 칠레에 계셨다고요"라고 읊조렸다.

엠멘베르거는 쿼런을 한 대 피워 물고 배전반으로 갔다. 이제 방은, 수사관 머리 위 조그만 푸른 등만이 겨우 밝히는 어스름한 어둠에 싸였다. 단지 수술대의 윤곽만이, 그리고 그의 앞에 선 두 사람의 새하얀 얼굴 형체만이 보였다. 또한 노수사관은, 이 방 안에 단 하나의 창문밖에 없다는 것을 알아챘다. 그 창문을 통해 바깥에서 먼 불빛 몇 가닥이 새어 들어왔다. 엠멘베르거가 피우는 담배의 빨간 점이 아래위로 움직였다.

이런 방 안에서는 보통 담배를 피우지 않는 건데, 하는 생각이 수사관의 머리를 스쳤다. 어쨌거나 이미 그를 약간은 혼란스럽게 만든 셈이군.

"그럼 훙거토벨은 어디 있습니까?" 의사는 물었다.

"내가 가시라고 했습니다." 베르라하는 대답했다. "그분이 없는 곳에서 당신이 나를 진찰할 수 있기를 바라거든요."

의사는 안경을 밀어 올렸다.

"우리는 훙거토벨 박사를 신뢰할 수 있다고 생각하는데요."

"그럼요." 베르라하는 대답했다.

"당신은 환자입니다." 엠멘베르거는 말을 이었다. "위험한 수술이었고 아직 완치되지 않았어요. 당신도 그 점을 분명히 안다고 훙거토벨 박사가 말해주더군요. 그건 좋습니다. 우리 의사들에겐 대놓고 진실을 말하는 용기 있는 환자들이 필요하지요. 진찰 현장에 훙거토벨 박사가 있는 편을 나는 환영했을 겁니다. 훙거토벨이 당신 뜻을 좇은 것이 유감이군요. 우리 의사들은 서로 협조해서 일해야지요. 이건 엄연한 학문적 요청입니다."

"동료로서 나도 그 점을 충분히 이해합니다." 수사관은 말했다.

엠멘베르거는 의아한 표정을 지었다. 그리고 그게 무슨 뜻이냐고 물었다. 자기가 아는 한, 크라머 씨는 의사가 아니라는 것이다.

"간단한 얘기입니다." 노수사관은 웃었다. "당신들은 병을 추적하고, 나는 전쟁 범죄자들을 추적하니까요."

엠멘베르거는 새 담배를 피워 물었다.

"한 개인으로서는 아마 꽤나 위험한 업무겠지요." 그는 냉담하게 말했다.

"그렇답니다." 베르라하는 대답했다. "그리고 지금 나는 한창 추적을 하던 도중에 병이 나서 당신한테 온 겁니다. 여기 존넨슈타인에 누운 신세가 된 게 나로선 불운이라 하겠지요. 아니면 행운일까요?"

엠멘베르거는 병의 경과에 대해서도 자기로선 아직 아무런 예후를 진단할 수 없노라 대답했다.

"훙거토벨은 그다지 신뢰 가는 의사가 아닌 모양이군요."

"하긴 당신도 아직 나를 진찰하지 않았습니다." 노인은 말했다. "그리고 또한 이것은 내가 왜 훙거토벨 박사가 진찰 현장에 있기를 원치 않는가에 대한 이유이기도 하지요. 우리는 어떤 케이스에서 진척을 보려면 선입견을 갖지 않아야 합니다. 그리고 어쨌든 우린 진척을 원한다고 생각합니다, 당신도, 나도. 범죄자의 경우든 질병의 경우든 간에, 주변의 혐의 대상을 미리 연구하고 그 습관들을 검토하지도 않고 그것들에 관해 상상부터 하는 것처럼 나쁜 건 없지요."

"당신 말이 옳습니다." 의사는 대꾸했다. "의사로서 나는 범죄수사학에 관해서는 백지입니다만, 그 점은 알겠습니다. 그리고 크라머 씨, 당신은 여기 존넨슈타인에서 직업으로부터도 좀 치유될 수 있기를 바랍니다."

이어서 그는 세 번째 담배에 불을 붙이고 말했다.

"여기서는 당신이 전쟁범죄자들을 가만히 내버려둘 수 있으리란 생각이 드는군요."

엠멘베르거의 대답은 노수사관으로 하여금 한순간 의심이 들게 했다. 누가 누구를 심문하는 건가? 그는 엠멘베르거의 얼굴을 유심히 살피며 생각했다. 단 하나의 전등 불빛 속에서 가면처럼 보이는 얼굴, 번득이는 안경알 너머로 보이는 눈은 터무니없이 커다랗게 보이며, 조소를 머금은 듯했다.

"박사님." 수사관은 말했다. "어떤 특정한 나라에선 암이 번식하지 않는다고 주장하시진 않겠지요."

"그 말은 설마, 스위스에도 전쟁범죄자가 존재한다는 뜻은 아닐 테지요!" 엠멘베르거는 유쾌하게 웃었다.

노수사관은 의사를 탐색하듯 바라보았다.

"독일 땅에서 벌어졌던 일은 특정한 조건만 갖춰지면 어떤 나라에서도 벌어질 수 있습니다. 조건들이야 다를 수 있겠지요. 하지만 어떤 인간, 어떤 민족도 예외가 아닙니다. 어느 강제수용소에선가 마취 없는 수술을 받았던 한 유태인한테서 들은 얘기입니다만 엠멘베르거 박사님, 인간 사이에는 오로지 한 가지 차이밖에 없다는 겁니다. 가해자와 피해자라는 차이 말입니다.

그렇지만 나는, 유혹에 빠진 자와 그것을 모면한 자라는 구별도 있다고 생각합니다. 이 점에서 우리 스위스인들은 당신도, 나도 모면한 자에 속하지요. 그것은 엄연한 은총이지 많은 사람들이 말하듯이 허물은 아닙니다. 왜냐하면 우리 역시 '우리를 시험에 들지 말게 하옵시며' 하고 기도를 올려야 하니까요. 그래서 나는 스위스로 왔습니다. 일반적인 전범을 찾으려고 온 것이 아니라 한 사람의 전범을 추적하기 위해서지요. 물론 그 사람에 관해선 희미한 사진 한 장 이상으로는 아는 게 없는 상태지요. 그런데 엠멘베르거 박사님, 이렇게 병이 났고 그래서 추적은 하룻밤 사이에 좌절되었지요. 그러니까 추적당하는 당사자는 내가 얼마나 자기의 뒤를 밟았는지 지금껏 꿈도 꾸지 못하는 겁니다. 실로 통탄할 만한 연극이지요."

"그렇다면 당신한텐 이제 추적하던 자를 찾아낼 가망이 거의 없는 셈이군요." 의사는 무심하게 대답하고는 담배 연기를 뿜었다.

연기는 노수사관 머리 위에서 우윳빛으로 빛나는 섬세한 고리를 이루었다. 베르라하는 의사가 여의사에게 눈짓으로 신호하는 것을 보았다. 그러자 여의사는 그에게 주사기를 하나 건넸다. 엠멘베르거는 한순간 방 안의 어둠 속으로 사라지더니 다시 모습을 드러냈을 때는 튜브를 하나 들고 있었다.

"당신에게는 기회가 거의 없습니다." 그는 주사기에 무색 액체를 채우면서 되뇌었다.

그러나 수사관은 맞섰다.

"내게는 아직 무기가 하나 있습니다." 그는 말했다. "당신의 방법을 한번 봅시다, 박사. 올해 마지막 날, 나는 흐린 날씨에 눈보라와 비를 뚫고 베른에서 당신의 병원으로 왔지요. 첫 검진을 위해 당신은 그런 나를 수술실에서 맞았습니다. 왜 그렇게 하셨지요? 환자라면 공포를 느낄 수밖에 없는 방 안으로 곧장 끌려 들어온다는 건 아무래도 보통 일이 아닙니다. 나한테 공포감을 불어넣으려고 그런 거겠지요. 나를 지배해야만 당신은 나의 의사 노릇을 할 수 있을 테니까. 게다가 나는 고집스러운 환자거든요. 그 점은 홍거토벨이 당신에게 말했겠지요. 그래서 당신은 이 같은 시위를 벌이기로 결심한 겁니다. 나를 치료할 수 있기 위해, 당신은 나를 지배하려는 겁니다. 그러기 위해, 두려움이야말로 당신이 필수적으로 적용하는 수단의 하나입니다. 빌어먹을 나의 직업의 경우에도 역시 그렇답니다. 우리들의 방법은 피차 똑같지요. 나도 두려움을 사용해 내가 추적하는 대상에 접근해 갈 뿐입니다."

엠멘베르거의 손에 쥐여진 주사기는 노수사관을 향했다.

"당신은 교활한 심리학자로군요." 의사는 웃으며 말했다. "그건 사실입니다. 나는 이 방을 이용해 당신을 약간 위축시키려고 했지요. 두려움이란 필수적 수단입니다. 하지만 나의 기술을 써먹기 전에 당신의 기술을 끝까지 들어봅시다. 당신 같으면 어떤 수단을 쓰겠습니까? 궁금하기 짝이 없군요. 추적당하는 자는, 당신이 자신을 추적한다는 사실을 모른다고 했지요. 최소한 이건 당신 자신의 말입니다."

"그는 정확히는 알지 못하면서 막연히 그 사실을 느낍니다. 이 점이 그에게는 한결 위험하지요." 베르라하는 대답했다. "그자는 내가 스위스에 와 있으며, 한 전범을 추적한다는 사실은 압니다. 그는 자신에게 일어나는 의혹을 달래며, 내가 찾는 대상은 다른 사람이지 자신이 아니라고 줄곧 스스로에게 장담하겠지요. 그도 그럴 것이 그는 교묘한 방책을 써서 안전하게 몸을 지켰고, 자기 인격의 말살 없이 방종한 범죄의 세계에서 스위스로 탈출해 왔으니까요. 엄청난 비밀이지요.

그렇지만 그의 심장 깊숙이 가장 어두운 밑바닥에서는 내가 자신을 찾는다는 예감이 있을 겁니다. 다른 누구도 아닌 바로 자신을, 오로지 그 자신을 찾는다는 것을. 그래서 그는 두려움을 느낄 겁니다. 그의 오성(悟性)은, 내가 자신을 찾는다는 사실이 있을 법하지 않다고 여길수록 점점 더 큰 두려움을 느끼겠지요. 그런 한편 나는 이 병원 나의 침대에 병든 몸으로, 무력하게 누워 있는 겁니다, 박사님." 그는 입을 다물었다.

엠멘베르거는 가만히 주사기를 들고 그를 묘한 시선으로, 사뭇 동정적으로 바라보았다.

"당신의 성공이 의심스럽군요." 그는 침착하게 말했다. "그렇지만 당신의 행운을 바랍니다."

"두려움에 질려 그는 뒈져갈 겁니다." 노인은 단호히 대답했다.

엠멘베르거는 수레침대 곁에 놓인 유리와 금속으로 된 작은 탁자에 천천히 주사기를 올려놓았다. 이제 주사기는, 뾰족한 악성 물건은, 탁자에 놓였다. 엠멘베르거는 약간 앞으로 몸을 굽히고 서 있었다.

"그렇게 생각하십니까?" 이윽고 그가 물었다. "그렇게 믿으십니까?" 그의 가느다란 두 눈이 안경 뒤에서 거의 알아챌 수 없게끔 모였다. "요즘도 이렇게 희망에 찬 낙천가를 보다니 놀라운 일입니다. 당신의 사고(思考) 과정은 대담합니다. 언젠가 현실이 당신을 너무 지나치게 기만하지 않기를 희망해봅시다. 당신이 절망적 결과를 맞는 건 슬픈 일이겠지요." 그는 이 말을 나직이, 조금은 당혹스럽게 했다.

그러고는 천천히 방의 어둠 속으로 되돌아갔다. 그러자 다시 방이 밝아졌다. 수술실은 눈부신 조명에 싸였다. 엠멘베르거는 배전반 곁에 서 있었다.

"당신을 나중에 진찰하겠습니다, 크라머 씨." 그는 웃으며 말했다. "당신의 병은 심각합니다. 그건 아시겠지요. 이 병이 치명적일 수도 있다는 혐의는 제거되지 않았어요. 유감이지만 우리가 대화를 나눈 후 그런 인상을 받았습니다. 솔직한 것에는 솔직한 것으로 대해야 마땅하겠지요. 검사는 쉽지가 않을 겁니다. 한 가지 수술을 요하니까요. 그 수술을 정월 초하루 이후에 받도록 하지요. 그게 낫지 않겠습니까? 멋진 축제를 방해해선 안 되겠지요. 중요한 것은 우선 내가 당신을 보호한다는 점이죠."

베르라하는 대답을 하지 않았다.

엠멘베르거는 담배를 눌러 껐다.

"제기랄, 박사." 그는 여의사에게 말했다. "내가 수술실에서 담배를 피웠단 말이오. 크라머 씨는 흥분시키는 환자란 말이야. 당신이 나랑 저 친구를 좀 나무라지 그랬소?"

"이게 뭡니까?" 여의사가 빨간색 정제를 두 알 건네주자 노수사관이 물었다.

"진정제일 뿐입니다." 그녀는 말했다. 그렇지만 그는 한층 불안감을 느끼며 그녀가 준 물을 마셨다.

"벨을 눌러 간호사를 부르시오." 엠멘베르거가 배전반이 있는 데서 지시했다.

문 안에 간호사 클레리가 들어섰다. 수사관에게는 그녀가 상냥한 형리처럼 생각됐다. 형리들은 항상 상냥하지, 라고 그는 생각했다.

"크라머 씨한테 어떤 방을 준비했나?" 의사가 물었다.

"72호실입니다, 박사님." 클레리 간호사가 대답했다.

"그에게 15호실을 주시오." 엠멘베르거가 말했다. "그곳에서 우린 그를 더 잘 검사(독일어로 kontrolle에는 '감시'라는 뜻도 있다)할 수 있을 테니까."

이미 홍거토벨의 차에서 느꼈던 피로감이 다시 수사관을 덮쳤다. 간호사가 복도로 끌고 나간 수레침대는 급하게 방향을 꺾었다. 그때 베르라하는, 다시 한 번 기진한 상태에서 빠져나오며 엠멘베르거의 얼굴을 보았다.

의사는 웃으며 명랑하게, 수사관을 주의 깊게 관찰했다.

오한에 몸을 떨며 수사관은 다시 기진한 상태로 빠져들었다.

병실

다시 깨어났을 때(여전히 밤 10시쯤이었다. 세 시간쯤 잠을 잔 모양이라고 그는 생각했다) 그는 어떤 방에 누워 있었다. 그는 어리둥절했고 다소 불안하긴 해도 어느 정도 만족감을 느끼며 방을 관찰했다. 병실을 싫어하는 그에게는 차라리 무슨 스튜디오 같은 이 방이 마음에 들었다. 왼쪽 침대 탁자에 켜놓은 램프의 푸른빛을 통해 보이는 방 풍경은 무슨 기계실처럼 차갑고 비인간적이었다. 이불을 잘 덮은 채로, 이제는 잠옷 차림으로 그가 지금 누운 침대는, 처음에 병원으로 들어올 때 실려왔던 바로 그 수레침대였다. 몇 군데 조작을 변경하긴 했어도 똑같은 침대라는 것을 그는 즉각 알아차렸다.

"이곳 사람들은 실질적이구나." 그는 정적(靜寂)을 향해 조그만 소리로 뇌었다.

그러고는 사방으로 회전할 수 있는 램프 전구로 방 안을 두루 비춰보았다. 커튼이 드러났다. 그 뒤로는 창문이 감춰져 있을 테지. 커튼에는 수놓은 기묘한 초목과 동물들이 불빛을 받아 반짝거렸다.

"나는 지금 분명 사냥길에 있는 거지." 그는 혼잣말을 했다.

그는 다시 베개를 베고 누워 지금까지 성취한 것을 곰곰이 생각해보았다. 이렇다 하게 성취한 것이 없었다. 계획을 실천에 옮기긴 했다. 이제부터는 그물의 실올을 더욱 조밀하게 짜기 위해 일단 시작한 것을 계속 추진할 단계였다. 필수적으로 행동이 요구되는 일이다. 그렇지만 어떻게 행동할지, 어디서 실마리를 찾을지 알 수가 없었다. 그는 탁자에 있는 단추를 눌렀다. 클레리 간호사가 나타났다.

"안녕하시오, 부르크도르프-툰 철도 구간에 있는 비그렌 출신 간호사 양." 노인은 인사를 했다. "보시오, 늙은 재외 스위스인치고 나도 꽤 스위스를 알지요?"

"그렇군요, 크라머 씨. 무슨 일이죠? 드디어 깨어나셨군요?" 그녀는 살찐 팔뚝을 허리춤에 버티고는 말했다.

노인은 다시금 자기의 팔목시계를 보았다.

"겨우 10시 반이군요."

"시장하신가요?" 그녀가 물었다.

"아니요." 수사관은 기운이 없는 것을 느끼며 대답했다.

"보세요, 선생님은 시장하신 줄도 모른다니까요. 여의사를 부르겠어요. 선생님도 그분을 아시지요? 그분이 선생님께 주사를 한 대 더 놔드릴 겁니다." 간호사가 대꾸했다.

"말도 안 되는 소리!." 노수사관은 툴툴댔다. "지금껏 나는 주사라는 걸 맞아본 적이 없어요. 그보다는 천장의 전등불이나 켜주시오. 방 안을 좀 구경해야겠소. 자기가 어디 누웠는지는 알아야 할 것 아니오."

정말로 그는 화가 났다.

어디서 흘러나오는지 제대로 가늠할 수도 없는 눈부시게 새하얀 빛이 한 줄기 비쳤다. 방 안은 새로운 조명을 받아 한결 분명하게 모습을 드러냈다. 노인의 위로는 전면이 통째 거울로 된 천장이 보였다. 그것을 보고는 급기야 기분이 언짢아졌다. 머리 위로 끊임없이 자신을 비추는 것을 본다는 건 아무래도 섬뜩한 노릇이었다. 어딜 가도 이런 거울 천장이 붙어 있다니 미칠 노릇이야. 위로 시선을 둘 때마다 자신을 마주 응시하는 해골, 바로 자신의 모습을 보고 소스라치게 놀라면서 그는 생각했다. 거울이 거짓말을 하는 거야. 모든 걸 일그러뜨리는 저런 거울도 있긴 하겠지, 내가 저 지경으로 앙상할 리가 없어.

그는 계속해서 방 안을 둘러보느라 꼼짝 않고 대기 중인 간호사의 존재를 잊었다. 그의 왼편으로는 회색 자재 위에 유리벽이 얹혀 있었는데, 그 받침 자재에는 춤추는 남녀의 나신들을 선(線)으로만, 그렇지만 입체감이 드러나게 새겨놓았다. 그리고 오른편 녹회색 벽부터는 방문과 커튼 사이로 렘브란트의 해부하는 그림이 방 안을 향해 걸려 있어 흡사 칸막이 같은 구실을 했다. 대수롭지 않으면서도 뭔가 계산된 듯 보이는 배열, 그것은 방 안에 졸렬한 분위기를 주었다. 지금 간호사가 들어서 있는 방문 위쪽으로 거칠게 걸린 까만 나무 십자가가 더욱 그런 느낌을 가중해주었다.

"이봐요, 간호사." 그는 입을 열었다.

조명으로 인해 방이 이토록 달라진 것이 그로서는 여전히 얼떨떨했다. 실상 아까까지만 해도 그의 눈에 띈 것은 커튼뿐이었고, 춤추는 남녀의 부조나 해부도, 십자가는 전혀 보이지 않았다. 이제 이 생소한 세계에 잔뜩 의구심이 느껴졌다.

"이봐요, 간호사. 병원의 방치고는 참 이상하군요. 병원이란 사람들을 건강하게 하는 곳이지 미치게 만드는 곳이 아니잖소."

"이곳은 존넨슈타인입니다." 클레리 간호사는 대답하고는 두 손을 앞으로 모아 쥐었다. "우리는 어떤 소망에든 종사합니다." 그녀는 성실한 기색을 드러내며 조잘댔다. "가장 성스러운 소망에도, 또 그 반대 소망에도. 명예를 걸고 약속하지요. 해부도가 선생님 기분에 마땅치 않으시다면 보티첼리의 〈비너스의 탄생〉으로든, 피카소의 그림으로든 바꿔드릴 수 있습니다."

"그렇다면 차라리 〈기사, 죽음 그리고 악마〉〔알브레히트 뒤러(1471년 ~1528)의 판화 작품〕를 걸어주시오." 수사관이 말했다.

클레리 간호사는 메모첩을 꺼냈다. 그러고는 〈기사, 죽음 그리고 악마〉라고 적어 넣었다.

"내일 설치해드리겠습니다. 임종의 방에 어울리는 좋은 그림이죠. 경의를 표합니다. 선생님은 취미가 훌륭하시군요."

"내 생각에는……." 노인은 클레리 간호사의 뻔뻔스러운 언행에 놀라면서 대답했다. "내 생각에는 내가 그렇게까지 될 것 같지는 않군요."

클레리 간호사는 신중한 표정으로 그 뚱뚱하고 붉은 얼굴을 주억거렸다.

그러고는 "그렇지 않아요" 하고 힘주어 말했다. "이곳에서는 모두가 임종을 맞습니다. 예외가 없지요. 제3병동을 떠났다는 사람을 저는 지금껏 단 한 사람도 보지 못했습니다. 그리고 선생님은 지금 제3병동에 계신 겁니다. 여기서는 어떤 것도 죽음을 거역할 수 없지요. 누구든 한 번은 죽어가기 마련입니다. 그 점에 관해 제가 쓴 책을 읽어보세요. 발크링겐의 리이히터 인쇄소에서 나왔지요."

간호사는 앞가슴에서 작은 팸플릿을 꺼내어 노인의 침대에 놓았다. '죽음—우리 생의 처신의 목적과 과녁, 클레리 글라우버, 실용 입문서.'

"이제 여의사를 불러올까요?" 그녀는 의기양양하게 물었다.

"아니요." 수사관은 〈우리 생의 처신의 목적과 과녁〉을 여전히 손에 든 채 대답했다. "여의사는 필요 없소. 그렇지만 커튼은 밀어붙이고 싶군요. 그리고 창문을 열어놓으시오."

커튼이 한쪽 옆으로 밀쳐지고 조명은 꺼졌다. 노인은 침대용 탁자의 스탠드까지 돌려 껐다.

클레리 간호사의 육중한 몸집도 환하게 불이 비치는 장방형 문으로 사라졌다. 문이 닫히기 전에 노인은 물었다.

"간호사, 한 가지만! 당신은 모든 것에 꾸밈없이 대답해주는 사람이니 이 질문에 진실을 말해주시오. 이 건물 안에 난쟁이가 한 사람 있나요?"

"물론이죠." 장방형 문에서 난폭한 대답이 들려왔다. "선생님 눈으로 보셨잖습니까."

그러고는 방문이 닫혔다.

"어림도 없는 소리." 그는 생각했다. "나는 제3병동을 떠날 거야. 무슨 대단한 기술도 필요 없지. 훙거토벨과 통화를 해야겠어. 엠멘베르거에 대항해서 무슨 현명한 행동을 하기에는 너무 중병이거든. 내일 베른의 병원으로 돌아갈 거야."

그는 두려움에 떨면서 그것을 고백하기를 부끄러워하지도 않았다.

230

밖은 밤이었고, 그의 주변을 방 안의 암흑이 휘감았다. 노인은 거의 숨도 쉬지 않고 침대에 누워 있었다.

"이제 종소리를 들을 수 있겠지." 그는 생각했다. "새해를 알리는 취리히의 종소리들을."

어디선가 12시를 알리는 시계 소리가 들려왔다.

노인은 기다렸다.

다시금 어디에선가 들려오는 시계탑 소리. 그리고 또 한 번. 연방 들려오는 열두 번의 사정없는 타종 소리. 청동 문을 망치로 두드리는 듯한 연이은 타종 소리.

새해를 알리는 종은 아니었다. 어디엔가 모인 즐거운 인간들의 무리가 내는 외침이 아득히 멀리서 들려오긴 했지만, 새해의 종소리는 아니었다.

그렇게 새해는 침묵하며 다가왔다.

세상은 죽었어, 라고 수사관은 생각했다. 거듭거듭, 세상은 죽었어, 세상은 죽었어, 라고.

이마 위로 식은땀이 느껴졌다. 땀방울은 천천히 그의 정수리를 타고 흘러내렸다. 그는 두 눈을 크게 떴다. 그렇게 꼼짝도 못 하고 누워 있었다. 실로 겸허하게…….

다시 한 번 그는 아득히 먼 곳에서, 황량한 도시 위로 울려 퍼지는 열두 번의 시계탑 치는 소리를 들었다. 그러고는 해안도 없는 바닷속으로, 암흑 속으로 침몰하는 것 같은 느낌에 사로잡혔다.

새벽녘, 으스름한 새해의 여명 속에서 그는 깨어났다.

그들은 연하(年賀)의 종을 울리지도 않았지, 라고 그는 줄곧 생각했다.

방 안은 그 어느 때보다도 위협적으로 느껴졌다.

한참 동안 그는 다가오는 밝음을, 엷어져가는 녹회색 그림자를 응시했다. 그러다가 마침내 깨달았다.

창문에 창살을 쳐놓았다는 것을.

마로크 박사

"이제 그 사람이 깨어났을 테지." 창살을 친 창문에 시선을 고정한 수사관의 귀에 방문 쪽에서 웬 목소리가 들려왔다.

이어서 몽롱한 그림자 같은 아침이 점점 새어드는 방 안으로 하얀 의사 가운 차림을 한 늙은 여자가 들어섰다. 시들고 푸석해 보이는 얼굴 윤곽, 베르라하는 그것이 수술실에서 엠멘베르거와 함께 있던 바로 그 여의사의 얼굴이라는 것을 가까스로 알아보고는 깜짝 놀랐다. 그는 혐오감에 사로잡힌 채 지친 시선으로 그녀를 뚫어져라 바라보았다,

그녀는 수사관의 존재에 전혀 개의치 않고 치마를 걷어 올리더니 넓적다리의 스타킹 위로 주사를 한 대 꽂았다. 그렇게 주사를 한 후에는 똑바로 일어나 손거울을 꺼내 들고 화장을 시작했다. 노수사관은 홀린 듯이 그 과정을 지켜보았다. 여인에게는 그의 존재가 안중에도 없어 보였다. 이제 그녀의 얼굴 모습에서는 천박한 기미가 사라지고, 이미 그녀에게 본 적이 있는 신선함과 윤기가 되살아났다. 그렇

게 이제 그녀는 그가 도착했을 때 그의 눈에 띄었던 미모의 여인으로 되돌아가, 문설주에 꼼짝 않고 기댄 채 방 안에 서 있었다.

"이제 알겠군요." 노수사관은 얼이 빠졌던 상태에서 천천히 깨어나며, 그래도 지치고 얼떨떨한 투는 감추지 못한 채 말했다. "아편이로군요."

"맞아요." 그녀는 말했다. "이 세상에서는 그것이 필요하지요……, 베르라하 경감."

노수사관은 어두워진 아침 공기를 내다보았다. 그도 그럴 것이, 지금 바깥에서는 쏟아지는 빗줄기가 밤새 그냥 쌓일 눈에 뒤섞이고 있었다. 이윽고 수사관은 스쳐 지나가는 말투로 나직이 말했다.

"내가 누구인지 당신은 아시는군요."

그러고는 다시 바깥을 내다보았다.

"우리는 당신이 누구인지 압니다." 여의사는 여전히 문에 기대서서 두 손을 의사 가운 호주머니에 찔러 넣은 채 분명하게 말했다.

"어떻게 알게 되었지요?" 그는 묻긴 했으나 애당초 별로 궁금하지도 않았다.

그녀는 신문 한 장을 그의 침대에 던졌다.

《분트》지(紙)였다.

1면에 그의 사진이 실려 있었다. 아직 오르몬트-브라질을 피우던 시절인 지난봄에 찍은 사진임을 그는 즉각 알아보았다. 또 사진 밑에는 다음과 같이 쓰여 있었다. "베른 시경 경감, 한스 베르라하, 정년퇴직."

"당연한 일이지." 경감은 투덜댔다.

그러고 나서 그는 당황하고 화가 나서 다시 한 번 신문에 시선을 던지다가 발행일을 보게 되었다. 그러고 그는 급기야 침착성을 잃었다.

"날짜가!" 그는 쉰 소리로 외쳤다. "날짜가 의사 선생! 신문의 날짜 말이오!"

"그래서요?" 그녀는 표정 하나 흐트러지지 않고 물었다.

"이건 1월 5일자 신문이오." 수사관은 절망적으로 외쳤다.

이제야 새해의 종소리가 울리지 않았던 일이며 무시무시했던 지난밤의 모든 사태가 파악되었다.

"그럼 기대한 날짜라도 있나요?" 그녀는 눈썹을 약간 치켜뜨며 경멸조로, 그러면서도 명백히 호기심을 드러내며 물었다.

그는 소리를 질렀다.

"당신들 나한테 무슨 짓을 한 거요?" 베르라하는 몸을 일으키려고 애를 썼지만 맥없이 털썩 침대로 되돌아갔다.

그러고는 몇 차례 더 허공에 팔을 휘저었으나 결국에는 꼼짝 못하고 다시 누웠다.

여의사는 담배 케이스를 꺼내 궐련을 한 개비 꺼내 들었다.

그녀는 일체의 일에 무감동한 듯 보였다.

"내 방에서 담배를 피우지 마시오." 베르라하는 나직하지만 단호한 어조로 말했다.

"창문에는 창살을 쳐놓았지요." 여의사는 대꾸하면서, 쇠창살 뒤로 빗줄기가 내리치는 쪽을 턱으로 가리켰다.

"당신이 뭔가 결정할 수 있다고는, 나는 생각지 않아요."

그러고 나서 그녀는 노인에게 다가와 가운데 호주머니에 두 손을 찔러 넣은 채 침대 앞에 섰다.

"인슐린이죠." 그녀는 그를 굽어보며 말했다. "원장은 당신한테 인슐린 요법을 썼습니다. 그분 전공이죠." 그녀는 웃었다. "이제 그 사람을 체포할 작정인가요?"

"엠멘베르거는 넬레라는 이름의 한 독일 의사를 살해했고, 또 마취 없는 수술을 자행했습니다." 베르라하는 쌀쌀맞게 말했다. 그리고 자신이 이 여의사를 자기편이 되도록 설득했다고 생각했다.

이제부터 무슨 일이든 감행하리라 그는 단단히 마음을 먹었다.

"그 사람은 그 이상의 일을 했습니다. 우리의 박사님 말씀입니다." 여의사의 대꾸였다.

"당신은 그걸 아는군요!"

"그래요."

"당신은 엠멘베르거가 넬레라는 이름으로 슈트트호프 수용소 의사로 있었던 사실을 시인하는 거로군요?" 그는 성급하게 물었다.

"물론이지요."

"또 넬레를 살해한 것도?"

"왜 아니겠어요?"

베르라하는 자신의 혐의가 졸지에 입증되는 것을 확인하고는 맥이 빠져 창밖을 내다보았다. 묵은 사진 한 장과 홍거토벨의 핏기 가신 얼굴에서 읽어냈던 이 엄청나고 착잡한 혐의, 그가 끝이 없다고 느꼈던 지난 며칠 동안 거대한 짐 더미처럼 끌고 다녔던 혐의 아니었던가. 은빛으로 빛나는 물방울들이 창살을 따라 굴러 내렸다. 이 같은 확인의 순간을, 그는 마치 안식의 순간을 바라듯이 갈망해오지 않왔던가.

"당신이 모든 것을 안다면" 하고 그가 말했다. "당신도 공범이지요."

그의 목소리는 지치고 서글프게 울렸다.

여의사는 실로 묘한 시선으로 그를 굽어보았으며 그녀의 침묵은 그를 불안하게 했다. 그녀는 오른편 소매를 걷어 올렸다. 아래 팔뚝에는 마치 가축들처럼 살 속 깊이 숫자가 낙인찍혀 있었다.

"등판까지 보여드릴까요?" 그녀가 물었다.

"강제수용소에 있었소?" 경감은 화들짝 놀라 소리치고는, 오른팔로 버티며 가까스로 반쯤 몸을 일으켜 그녀를 응시했다.

"단치히 근교 슈트트호프 근절수용소의 포로 4466번, 에디트 마로크였죠."

그녀의 목소리는 냉정했고 아무런 감정이 없었다.

노수사관은 다시 베개로 돌아가 누웠다. 그는 자신의 병과 나약함, 무력함을 저주했다.

"나는 공산주의자였지요." 그녀는 소매를 끌어내리며 말했다.

"그렇다면 어떻게 그 수용소를 견뎌내고 살아났나요?"

"그건 간단합니다." 그녀는 그의 눈초리를 무심하게 배겨내며 대답했다.

마치 자신으로서는 그 어떤 것도 움직일 수 없다는 듯한, 인간의 감정이니, 더욱이 그토록 끔찍한 운명이니 하는 것을 움직일 수 없다는 듯한 무심한 태도였다.

"나는 엠멘베르거의 애인이 되었지요."

"있을 수 없는 일이오." 수사관의 입에서 불쑥 튀어나온 말이다.

그녀는 의아하다는 듯 그를 쳐다보았다.

"한 고문자가 병들어 죽어가는 암캐 한 마리를 불쌍히 여긴 거지요." 이윽고 그녀는 말했다. "친위대 의사를 애인으로 삼는 기회란, 슈트트호프 수용소에서는 실로 몇 안 되는 여자들한테만 주어졌답니다. 살아남을 수만 있다면 어떤 길이든 좋은 겁니다. 당신도 이제부터 존넨슈타인에서 도망치려고 무슨 일이든 시도할 테지요."

흥분해서 부들부들 떨며 그는 세 번째로 몸을 일으키려고 애썼다.

"지금도 여전히 그의 애인인가요?"

"물론. 왜 아니겠어요?"

"당신이 그래선 안 되지요. 엠멘베르거는 괴물이란 말이오." 베르라하는 외쳤다. "당신은 공산주의자였다고 했어요. 그럼 당신도 자신의 신념이 있을 것 아닙니까!"

"그래요. 내겐 신념이 있었어요." 그녀는 차분한 어조로 말했다. "나는 우리가 모름지기, 태양 둘레를 도는 바위와 진창으로 이뤄진 이 서글픈 덩어리, 우리의 지구를 사랑해야만 한다는 신념을, 또 인류가 가난과 수탈의 수렁에서 빠져나오도록 이성(理性)의 이름으로 도와주는 것이 우리의 의무라는 신념을 가졌습니다. 나의 신념은 빈말로 하는 상투적인 게 아니었어요. 이건 그때부터 그가 휘몰아간 범죄에 대한 전문 술어가 되었습니다만 우스꽝스러운 코밑수염에다 치졸한 앞머리칼로 우편엽서를 칠하던 환쟁이가 권력을 떠맡았을 때, 나는 다른 모든 공산주의자들처럼 나 자신이 우리 모두의 미덕의 모체로 믿어왔던 나라로, 경애하는 소련으로 도망쳐 갔습니다. 오,

내겐 신념이 있었고, 그것으로 세계와 맞섰지요. 나 역시 경강님 당신처럼 내 삶이 끝날 때까지 악에 대항해 싸울 결심을 했답니다."

"우린 이 투쟁을 포기해선 안 돼요." 어느새 오한에 떨면서 다시 자리에 누워버린 베르라하가 나직한 소리로 응수했다.

"그럼 당신 머리 위 거울이나 들여다보시지요." 그녀가 명령했다.

"난 벌써 내 모습을 보았소." 그는 천장으로 시선이 가는 것을 두려워하며 대답했다.

그녀는 소리 내어 웃었다.

"참으로 그럴싸한 해골이 당신을 마주 보고 히쭉 웃으며 베른 시경 수사 경감의 몰골을 보여주지 않습니까! 결단코, 어떤 일이 있든, 어떤 상황에서도 포기해선 안 됐던, 악에 대항하는 우리의 투쟁 강령은 허공이나, 마찬가지로 책상에서나 합당한 얘기일 뿐 마녀가 탄 빗자루처럼 우리가 타고 앉아 우주를 질주하는 이 항성과 일치하지 않는 겁니다. 지난날 나의 신념은 대단했지요. 얼마나 확고하고 큰 신념이었던지 나는 절망을 모른 채 러시아 대중의 참담한 상황, 그 막강한 나라의 암담한 처지에 몰두했답니다.

러시아는 오로지 세련된 정신의 자유만 알았지 세련된 폭력을 알지 못했지요. 러시아인들이 나를 자기네 감옥에다 처넣고, 심문이나 판결도 없이 이 수용소에서 저 수용소로 밀어붙였을 때 나는 영문을 몰라 하면서도 의심치 않았답니다. 이 역시 역사의 거대한 계획 안에서 어떤 의미를 지닌다고 말이지요. 마침내 스탈린 선생과 히틀러 선생 사이에 저 소문난 계약이 체결되었을 때도 나는 그 필연성을 인정했습니다. 그건 어쨌든 위대한 공산주의 조국을 얻는다는 것을 의미

했으니까요.

그러나 가축 운반용 차량에 실려 시베리아에서 몇 주일을 달리고 난 40년 한겨울 어느 날 아침, 나는 한 무리 남루한 몰골들 틈에 섞여……, 러시아 병정들에게 몰려 초라한 나무다리를 건넜지요. 다리 밑으로는 얼음덩이와 나무토막을 실은 더러운 강물이 흘렀습니다. 그리고 강 건너편 언덕에서는 친위대의 새까만 형체들이 아침 안개 속에서 모습을 드러내며 우리를 맞았습니다.

바로 그날 그때, 나는 그곳에서 벌어진 배반의 정체를 깨달았지요. 신의 버림을 받은 가련한 무리들, 이제 슈트트호프를 향해 비틀거리는 걸음을 떼어놓게 된 우리들에 대한 배반뿐만이 아니었어요. 그래요, 바로 공산주의 자체의 이념에 대한 배반을 깨달았던 겁니다. 공산주의란 이웃 사랑과 인간성의 이념과 일치할 때에만 어쨌든 어떤 의미가 있는 거니까요. 그러나 나는 이제 그 다리를 건넜습니다, 경감님. 황천을 부르는 이름인 부크 강(폴란드와 러시아 접경지대를 흐르는 강)이 그 밑에 흐르는, 휘청대는 까만 외나무다리를 영원히 건넜던 겁니다. 이제 나는 인간이 어떤 존재인가를 압니다. 말하자면, 사람들은 인간을 대상으로 무슨 일이든 자행할 수 있다는 거죠. 어떤 권력자든, 아니면 엠멘베르거 같은 인간이든 간에, 자신의 즐거움과 이론을 위해 고안해낸 무슨 일이든 말이죠. 또한 사람들은 인간의 입에서 어떤 고백이라도 강탈해낼 수 있다는 사실을 압니다. 왜냐하면 인간의 의지에는 한계가 있고, 고문자들의 숫자는 군단을 이룰 지경이니까요.

나를 스쳐 지나간 일체의 희망을 버릴지어다! 나는 모든 희망을 집어치웠지요. 저항하고 더 나은 세계를 위해 진력한다는 것은 무의미한 난센스입니다. 인간 자체가 자기네의 지옥을 원해서 생각으로 지옥을 구상하고 행동으로 지옥을 개시합니다. 어딜 가도 똑같습니다. 슈트트호프든, 이곳 존넨슈타인이든 인간 영혼의 심연에서 음침한 화음으로 솟아오르는 똑같이 전율스러운 멜로디가 있지요. 단치히 근교 수용소가 유태인과 기독교인, 공산주의자들의 지옥이었다면 아름다운 취리히 시 한복판, 이 병원은 부자들의 지옥인 셈입니다."

"그게 무슨 소리인가요? 당신이 하는 말들이 참 이상하게 들리는군요." 베르라하는 자기를 매혹하는 동시에 전율로 몰아넣는 이 여의사를 홀린 듯이 쫓아가면서 물었다.

"호기심이 대단하군요." 그녀는 말했다. "그리고 그 점에 자긍심을 느끼는 모양이지요? 당신은 겁도 없이 빠져나갈 구멍이 없는 여우굴로 들어왔어요. 나를 염두에 두진 마십시오. 내게 인간들은 관심 밖의 대상입니다. 아무튼 나의 애인이라고 하는 엠멘베르거까지도."

부자들의 지옥

"왜 당신은, 경감님……." 그녀는 다시 말했다. "이 잃어버린 세계를 위해, 매일같이 벌어지는 절도죄나 취급하는 것으로 만족하지 못합니까? 대체 무엇 때문에, 아무것도 찾아낼 수도 없는 이 존넨슈타인으로 잠입해 들어왔지요? 하기야 은퇴한 경찰관으로서 한 차원 높은 것을 요구하는지도 모르지요."

여의사는 웃었다.

"불의(不義)란 그것이 존재하는 현장에서 찾아낼 수 있는 겁니다."
노인은 대답했다. "법칙은 어디까지나 법칙이지요."

"보아하니 꽤나 수학을 좋아하시는군요." 그녀는 새 담배에 불을
붙이며 대꾸했다.

그녀는 여전히 그의 침대 곁에 서 있었다. 하지만 환자의 침대 곁
에 접근할 때 보여야 할 예의 주저함이나 조심성은 전혀 없었다. 마
치 이미 사형 받침대에 묶인 범죄자 곁에 서 있는 것 같은 태도였다.
그의 죽음을 마땅하고 바람직한 것으로, 쓰잘 데 없는 현존 하나를
소멸시키는 하나의 객관적 절차로 인식하는 듯했다.

"당신이 수학을 맹종하는 바보 같은 유의 사람 가운데 하나라는
것을 진즉에 알아보았지요. 법칙은 법칙이다. 4는 4다. 이건 우리 머
리 위에 걸린 저 영원히 피비린내 나는 하늘, 영원히 어두운 하늘로
솟아오른 터무니없는 상투어입니다." 그녀는 웃으며 말했다. "인간
이 지닌 힘을 무절제하게 통용할 수 있는 어떤 약관이 인간에게 주어
졌다면, 그렇다면 어떻게 되겠습니까! 법칙은 법칙이 아니고 힘이 됩
니다. 이 주문은 우리가 그 속에서 몰락해가는 골짜기마다 기록되어
있답니다. 이 세계 안에서는 그 어떤 것도 자체가 아니요, 모든 것이
거짓말입니다. 법칙이라고 말할 때 우리는 힘을 염두에 두지요. 그리
고 힘이라는 말을 입 밖에 내면서 부(富)를 생각합니다. 또한 부라는
말이 입에 오르면 세계의 악덕을 누리기를 희망합니다. 법칙이란 악
덕입니다. 법칙은 부이며, 법칙은 대포알이요, 트러스트요, 정당들입
니다. 무엇이라 말하든 결코 비논리적이지 않답니다. 법칙은 법칙이
라는 구절만 제외한다면……. 그것만이 거짓말이지요. 수학은 거짓

을 말합니다.

이성(理性), 오성, 예술, 이 모든 것들은 거짓을 말합니다. 대체 뭘 하시려는 겁니까, 경감? 우리는 요청받은 일도 없이, 웬 무너져가는 흙덩이에 앉혀져 있는 겁니다. 이유도 모르면서 말이지요. 그리고 하나의 우주를 멍하니 들여다보지요, 어마어마한 공허와 어마어마한 풍요를, 무의미한 낭비를. 그렇게 우리는 멀리 보이는, 언젠가는 덮쳐올 분류(奔流)를 향해 떠내려갑니다. 이것이 우리가 아는 유일한 사실이지요. 그렇게 우리는 죽어가기 위해 살아갑니다. 그렇게 우리는 오로지 우리가 사랑하고 우리의 살로 만들어낸 이들과 더불어 썩은 시체로 변하기 위해, 다시금 우리를 구성하는 무심한 무생물의 원소들로 해체되기 위해, 사랑하고 자식을 낳고 손자들을 낳는 것이지요. 카드들이 뒤섞이고 게임이 끝나면 챙겨져 치워지는 식이죠.

그런 거랍니다. 그리고 우리에겐 오로지 이 떠돌아다니는 흙덩어리, 오물과 얼음의 덩어리뿐이며, 그것에 매달릴 수밖에 없기에, 우리는 우리의 단 한 번의 삶, 심연의 수증기와 거품 위에 걸린 무지개를 마주한 덧없는 찰나가 행복하기를 소망합니다. 우리를 실어가는 이 짧은 시간 동안, 우리에게 주어진 초라하지만 유일한 은총인 이 시간 동안에 지상의 풍요로움이 선사되기를 바랍니다. 그렇지만 인생은 그렇지가 못하고 영원히 그 모양일 것입니다.

그리고 범죄란 경감님, 인생이 그렇지 못하며, 가난과 곤궁이 존재한다는 사실에서 오는 것이 아닙니다. 범죄는 가난한 자와 부자가 나란히 있으며, 우리 모두를 휩쓸어 침몰시키는 이 배가 비참한 인간들의 대중 숙소 곁에 권력자 및 부자용 선실을 여전히 갖는다는 사실에 기인합니다.

어차피 우리 모두 죽을 텐데. 그런 건 중요하지 않아, 라고 사람들은 말하지요. 죽음은 죽음이라고요. 오, 이런 허튼수작의 수학이라니! 엄연히 한편은 가난한 자들의 죽음이며, 다른 한편은 부자와 권력자의 죽음입니다. 그리고 그들 죽음 사이의 세계란, 약자와 강자 사이에서 피비린내 나는 희비극이 벌어지는 그런 세계지요. 가난한 자는 그들의 삶과 똑같이 죽어갑니다. 지하실의 웬 부대자루 위에서, 좀 나은 경우엔 해진 매트리스 위에서, 아니면 기껏해야 피비린내 나는 명예의 전쟁터에서, 그렇지만 부자는 다른 식으로 죽어갑니다. 부자는 호화판으로 살아왔고 이제 호화판으로 죽고 싶어 하지요. 그는 교양이란 걸 받았기에 뒈져가는 마당에도 박수를 치지요. 갈채를, 여러분, 연극 공연은 끝났습니다! 하면서. 그들에게 삶이란 하나의 포즈였고 죽음은 그럴싸한 관용어요, 장례 절차는 광고이고, 이 전체가 하나의 돈벌이 사업입니다. 그런 거죠 뭐. 내가 당신에게 이 병원 안내를 할 수 있다면 경감님, 나를 현재의 나로, 남자도 여자도 아니며 점점 더 많은 양의 아편을 요하는 한낱 살덩어리로 만들어놓은, 그래서 야유를 받아 마땅한 이놈의 세계에 대한 신소리나 하게 만든 이 존넨슈타인을 두루 구경시킬 수 있다면, 지쳐서 뻗은 은퇴한 경찰관인 당신한테 부자들이 어떻게 죽어가는가를 보여드릴 수 있을 텐데요. 실로 희한한 병실들을 열어 보일 겁니다. 더러는 유치하고 더러는 세련된 방들, 쾌락과 고통, 횡포와 범죄의 번쩍거리는 감방들, 그 안에서 그들은 썩어갑니다."

베르라하는 대답이 없었다. 괴로워 움직일 수 없는 상태로, 얼굴을 외면한 채 누워 있을 뿐이었다.

여의사는 그를 굽어보았다.

"나는 당신에게" 하고 그녀는 사정없이 말을 이었다. "이곳에서 이미 죽어간, 그리고 죽어가는 자들의 이름을 말할 수도 있습니다. 무수한 정객, 은행가, 사업가, 첩과 과부의 이름들, 명예로운 이름들과 알려지지 않은 벼락부자의 이름들……. 그들은 책략을 써서 한 푼도 쓰지 않고 몇백만을 벌어들이고, 그 돈을 몽땅 우리에게 지불한답니다. 그렇게 그들은 이 병원 안에서 죽어갑니다. 그들은 때론 자기네 육신의 소멸에 대해 불경스런 재담으로 해석을 덧붙이기도 하고, 때론 모든 것을 소유하고서도 죽어야 하는 자신들의 운명에 항거하며 맹렬한 저주를 내뱉습니다. 또는 지상의 행복이 천국의 지복(至福)과 바뀌지 않도록 하려고 비단 금침으로 가득 찬 그들의 방에다 대고 메스껍기 짝이 없는 기도를 하며 울부짖지요. 엠멘베르거는 그들에게 모든 것을 허용합니다. 그리고 그들은 그가 제공하는 것을 물리지 않고 받아들이지요. 그런데도 그들은 더 많이 요합니다. 그들은 희망을 요하며, 엠멘베르거는 그것까지 베풀어준답니다. 그렇지만 그들이 그에게 바치는 믿음이란 악마에 대한 믿음이며, 그가 그들에게 선사하는 희망은 곧 지옥입니다. 그들은 신을 버리고 나서 새로운 신을 하나 찾아낸 것입니다. 환자들은 자발적으로 고문에 자신을 맡기며 이 의사에게 열광하지요. 그들의 희망인 단 며칠, 몇 분의 삶을 연장하려고 그들이 하늘과 지옥보다 더, 천국의 행복과 영겁의 벌보다 더 사랑하는 것에서 떨어지지 않으려고. 다시 말하면 권력과 그 권력을 그들에게 부여하는 지상에서 떨어져나가지 않으려고.

여기서도 원장은 마취 없이 수술을 한답니다. 슈트트호프에서, 단치히의 평원 위 그 가늠할 수 없이 늘어선 회색 바라크 도시에서 자행했던 모든 것을 엠멘베르거는 여기서도 합니다. 스위스 한복판, 취리히 중심부에서, 경찰이나 이 나라 법칙에 제지당하지 않고. 그래요, 심지어는 학문과 인간성의 이름을 걸고 말이지요. 확고부동하게 그는, 사람들이 그에게서 원하는 것을 줍니다……, 지속적인 고통을, 오로지 고문(拷問)만을……."

"안 돼." 베르라하는 외쳤다. "안 돼! 이런 인간들은 없애버려야 해요!"

"그렇다면 당신은 인류 전체를 없애야 합니다." 그녀는 대답했다.

그는 쉰 목소리로 절망적인 "안 돼"를 되풀이하면서 가까스로 상체를 일으켰다.

그러나 "아니, 안 돼!" 하고 그의 입에서 나오는 외침은 단지 속삭임으로 들릴 뿐이었다.

그때 여의사가 냉담하게 그의 오른쪽 어깨를 건드렸고 그는 속절없이 제자리에서 푹 쓰러졌다.

"아니, 안 돼." 그는 베개에 대고 그르렁거렸다.

"당신은 바보로군요!" 여의사는 웃었다. "'아니, 안 돼!'라는 말만으로 뭘 어쩌시려고요? 나의 고향인 새까만 탄광 지역에서 나 역시 궁핍과 착취투성이 세상에 대고 '아니, 안 돼'를 외치며 일을 시작했지요. 당(黨)에서, 야간학교에서, 나중에는 대학에서, 그리고 점점 단호하고 고집스럽게 당에서 일을 했습니다. 나는 나의 '아니, 안 돼'를 위해 공부하고 일을 한 겁니다. 그렇지만 경감님, 눈비에 젖어 몽롱한 이 아침, 의사 가운을 입고 당신 앞에 선 지금 나는 깨닫습니다. 이 '아니, 안 돼'가 무의미해졌음을. 왜냐하면 세상은 '그래, 그래'로 화하기에는 너무 늙어버렸기 때문입니다.

선과 악은 다시 떨어지기에는, '이것은 잘됐고 저것은 잘못되었다, 이것은 선으로 통하고 저것은 악으로 통한다'라고 말하기에는 이 인류가 낳은 지옥과 천국 간의 저주받을 결혼의 밤에 너무나 깊이 서로 엉켜버렸습니다. 너무 늦었어요! 우리는 우리가 하는 행동을 이미 알 수 없게 되었습니다. 우리의 복종이나 우리의 항거가 어떤 사건을 초래하는지, 우리가 먹는 과일, 우리가 자식들에게 주는 우유와 빵에 어떤 착취, 어떤 유의 범죄가 들러붙었는지를 알지 못합니다. 우리는 희생자를 보지도 않고, 그에 관해 아는 바도 없이 살인을 하지요. 그리고 살인자가 알지도 못하는 새에 살해당합니다.

너무 늦었어요! 현세의 유혹은 너무나 크고, 은총을 누리기엔 인간은 너무나 보잘것없거든요. 알고 보면 은총이란 결국 살아가는 것, 그리고 헛된 존재로 머무는 것, 그 이상이 못 됩니다. 지금 우리는 우리가 저지른 행동의 암에 부식당해 불치의 병을 앓습니다. 세계는 썩었어요, 경감님. 세계는 잘못 저장해놓은 과일처럼 부패했단 말입니다. 우리가 뭘 할 수 있겠어요? 어떻게 해도 우리는 이 지구를 천국으로 만들어놓을 수는 없습니다. 우리의 수치스런 개선의 날들, 부와 명예의 방탕스러운 날들에 불려 나온, 그래서 지금 우리의 밤을 밝혀주는 저 지옥의 용암류를 우리는 이제 그것이 뿜어져 나왔던 분화구로 되돌려 가두어놓을 수가 없다는 말이지요.

우리는 상실했던 것을 그나마 꿈속에서만, 빛나는 동경의 영상들 안에서만 되돌려 받을 수 있지요. 그런데 그 꿈과 영상은 오로지 아편의 힘을 빌려야만 얻어낼 수 있단 말입니다. 그래서 나 에디트 마로크, 서른네 살 여인은 이 무색 액체를 피부에 흘려 넣으려고 사람들에게 요청받은 범죄행위에 종사합니다. 이 액체는 낮에는 조롱할 용기를, 또 밤에는 꿈을 내게 가져다주지요. 그래서 이미 존재하지 않는 것, 어떤 신이 창작했던 대로의 이 세상을 일시적 망상 안에서나마 내 것으로 하게 됩니다. 그렇고 그런 겁니다. 당신과 고향이 같은 베른 사람 엠멘베르거는 인간을 알고, 무엇에 그들을 써먹을 수 있는지를 압니다. 그는 우리의 가장 약한 부위에, 즉 영원히 상실했다는 우리의 치명적 의식에 무자비한 수단을 동원한답니다."

"이제 나가주시오." 수사관은 소곤거렸다. "이제 나가주시오!"

여의사는 웃었다. 그러고는 몸을 똑바로 일으켜 세웠다. 아름답고 의기양양한, 근접하기 어려운 태도로.

"당신은 악에 대항해서 싸우겠다면서 나의 '그렇고 그런 거지요'라는 말 때문에 두려워하는군요." 그녀가 말했다.

그러면서 낡은 나무 십자가가 걸린 방문에 다시금 무의미하고 외롭게 기대어 화장을 고치고 파우더를 두드렸다.

"당신은 몇천 번이나 더럽혀지고 능욕당한 하찮은 이 세계의 한 시녀를 보고 벌써 몸서리를 치는군요. 그렇다면 그 사람, 지옥의 군주 자체인 엠멘베르거는 어떻게 버티어 이겨내시겠다는 건지?"

그러고 나서 그녀는 신문과 갈색 봉투를 노수사관 침대에 던졌다.

"우편물을 읽어보십시오, 선생. 당신의 선한 의지를 갖고 무슨 일을 저질렀는지, 놀라지 않을 수 없을 겁니다!"

〈기사, 죽음 그리고 악마〉

여의사가 가버린 뒤에 노수사관은 꼼짝 않고 누워 있기만 했다. 그가 품었던 혐의는 입증되었다. 그러나 정작 만족스러워야 할 이 일이 그에게 전율을 불어넣었다. 그는 자신이 계산은 올바로 했지만 행동은 잘못했다는 것을 막연히 느꼈다. 그는 육체의 무력감을 절절히 느꼈다. 엿새를 잃어버린 것이다. 의식이 없었던 끔찍한 엿새. 누가 자신을 추적하는지 알아차린 엠멘베르거가 선수를 쳤다.

이윽고 클레리 간호사가 커피와 둥근 빵을 들고 들어왔을 때, 그는 일어나 앉아 이를 악물고 날라 온 음식을 먹고 마셨다. 자신은 없지만 이 무력한 상태를 극복하고 공격을 개시할 결심이었다.

"클레리 간호사." 그는 입을 열었다. "나는 경찰에서 왔소. 우리 서로 터놓고 얘기하는 것이 아무래도 낫겠지요."

"압니다, 베르라하 경감님." 간호사는 그의 침대 곁에서 당당하고 위협적으로 대답했다.

"내 이름을 아는 걸 보면 사정을 파악했겠군요." 베르라하는 당혹감을 드러내며 말을 이었다. "그럼 내가 왜 이곳에 왔는지도 알겠군요?"

"선생님께선 우리 원장님을 체포하려고 하시지요." 그녀는 노수사관을 내려다보며 말했다.

"그렇소, 원장을……." 수사관은 고개를 끄덕였다. "그럼 당신은 당신네 원장이 독일 슈트트호프 강제수용소에서 수많은 사람들을 죽였다는 사실도 알고 있소?"

"원장님께서는 개심하셨습니다." 비그렌 출신 간호사 클레리 글라우버는 오만하게 대답했다. "그분의 죄는 용서를 받았어요."

"어떻게?" 베르라하는 어안이 벙벙해서 묻고는 자신의 침대 곁에서 두 손을 앞으로 모아 쥐고 확신에 찬 환한 얼굴로 서 있는 우직한 괴물을 멍하니 바라보았다.

"그분은 나의 책을 읽으셨거든요." 간호사가 말했다.

"〈우리 생의 처신의 목적과 과녁〉이라는 것 말이오?"

"그럼요."

"그건 얼토당토않은 얘기요." 환자는 화가 나서 소리쳤다. "엠멘베르거는 살인을 계속한단 말이오."

"지난날의 그분은 증오에서 살인을 했지요. 그런데 지금은 사랑에서 우러난 살인이랍니다." 간호사는 명랑하게 대꾸했다. "그분이 의사로서 사람을 죽이는 이유는, 모름지기 인간은 내심 죽음을 갈망하기 때문이지요. 나의 책을 꼭 읽어보세요. 인간은 죽음을 통해 한 단계 높은 가능성에 이른답니다."

"엠멘베르거는 범죄자란 말이오." 수사관은 이 어이없을 정도로 그릇된 신념 앞에서 속수무책이 되어 헐떡이며 말했다. 에멘탈의 사람들은 늘 가장 어처구니없는 비교도(秘敎徒)들이었지, 그는 절망스럽게 생각했다.

"우리 생의 처신의 목적과 과녁이 범죄일 수는 없습니다."

클레리 간호사는 못마땅한 듯 고개를 가로젓고는 주변을 정돈했다.

"당신을 공모자로 경찰에 넘기겠소." 수사관은 위협했다. 가장 값싼 무기를 집어 든다는 것을 스스로도 의식하면서.

"선생님은 제3병동에 계십니다." 간호사 클레리 글라우버는 완고한 환자에 대한 안타까움을 드러내며 말하고는 방을 나갔다.

노인은 분노에 차서 우편물을 집어 들었다. 봉투는 낯이 익었다. 바로 포르트쉬크가 《아펠슈쓰》를 넣어서 우송하곤 하던 봉투였다. 봉투를 뜯자 신문이 떨어졌다. 신문은 25년 이래 늘 그 모양이었듯이, 필시 녹슬었을 싸구려 타이프라이터로 1과 r이 오식투성이로 찍혀 있었다. "《아펠슈쓰》: 국내 및 우방을 위한 스위스 저항 신문, 발행인: 울리히 프리드리히 포르트쉬크." 이것이 타이틀이었다. 타이틀은 인쇄 활자였고, 그 밑으로는 타자기로 찍힌 내용이었다.

병원 원장 노릇을 하는 친위대의 고문 관리

만약 내가 명백하고 반박의 여지가 없는 증거를 갖지 않았다면 아마도 나는 스스로, 나로 하여금 이 지면에 진실을 밝히도록 몰아붙이는 무엇을 망상이라고 규정하지 않을 수 없었을 것이다. 이는 어떤 수사관이나 작가도 제시할 수 없고, 오로지 현실만이 제시할 수 있는 실로 가공할 만한 증거다. 그러나 비록 그 진실이 우리의 핏기를 가시게 하고, 그럼에도 여전히 우리가 인류에게 거는 신뢰를 영원히 흔들어놓을지라도, 우리는 이 진실을 변호해야 한다고 나는 생각한다. 한 인간, 베른 출신의 한 인물이 타인의 이름을 도용하여 단치히 근교 한 근절수용소에서 피비린내 나는 의술을 행사했다는 사실(얼마나 잔인무도한 방법을 썼는지는 상술치 않으련다)은 우리를 경악시킨다. 그러나 그가 현재 스위스 안에서 병원을 경영할 수 있다는 또 하나의 사실 앞에서 우리는 적절한 표현을 찾을 길 없는 실로 엄청난 우리의 치부와 직면했다. 이는 지금 우리 역시 진정 막다른 골목에 와 있다는 엄연한 징표다. 이러한 발언으로 인해 소송이 제기될지도 모른다. 그러나 비록 이 소송이 끔찍하고 우리 민족으로서는 곤혹스럽겠지만 그럼에도 감행되어야 한다고 생각한다. 왜냐하면 이는 우리의 명망, 즉 우리가 그나마 지금도 지극히 견실하게 탈피하여 이 시대의 어두운 정글 속을 새로운 얼굴로 살아간다는 무해한 평판(하긴 때로는 시계, 치즈, 그리고 별로 대단찮은 얼마간의 무기로 통례 이상의 돈벌이를 하면서도)의 존위가 걸린 일이기 때문이다. 그래서 나는 행동을 개시하는 바이다. 하기야 우리네 페스탈로치들한테는 스스로를 탄핵한다는 것이 무색한 일이겠지만, 만약 우리가 정의를 모험에 걸어 위태롭게 하거나 정의에 입각한 행동을 보여주지 않는다면 결국 우리는 모든 것을 잃을 게 자명하기 때문이다.

취리히에 사는 이 범죄자에게 우리는 결코 관용을 베풀어서는 안 된다. 왜냐하면 그는 결코 관용을 몰랐던 인물이기 때문이다. 우리는 그를 위협하지 않을 수 없다. 왜냐하면 그 사람이야말로 협박을 일삼았던 장본인이기 때문이다. 그리고 결국 우리는 그를 죽이지 않을 수 없다. 왜냐하면 그는 수많은 살인을 자행한 자이기 때문이다. 우리는 우리의 지상(紙上) 공격이 엄연한 사형선고임을 안다(이 구절을 수사관은 두 차례 반복해서 읽었다). 명백히 해두자면, 한 사설 병원 원장인 이 의사에게 우리는 취리히 수사국에 출두해주기를 최고(催告)하는 바이다.

인류는 무엇이든 할 수 있고, 점점 고도의 기술을, 그 무엇보다 살인

기술을 익힌다. 그런데 결국 우리 역시 이곳 스위스 땅에서 이 같은 인류에 합류하는 셈이다. 왜냐하면 도덕을 수익성이 없는 것이라 생각하고, 또한 돈벌이가 되는 것이 곧 덕행이라고 생각하는 똑같은 불행의 씨앗을 우리 역시 품고 있기 때문이다.

　이제 인류는 마침내, 오로지 한마디 말[言語]의 힘으로 베어 넘긴 이 짐승에게서 대량 학살자의 모습을 보게 될 것이다. 그리고 우리가 소홀히 취급하는 이러한 정신이 결국 인류로 하여금 자신의 몰락을 초래하도록 강요하며, 또한 침묵하는 입들까지 억지로 열어젖힌다는 사실을 배워야 할 것이다.

　철학적으로 떠벌린 이 기사는, 단순하게 그리고 무작정 엠멘베르거를 위협하려던 베르라하의 본래 계획에 들어맞긴 했다. 그러고 나면 다음 계획은 어떻게든 세워지겠지, 하고 그는 나이 든 수사관답게 태만한 자신감을 갖고 생각했었다. 지금 그는 자신이 오류를 범했다는 사실을 인정치 않을 수 없었다. 의사는 위협당해 겁을 먹을 위인이 결코 아니었다. 수사관은 포르트쉬크의 목숨이 위험에 처했다는 것을 느끼면서, 그래도 이 작가께서 제발 파리에 도착하여 안전한 처지이기를 희망했다.

　그때 외계와 연락할 한 가지 가능성이 전혀 예기치 않게 베르라하에게 열리는 것 같았다.

　말하자면 한 일꾼이 뒤러의 〈기사, 죽음 그리고 악마〉의 확대 복제판을 겨드랑이에 끼고 방 안으로 들어선 것이다. 노수사관은 그를 자세히 관찰했다. 어림잡아 쉰 살이 채 못 된 선량해 보이고 약간 초라한 사내로 푸른 작업복 차림이었다. 사내는 당장 해부도를 떼어내기 시작했다.

"여봐요!" 수사관은 그를 불렀다. "이리 좀 오시오."

일꾼은 분해 작업을 계속했다. 몇 차례인가 그는 펜치나 드라이버를 바닥에 떨어뜨려, 그 연장들을 집느라 거추장스럽게 몸을 굽혔다.

"여보시오!" 일꾼이 아랑곳하지 않자 베르라하는 성급하게 외쳤다. "나는 경감 베르라하요. 아시겠어요, 지금 나는 죽을 위험에 처했단 말이오. 일을 마치면 이 병원을 떠나 슈트츠 감찰관한테 가주시오. 이곳에선 삼척동자라도 그 사람을 안다오. 아니면 아무 경찰서라도 찾아가서 슈트츠와 연락하시오. 알아들었소? 그 사람이 필요해요. 그 사람더러 내게 좀 오라고 해주시오."

일꾼은 여전히, 안간힘을 쓰며 침대에서 말을 꿰어 맞추는 노수사관에게 아랑곳하지 않았다. 말을 한다는 것이 힘들었고 점점 더 힘이 빠졌다. 나사를 돌린 해부도가 벽에서 떨어지자 일꾼은 뒤러를 자세히 들여다보았다. 때로는 가까이에서 눈여겨보고, 때로는 허공에다 이리저리 돌리며 두 손으로 그림을 멀찌감치 붙들었다. 창문으로는 우윳빛 같은 광선이 새어 들어왔다. 한순간 노인은 부연 안개 저편으로 광택 없는 풍선 하나가 떠가는 것을 본 듯싶었다. 일꾼의 머리칼과 코밑수염이 윤이 나게 반짝였다. 바깥에는 비가 그쳤다. 일꾼은 여러 번 고개를 절레절레 흔들었다. 아무래도 그림이 으스스해 보인 모양이었다. 그러고는 불쑥 베르라하에게 몸을 돌리더니, 고개를 이리저리 흔들면서 묘하게, 그러나 지나치게 분명한 어조로 느릿느릿 말했다.

"악마란 없습니다."

"그렇지 않소." 베르라하는 쉰 목소리로 말했다. "악마는 엄연히 존재해요. 여보시오, 여기 병원 안에 악마가 있단 말이오. 여봐요, 내 얘기 좀 들어요! 사람들은 필시 당신한테, 내가 미친놈이어서 허튼소리를 지껄인다고 말했을 거요. 그렇지만 지금 나는 죽을 위험에 처한 거요, 알겠소? 죽을 위험에 처했단 말이오. 이건 진실이오, 여보시오, 진실이오, 어김없는 진실이란 말이오!"

일꾼은 이제 나사를 조여 그림을 붙여놓고는 히죽 웃으며, 그림 속에서 의연히 말을 타고 앉은 기사를 가리키며 베르라하를 바라보았다. 그리고 몇 마디 불분명한 발음으로 그르렁대는 소리를 내질렀다. 베르라하로서는 당장은 알아들을 수 없었던 그 소리는 한참 만에 한 가지 의미로 수렴되었다.

"기사는 사라졌습니다." 푸른 제복을 입은 사나이의, 경련으로 뻣뻣해진 일그러진 입에서 드문드문 뚜렷하게 새어 나온 말이었다. "기사는 사라졌어요. 기사는 사라졌습니다!"

일꾼이 나가고 방문이 그의 등 뒤로 어설프게 쾅 닫히고 나서야 노인은 자기가 지금껏 귀머거리와 얘기를 나눴다는 사실을 깨달았다.

그는 신문을 펼쳤다. 《베른연방신문》이었다.

그의 눈에 맨 먼저 띈 것은 포르트쉬크의 얼굴이었다. 사진 밑에는 울리히 프리드리히 포르트쉬크라 쓰여 있고 그 옆으로 십자가가 하나 그려져 있었다.

포르트쉬크 †

　저명하기보다는 오히려 악평이 나 있었다고 할 베른 출신 작가 포르
트쉬크의 불행한 일생이 화요일과 수요일 밤 사이에 의문의 종말을 고
했다.

라고 베르라하는 읽었다. 마치 누군가 목을 조이는 느낌이었다.

　천부의 재능을 지녔던 이 인물은

하고《베른연방신문》의 감상적인 통신원은 기사를 계속했다.

　자신에게 주어진 재능을 관리할 줄을 몰랐다. 그는 대중 문필가들
간에 센세이션을 일으키며 표현주의파의 희곡 작품으로 시작했다(라
고 기사는 이어졌다). 그러나 그는 그 문학적 능력을 갈수록 점점 형상화
하지 못하고는(그래도 그건 최소한 문학적 능력이긴 했지, 라고 노수사관은 침
울하게 생각했다), 마침내《아펠슈쓰》라는 독자적 신문을 발행하겠다는
골치 아픈 착상에 빠졌다. 그 후 그의 신문은 50부가량 타이프 복사판
으로 극히 부정기적으로 간행되었다. 일찍이 이 삼류 신문을 읽어본
독자라면, 그것이 우리가 존중하는 일체의 가치에 대한 공격은 물론,
존경하는 저명인사를 겨눈 인신공격으로 채워졌음을 익히 알 것이다.
그는 갈수록 전락해갔고, 아래쪽 시내에서 그를 레몬이라고 부를 정도
로 시중에 소문난 예의 노란 목도리를 두르고 곧잘 취한 모습을 보이

며 자기를 천재라고 치켜세우는 몇몇 대학생들과 어울려 비틀대며 술집을 전전했다.

이 작가의 종말에 관해서는 다음과 같은 사실이 수사 결과 밝혀졌다. 즉 포르트쉬크는 정월 초하루 이래 정도 차이는 있을망정 줄곧 취해 있었다는 점이다. 그전에 그는 어떤 친절한 개인의 후원을 받아 《아펠슈쓰》를 다시 한 번 발행했는데, 그것은 실로 특별히 서글픈 판국이었다. 왜냐하면 그는 무슨 수를 써서라도 추문 사건을 한 건 일으키겠다는 패각추방〔고대 그리스 시민이 위험인물의 이름을 조개껍데기 또는 사기 조각에 적어 투표함으로써 재판 없이 국외로 추방한 제도〕적 의도에서 필시 날조해낸 미지의 한 의사를 겨냥해 인신공격을 펼쳤는데 의사진들은 그것이 어불성설이라고 일소에 부쳤다. 이 공격 전체가 날조되었다는 점은, 이 작가가 기사에서는 이름을 밝히지도 않은 의사를 향해 취리히 경찰에 출두하라고 엄중하게 요청하는 동시에 자신은 열흘간 파리 여행을 떠나겠노라 도처에 떠들고 다녔다는 사실로써 이미 드러난다. 그러나 그는 여행을 떠나지 못했다.

그는 출발을 하루 미루기까지 하면서 수요일 전날 밤 케슬러 가에 있는 자신의 초라한 집에서 작별 파티를 열었다. 그곳에는 음악가 뵈징거나 대학생 프리들링 및 슈튀블러가 참석했다. 새벽 4시경 몹시 취했던 포르트쉬크는 복도를 사이에 두고 자기 방 맞은편에 있는 화장실로 갔다. 마침 매운 담배 연기를 빼내려고 서재로 통하는 문을 열어놓았기에 포르트쉬크의 식탁에 앉아 계속 술을 마시던 세 사람 모두에게 화장실 문이 보였다. 그러나 특별히 그들 눈에 띈 점은 아무것도 없었다. 그가 반 시간이 지나도 돌아오지 않자, 그리고 그들이 소리쳐 부르고 노크를 해도 대답이 없자 불안해진 그들은 잠긴 화장실 문을 마구 흔들었지만 열 수가 없었다. 마침내 뵈징거가 거리에서 불러들인 경찰관 게르버와 안전요원 브렌아이젠이 억지로 문을 부수어 열었다.

그러고는 이 불행한 남자가 죽어서 바닥에 웅크린 것을 발견했다. 이 불상사의 경과는 명확히 알 수가 없다. 그러나 오늘 기자회견에서 예심판사 루츠가 확인한 대로 범죄 사건은 논의가 되고 있다. 실상 수사 과정에서 웬 단단한 물체가 포르트쉬크를 위에서 내리쳤을 가능성이 시사되긴 하지만, 장소의 여건으로 볼 때 이러한 추측도 불가능한 것으로 드러났다. 화장실의 작은 창문은 채광갱 쪽으로 열려 있는데(화장실은 4층에 있다) 이 채광갱은 사람이 오르락내리락하기에는 너무나 비좁기 때문이다. 이 점은 경찰 측 현장 실험으로 명백히 입증되었다. 또한 화장실 문 역시 미리 안쪽에서 잠겨 있었음에 틀림없다. 일반적으로 알려진 것처럼 조작을 통해 위장했을 가능성은 배제되기 때문이다. 문은 열쇠 구멍 없이 무거운 빗장 하나로 잠그게 되어 있으니까.

따라서 이 작가가 운 나쁜 추락사를 당했다고 생각하는 것 말고는 다른 설명이 있을 수 없다. 더욱이 그는, 데틀링 교수의 상세한 진술대로 정신을 잃을 정도로 취했으니까……

노수사관은 이 구절을 읽자마자 신문을 떨어뜨렸다. 그는 담요 속에서 두 손을 불끈 움켜쥐었다.

"난쟁이, 난쟁이야!" 그는 방 안에 대고 소리쳤다. 포르트쉬크가 어떻게 죽었는지 불현듯 깨달았던 것이다.

"그렇소, 난쟁이요." 알지도 못하는 새에 열린 문께에서 냉정하고 유유한 목소리가 대답했다.

"내가 사람들이 쉽게 찾아내기 어려운 형리를 하나 조달해왔다는 점을 인정하시겠지요, 경감님."

방문 안에는 엠멘베르거가 서 있었다.

시계

의사는 방문을 닫았다.

수사관은 처음 보았을 때처럼 의사 가운 차림이 아니라 은회색 와이셔츠에 흰 넥타이, 그 위에 짙은 줄무늬 양복을 받쳐 입었다. 아주 용의주도하게 챙겨 입은 모습, 게다가 더러운 게 묻을세라 두툼한 노란색 장갑까지 낀 폼이 사뭇 맵시 있게 보였다.

"이제 드디어 우리 베른 동향인끼리 있게 됐군요." 엠멘베르거는 무력하고 해골 같은 환자 앞에서 가볍게 절을 하며 말했다. 빈정대기보다는 예의 바른 인사였다. 그러고 나서 젖혀 올린 커튼 뒤에서 의자를 하나 꺼냈다. 커튼 때문에 베르라하의 눈에는 띄지 않던 것이었다. 의사는 의자 등받이가 수사관 쪽으로 가게 돌려놓고 노인의 침대 곁에 앉아, 등받이에 가슴을 대고는 팔짱을 낀 채 그 위에 괸 자세를 취했다.

노수사관은 다시금 마음을 가다듬었다. 그는 조심스럽게 신문을 접어 침대 곁 탁자에 놓았다. 그러고는 버릇대로 뒤통수에 손깍지 베개를 하고 누웠다.

"당신이 가엾은 포르트쉬크를 죽이도록 시켰군요." 베르라하가 말했다.

"누구든 그렇게 장중한 필치로 사형선고나 써 내려간다면, 그런 자는 아무래도 징벌을 받아 마땅하다고 생각되는군요." 상대방은 똑같이 냉담한 목소리로 대답했다. "오늘날엔 저술업까지도 다시 위험한 짓이 되어갑니다. 그리고 그 위험이 저술업에는 득이 되는 판이지요."

"날 어떻게 하려는 겁니까?" 수사관이 물었다.

엠멘베르거는 웃었다.

"그건 아무래도 내가 먼저 물어야 할 말 같군요. 당신은 날 어떻게 하려는 겁니까?"

"그건 당신이 정확히 알지 않소?" 수사관은 응수했다.

"물론." 의사는 대답했다. "그 점을 나는 정확히 압니다. 그렇다면 당신도 내가 당신을 어떻게 하려는지 분명히 알 겁니다."

엠멘베르거는 일어서서 벽 있는 데로 가더니 수사관에게 등을 보인 채 잠시 벽을 바라보았다. 그리고 어디선가 무슨 단추인지, 손잡이인지를 누른 모양이었다. 춤추는 남녀의 부조가 있는 벽이 날개 문처럼 양쪽으로 소리 없이 미끄러지고, 그 뒤로 유리장들이 여럿 놓인 또 하나의 방이 나타났다. 유리장 안에는 외과 수술용 도구들, 금속 받침대에 얹힌 번득이는 메스와 가위들, 탈지면, 우윳빛 액체가 든 주사기들, 약병들, 빨간색 얇은 가죽 마스크 등이 있었는데, 이 모두가 정결하고 가지런히 정돈되어 있었다.

그 확장된 방 한가운데에는 또, 수술대가 하나 놓여 있었다. 이와 동시에 창문 위로는 무거운 금속 차양이 위협적으로 스르르 내려왔다. 방 안엔 환하게 불이 켜져 있었다. 노수사관은 천장의 거울 이음새에 네온관들이 설치된 것을 이제야 겨우 깨달았다. 그 밖에 유리장 위로 푸른빛 조명을 받아 초록빛을 내는 커다랗고 둥근 판이 하나 걸린 것이 보였다. 시계였다.

"당신은 나를 마취 없이 수술할 셈이로군요." 수사관은 소곤거리듯 말했다.

엠멘베르거는 대답이 없었다.

"나야 늙고 기운 없는 인간이니 아무래도 비명을 지르겠지요." 수사관은 말을 이었다. "나는 용기 있는 희생자는 못 될 것 같소."

이 말에도 의사는 묵묵부답이었다. 그러고는 "시계가 보입니까" 하고 오히려 질문을 던졌다.

"보고 있소이다." 베르라하가 말했다.

"지금 시각이 10시 반입니다." 상대편은 그 시간을 자신의 팔목시계와 견주어보며 말했다. "7시에 당신을 수술할 겁니다."

"여덟 시간 반 후에."

"여덟 시간 반 후에." 의사는 확인했다. "그렇지만 지금은 우리가 얼마간 서로 담화를 가져야 할 듯싶군요, 선생. 장황한 얘기를 늘어놓자는 건 아닙니다. 그러고는 당신을 더는 방해하지 않겠습니다. 마지막 시간은 누구든 혼자 있고 싶어 한다고들 말하지요. 좋아요. 그렇지만 당신은 부당하게도 내게 힘든 일거리를 만들어주는군요."

그는 다시금 등받이에 가슴을 대고 의자에 앉았다.

"당신은 그 일에 길들여졌지 않소." 노인은 응수했다.

엠멘베르거는 한순간 말문이 막혔다. 그러나 얼마 후 이윽고 고개를 절레절레 흔들며 입을 뗐다.

"당신이 유머감각을 잃지 않은 것이 반갑소이다. 포르트쉬크라면 아마 못 그랬겠지요. 그는 사형선고를 받고 처형되었습니다. 나의 난쟁이가 일을 훌륭히 처리해냈지요. 케슬러 가의 그 집에서, 사방에서 고양이들이 가르렁거리는데 축축한 기왓장 위로 힘든 산책을 하고 나서 채광갱을 기어 내려간다는 것, 그리고 골똘하게 앉아 계신 그 시인의 제왕 머리통에 조그만 창문 너머로 내 자동차 열쇠를 써서 세차고 치명적인 타격을 가한다는 것, 이건 난쟁이로서 결코 쉽지 않은 일이지요. 유태인 묘지 곁 내 자동차 안에서 그 작은 원숭이를 기다리면서, 과연 그놈이 제대로 일을 해낼지 몰라서 나는 정말로 긴장했답니다. 하지만 80센티미터도 안 되는 그런 추물이 오히려 소리 없이, 특히 감쪽같이 일을 해내는 법이지요. 두 시간이 지나자 그놈은 깡충거리며 나무 그늘에 나타났지요.

경감님, 한데 당신의 경우는 내가 손수 떠맡아야겠습니다. 그건 별로 힘든 일이 아닐 겁니다. 어쨌든 당신한텐 곤혹스러울 얘기들은 생략하기로 하지요. 하지만 어쩌면 좋겠소? 우리가 피차 아는 친애하는 옛 친구, 베렌 광장에 사는 저 사무엘 훙거토벨 박사는 어떻게 할까요?"

"어떻게 그에게 생각이 미쳤소?" 노인은 탐색하듯이 물었다.

"그 친구는 당신을 여기로 데려왔습니다."

"그 사람과 나는 아무 상관이 없소이다." 수사관은 빠른 어조로 말했다.

"그는 매일같이 적어도 두 차례씩 전화를 걸어 자신의 친구 크라머가 어떻게 지내는지 물어봅니다. 그리고는 당신과의 통화를 청해요." 엠멘베르거는 확언하고 나서 걱정스러운 듯 이맛살을 찌푸렸다.

베르라하는 자기도 모르게 유리장 위의 시계를 바라보았다.

"그렇습니다. 지금은 11시 15분 전입니다." 의사는 말한 후에 생각에 잠겨 노인을 찬찬히 바라보았다. 그러나 적의(敵意)의 시선은 아니었다. "우리, 홍거토벨 얘기로 되돌아갑시다."

"그 사람은 나를 주의 깊게 보살피고 내 병 때문에 애를 썼습니다. 그렇지만 우리 둘은 무관한 사이란 말이오." 수사관은 완강하게 대꾸했다.

"《분트》지에 났던 당신 사진 밑의 기사를 읽어보셨나요?"

베르라하는 한순간 입을 다물고, 엠멘베르거가 무슨 생각으로 이런 질문을 하는지 생각해보았다.

"나는 신문을 아예 읽지 않소."

"거기에는 도시의 한 저명인사인 당신이 은퇴했다고 쓰여 있었지요." 엠멘베르거는 말했다. "그런데도 홍거토벨은 당신을 블라이제 크라머라는 이름으로 우리 병원에 입원시켰단 말입니다."

수사관은 아무런 틈도 보이지 않고, "나는 홍거토벨의 병원에도 그 이름으로 신고했었지요" 하고 말했다. "설사 이전에 그가 나를 본적이 있다 해도 알아볼 수 없었을 겁니다. 병 때문에 내 모습이 변해버렸으니까요."

의사는 웃었다.

"당신은 마치 이곳 존넨슈타인에서 나를 추적하기 위해 발병한 것처럼 주장하시는군요?"

베르라하는 대답하지 않았다.

엠멘베르거는 서글픈 눈으로 노인을 바라보았다.

"친애하는 경감님." 그는 약간 질책이 섞인 투로 말을 이었다. "당신은 우리의 심문에서조차 나를 응대하지 않는군요."

"내가 당신을 심문하는 거지, 당신이 나를 심문하는 게 아니오." 수사관은 고집스럽게 응수했다.

"숨차하시는군요." 엠멘베르거는 걱정스럽게 단언했다.

베르라하는 더는 대꾸하지 않았다. 다만 시계의 째깍 소리만이 들려왔다. 노인에게 그 시계 소리가 의식된 것은 이번이 처음이었다. 이제부터 끊임없이 저 소리가 들리겠지, 라고 그는 생각했다.

"이제는 당신의 패배를 인정할 때가 되지 않았습니까?" 의사는 친절하게 물었다.

"아마 다른 수가 없을는지 모르지요." 베르라하는 기진맥진해서 대답하고는 고개 밑에 받쳤던 손을 빼내어 담요에 얹었다. "시계, 저 시계만이라도 없었으면."

"시계, 저 시계만이라도 없었으면." 의사는 노인의 말을 따라 되뇌었다. "무엇 때문에 우리는 쳇바퀴를 돌지요? 7시가 되면 나는 당신을 죽일 겁니다. 당신이 엠멘베르거-베르라하의 케이스를 아무 편견 없이 나와 함께 들여다볼 수 있다면, 이 일이 당신한테 한결 수월해질 겁니다. 우리는 서로 상반된 목표가 있는 두 사람의 과학자지요. 한 판의 장기 놀음에 앉은 적수랍니다. 당신의 수는 놓였고 이제 내 차례입니다. 그러나 우리의 게임에는 한 가지 특별한 점이 있지요. 한 사람이 지느냐, 아니면 둘 다 지느냐의 양자택일입니다. 당신은 당신 게임에서 이미 졌어요. 이제 나의 게임도 지게 될지 그것이 궁금하군요."

"당신은 당신 게임에서 질 겁니다." 베르라하는 조그만 소리로 말했다.

엠멘베르거는 웃었다.

"그럴는지 모르지요. 그럴 가능성도 계산 못 했다면 나는 서투른 장기 놀음꾼이겠지요. 그렇지만 좀 자세히 살펴봅시다. 당신한텐 이제 기회가 없어요. 7시면 내가 메스를 들고 당신한테 올 겁니다. 그리고 만약 우연이 작용해서 그렇게 되지 않는다 해도 어차피 당신은 병 때문에 일 년 뒤엔 죽습니다. 그렇지만 내 편의 기회는? 사정이 어떤가요? 충분히 나쁩니다. 그 점을 인정해요. 당신이 벌써 내 꼬리를 붙잡았으니까요!"

의사는 다시금 웃었다.

"그 점이 내 보기에는 재미있군요." 노수사관은 어이없어하며 확언했다. 그에겐 갈수록 의사가 기묘한 존재로 보였다.

"당신의 그물 안에 잡힌 한 마리 파리처럼 바동거리는 나를 내 눈으로 보는 것이, 더욱이 동시에 내 그물 안에 걸린 당신을 본다는 것이 나로서도 재미있습니다. 그렇지만 계속해서 검토해봅시다. 누가 당신으로 하여금 내 뒤를 밟게 했습니까?"

"나 혼자 스스로 그 생각을 하게 되었소." 노수사관은 주장했다.

엠멘베르거는 고개를 절레절레 가로젓더니, "좀 더 믿을 만한 얘기로 넘어갑시다" 하고 말했다. "통속적 표현을 빌린다면 나의 범죄는,

푸른 하늘에서 근거 없는 벼락이 무턱대고 내리치듯이 그런 식으로 그냥 접근할 수 있는 성질이 아닙니다. 특히나 베른 시경의 한낱 경감 신분으로는 어림도 없는 일이지요. 나는 자전거를 훔치거나 임신 중절을 저지른 게 아니란 말입니다. 내 경우를 좀 자세히 들여다봅시다. 이제 아무런 기회도 갖지 못한 당신이야 진실을 들어도 괜찮겠지요. 상실한 자의 특권이랄까요. 나는 용의주도하고 철저했습니다. 이 점에서는 흠 잡을 데 없이 일가를 이루었지요. 그토록 조심스러웠음에도 당연히 나에 대한 범죄의 증거들이 남게 마련입니다. 완전범죄란 이 우연의 세계에서는 불가능하지요. 우리, 더듬어봅시다.

한스 베르라하 경감이 어디서 단서를 잡을 수 있었을까? 우선은 《라이프》지에 난 사진이 있습니다. 그 시절에 그런 사진을 찍을 만큼 엄청난 용기를 지녔던 자가 누구인지를 나는 모릅니다. 단지 그 사진이 있다는 것으로 내겐 충분해요. 충분히 불리한 겁니다. 그렇지만 문제를 과장하지는 맙시다. 몇백만 명이 한 번은 이 유명한 사진을 보았겠지요. 그중에는 분명 나를 아는 사람들도 있을 테고. 그렇지만 그것이 나라는 걸 알아본 사람은 지금껏 한 사람도 없었습니다. 사진에는 내 얼굴이 아주 조금밖에 안 나왔으니까요.

그렇다면 누가 그것이 나란 걸 알아볼 수 있었을까요? 슈트트호프에서의 나를 본 적이 있고 현재 이곳의 나를 아는 사람이라든가……, 이건 가능성이 희박하지요. 왜냐하면 슈트트호프에서 데리고 온 사람들을 지금 나는 수중에 넣었으니까요. 그렇지만 모든 우연이 그렇듯 그럴 가능성을 완전히 배제할 수는 없습니다. 아니면 32년 이전 스위스에서의 나의 일생에 대해 비슷한 기억을 지닌 나의 지기이든가, 두 가지 가능성 가운데 하나입니다. 당시 젊은 대학생이던 나는 어느 산지 오두막에서 사건을 하나 겪었습니다. 오, 너무나 생생히 기억해요. 그 사건은 붉은 저녁 하늘을 배경으로 벌어졌지요. 홍거토벨은 그때 그 자리에 있던 다섯 명 가운데 하나였습니다. 그러니까 홍거토벨이 나를 알아보았다고 가정할 수도 있습니다."

"어처구니없는 생각이오." 노인은 단호하게 대꾸했다. "그건 근거 없는 생각이라오. 공허한 추리에 불과해요."

그는 친구가 위협을 받고 있음을 예감했다. 그렇다, 정작 그 위험이 어떤 것인지는 상상할 수 없었지만, 만약 자신이 홍거토벨에 대한 혐의를 지금 완전히 풀어놓지 않으면 그는 엄청난 위험에 빠지리라는 예감이었다.

"그 가엾은 늙은 의사한테 섣불리 사형선고를 내리지는 않도록 하지요. 그에 앞서 내게 불리한 다른 증거의 가능성으로 넘어가봅시다. 그의 결백을 밝히려 시도해보는 겁니다." 엠멘베르거는 의자 등받이 위에서 팔짱을 끼고, 그 위에 턱을 괴고는 말을 이었다. "넬레와 얽힌 사건의 경우 말입니다. 그것 역시 당신은 알아냈더군요, 경감님, 축하드립니다. 놀라운 일이에요. 마로크가 내게 알려주더군요. 그 점을 인정하도록 하지요. 나는 손수 넬레를 수술해서 오른편 눈썹에 흉터 자국을 만들어주었고, 왼쪽 팔뚝에다 내게도 있는 낙인을 만들었지요. 우리 둘이 똑같이 보이도록, 두 사람으로 한 사람을 만들기 위해서 말이오.

나는 내 이름을 쓰도록 해서 그를 칠레로 보냈고, 또 도저히 라틴어와 그리스어는 습득하지 못하면서 의학 분야에선 무한히 놀라운 재능을 가졌던 이 충직한 자연아(自然兒)가 우리의 약속대로 귀향했을 때 함부르크의 어느 헐어빠진 낡은 호텔 방에서 그로 하여금 청산가리 캡슐을 삼키도록 강요했습니다. 내 아름다운 애인이라면 그런 것이죠, 라고 말하겠지요. 넬레는 신사였어요. 그는 자신의 운명에 적응했습니다. 내 편에서의 몇 번의 거친 손짓에 관해선 입을 다물기로 하지요. 그리고 생각할 수 있는 가장 그럴듯한 자살을 가장했지요. 길 잃은 선박들의 공허한 경적 소리가 구슬프게 울려 퍼지는, 그 반쯤은 잿더미가 되어 썩어 문드러진 도시 안에서, 안개가 몽롱하게 낀 새벽녘, 창녀와 마도로스의 틈바구니에서 벌어졌던 그 장면에 관해서는 이쯤 해두도록 하지요. 이 스토리는 지금도 여전히 내게 악랄한 장난을 칠 수 있는 좀 지나친 유희의 대목입니다. 실상 그 재능 있는 딜레탕트가 산티아고에서 과연 무슨 일을 벌였는지, 거기서 어떤 교우 관계를 누렸고, 누가 느닷없이 넬레를 방문하러 이곳 취리히에 나타날지 나라고 어떻게 알겠습니까.

하지만 우리, 사실들만을 근거로 해봅시다. 누군가 나의 뒤를 추적하는 경우 나를 반증해주는 것이 무엇일까요? 거기엔 무엇보다《란세트》지와《스위스 의학 주간지》에 논설을 실은 넬레의 명예욕에 찬 착상이 있습니다. 만약 누군가 그것을 과거 나의 논문들과 비교해보는 데 생각이 미쳤다면, 그건 분명 치명적 증거가 될 수 있을 겁니다. 넬레는 아주 노골적으로 베를린 방언을 썼지요. 그렇지만 그걸 알아내려면 그 논문을 읽어보지 않으면 안 됩니다. 따라서 이 역시 한 의사의 개입을 추측케 하는 일이지요. 보다시피 우리의 친구는 상황이 불리합니다. 물론 그는 아무런 악의도 없겠지요. 그를 위해 이 점을 인정하도록 하죠. 나로서는 부인할 수 없는 점이 하나 있는데 그의 옆에 한 수사관이 얼쩡거린다면 나는 그 노의사에 대해 확신할 수밖에 없습니다."

"나는 경찰의 위임을 받고 여기에 왔소이다." 수사관은 냉담하게 대답했다. "독일 경찰이 당신한테 혐의를 품고, 당신 케이스를 수사해달라고 베른 시경에 부탁한 겁니다. 당신은 오늘 나를 수술하지 못할 거요. 만약 내가 죽는다면 그 사실이 당신을 입증해줄 테니까. 아울러 당신은 흥거토벨한테도 손을 대지 못할 겁니다."

"11시 2분이군요." 의사가 말했다.

"알고 있소." 베르라하가 대답했다.

"경찰, 경찰이라." 엠멘베르거는 말을 이으며 생각에 잠겨 환자를 바라보았다. "물론 경찰까지 내 삶의 실체를 캘 수 있으리란 점도 계산에 넣어야겠지요. 그렇지만 그런 경우는 여기서는 개연성이 없어 보이는군요. 하기야 그건 당신에게 더없이 유리한 경우겠지만……. 독일 경찰이 취리히에 있는 한 범죄자를 추적하라고 베른 시경에 의뢰했다고요! 천만에, 그건 아무래도 논리에 닿지 않는 얘기입니다. 만약 당신이 병자가 아니라면, 지금 막 생사의 갈림길에 있는 처지가 아니라면, 그래도 나는 그 사실을 믿을는지 모르지요. 당신의 병과 수술은 유희로 벌어진 것이 아닙니다. 그건 의사로서 나도 건드릴 수 없는 문제입니다. 마찬가지로 신문에 기사화된 당신의 해임 건도 유희가 아닙니다.

대체 당신은 어떤 인간입니까? 첫째로 패배를 자인하지 않는, 아마도 은퇴조차 원치 않는 그런 집요하고 고집불통 노인일 겁니다. 어쩌면 당신은 홍거토벨과의 담화에서 포착한 한 막연한 혐의를 근거로 이렇다 할 증거도 없이, 아무런 경찰의 후원 같은 것도 없이 개인적 관점에서 나를 겨눈 전장터로 들이닥쳤을 가능성이 큽니다, 다시말해 당신은 병든 몸을 이끌고……. 아마도 당신은 자존심이 강한 나머지 홍거토벨 말고는 어느 누구에게도 속사정을 털어놓지 않았을테지요. 게다가 홍거토벨 역시 사정에 대해 극히 불확실해하는듯 보이는군요. 당신한테 중요했던 건 오로지 환자 처지인 당신이 당신을해임한 그자들보다 훨씬 많이 안다는 사실을 입증해 보이는 거였겠지요.

이상의 모든 얘기가, 경찰 측에서 한 중환자를 실로 까다로운 계획에 밀어 넣었을 가능성보다는 한결 개연성이 있다고 봅니다. 더욱이지금까지도 경찰이 죽은 포르트쉬크 사건에서 올바른 단서를 잡지못한 걸 보면 그럴 수밖에 없지요. 만약 경찰이 내게 혐의를 품었다면 당연히 했어야 할 추적인데 말이지요.

당신은 혼자입니다. 당신은 홀몸으로 나를 향해 달려드는 겁니다, 경감. 나는 그 죽어버린 작가 역시 아무것도 제대로 몰랐다고 봅니다."

"왜 그를 죽였소?" 노인은 소리쳤다.

"미리 조심을 하느라." 의사는 무심한 투로 대답했다. "11시 10분이군요. 시간은 재빨리 흘러갑니다, 선생. 시간은 쏜살같지요. 조심을하기 위해 홍거토벨도 죽여야 할 것 같습니다."

"그를 죽이겠다고요?" 수사관은 소리치며 일어나 앉으려고 애를썼다.

"그냥 누워 계시오!" 엠멘베르거가 단호히 명령하는 바람에 환자는 복종할 수밖에 없었다. "오늘은 목요일입니다." 그는 말했다. "우리 의사들은 오후에 휴무지요. 그래서 나는 홍거토벨과 당신 그리고 내게 즐거운 시간을 마련해주겠다고 생각했어요. 그에게 우리를 방문하도록 요청했습니다. 그는 베른을 떠나 차를 타고 이리로 올 겁니다."

"무슨 일을 꾸미는 거요?"

"그의 자동차 뒤칸에는 나의 난쟁이가 앉게 될 겁니다." 엠멘베르거가 대꾸했다.

"난쟁이라고!" 수사관은 외쳤다.

"난쟁이." 의사는 확언했다. "항상 난쟁이입니다. 내가 슈트트호프에서 데려온 아주 유용한 도구지요. 이 우스꽝스러운 추물은 이미 그때부터도 내가 수술을 할 때면 다리 사이로 기어들곤 했답니다. 그런데 실은 하인리히 히믈러의 제국 법령에 따르자면 나는 그 난쟁이의 삶이 가치 없다는 이유로 죽여야 마땅했지요. 하긴 아리안 혈통의 거인들은 살아갈 가치가 있기라도 한 것처럼! 그럼 무엇 때문에? 나는 항상 진기한 물건을 좋아한답니다. 그리고 품격을 잃은 인간은 항상 믿을 만한 도구인 법이지요. 그 조그만 원숭이는 내게 생명의 은덕을 입었다고 느끼고는 길들인 대로 아주 유용하게 따라주었습니다."

시계는 11시 14분을 가리켰다.

수사관은 너무 피곤해서 잠시 눈을 감았다. 그리고 눈을 뜰 때마다 번번이 그의 시선에는 시계가 들어왔다. 끊임없이 커다랗고 둥근 시계였다. 그는 이제 자신에겐 구원의 길이 영영 없다는 사실을 깨달왔다. 엠멘베르거는 그를 꿰뚫어 보았다. 그는 끝장이 났고, 홍거토벨도 마찬가지였다.

"당신은 허무주의자로군요." 그는, 오로지 시계만이 째깍거리는 침묵하는 공간을 향해 사뭇 속삭이듯이 조그만 소리로 말했다. 끊임없는 시계의 째깍 소리.

"그건 내가 아무것도 믿지 않는다는 뜻으로 한 말인가요?" 엠멘베르거는 물었다. 그의 목소리에는 조금도 빈정대는 기색이 없었다.

"내 말이 무슨 다른 뜻을 가진다고는 생각할 수 없군요." 노인은 침대에 누워 속절없이 두 손을 담요에 얹은 자세로 말했다.

"그렇다면 당신은 무엇을 믿나요, 경감님?" 의사는 자세를 바꾸지도 않은 채 질문을 던지고는 호기심 어린 긴장된 시선으로 노인을 응시했다.

베르라하는 침묵했다.

배경에서는 시계가 째깍거렸다. 쉬지 않고 한결같이, 목표를 향해 눈에 띄지는 않지만 그래도 보이도록 움직이며 가는, 무자비한 바늘들이 달린 시계 소리.

"입을 다물었군요." 엠멘베르거는 확언했다. 이제 우아하고 유희적인 기색이 사라진 그의 목소리가 맑고 낭랑하게 울려 나왔다. "당신은 침묵하는군요. 오늘날의 인간은, '당신은 무엇을 믿으십니까'라는 질문에 대답하기를 좋아하지 않습니다. 그런 질문을 하는 것부터 세련되지 못한 짓이 되어버렸지요. 사람들은 이른바 거창한 말을 하는 걸 좋아하지 않습니다. 그리고 이를테면 '나는 성부, 성자, 성신을 믿습니다'라고 특정한 대답을 하기를 가장 꺼립니다. 이 말은 한때 기독교도들이 그렇게 대답할 수 있음에 긍지를 느끼며 하던 대답이 었는데 말이지요. 오늘날 사람들은 난처한 질문을 받은 처녀처럼 질문을 받으면 침묵하기를 좋아하지요.

실로 사람들은 대체 자신이 무엇을 믿는지 갈피를 잡지 못하지요. 모르긴 해도 그렇다고 해서 그들이 믿는 것이 허무는 아닙니다. 그들은 어쨌든 믿어요. 비록 겹겹이 쌓인 불확실한 안개처럼 몽롱하긴 해도 인간성이니, 기독교 정신이니, 관용이니, 정의니, 사회주의니, 이웃 사랑이니 하는 것들을 믿는단 말입니다. 실로 공허하게 울리는 것들을…… 그리고 그들 역시 그 점을 인정하지요. 그렇지만 그들은 여전히 이렇게 생각합니다. 실상 중요한 것은 말이 아니야, 가장 중요한 건 어쨌든 성실하게 최선의 양심을 좇아 사는 것이지, 라고. 사람들은 때론 스스로 노력하면서, 때론 타의에 의해 쫓기면서 그렇게 살려고 애를 씁니다.

하지만 사람들이 기도하는 모든 것, 올바른 행동과 그릇된 행동은 요행을 바탕으로 일어납니다. 선과 악은 추첨의 경우처럼 우연한 운명에 의해 우리 품 안에 떨어지지요. 우연에 의해 우리는 정의롭기도 하고, 우연에 의해 우리는 그릇되기도 한답니다. 그런데 사람들은 허무주의자라는 거창한 단어를 쉽게 쥐고, 뭔가 위협적인 낌새가 느껴지는 누구에게나 그 단어를 던지지요. 거창한 포즈를 하고는, 머릿속에는 더욱 큰 확신을 갖고서.

나는 그들을 압니다. 그런 사람들은 하나 더하기 하나는 셋이나 넷, 또는 아흔아홉이라고 주장하는 것이 자신의 권리라고 확신합니다. 그리고 하나 더하기 하나는 둘이라는 대답을 자신에게 요구하는 것이 부당하다는 확신에 차 있기도 하지요. 그들에게는 모든 명백한 것이 완고한 틀로 여겨집니다. 왜냐하면 명백함에는 무엇보다 개성이 요구되니까요. 그들은 전혀 알지 못합니다. 좀 한물간 예를 들어 보지요. 이를테면 단호한 공산주의자……, 실은 공산주의자들이 공산주의자인 것은 대부분 기독교도들이 그렇게 기독교도들로 불리는 것처럼 하나의 오해에서 나왔으니까요. 아무튼 그들은 그런 공산주의자, 혼신을 다해 혁명의 필연성을 믿으며 비록 몇백만의 시체를 타고 넘을망정 오로지 그 길만이 언젠가는 선한 것, 더 나은 세계로 통하리라고 믿는 그런 인간이, 정작 자기네들보다 훨씬 허무주의자가 된다는 사실을 전혀 생각지도 못합니다.

그들은 뮐러 씨든 후버 씨든 간에 하나의 신도, 그 어떤 신도 믿지 않으며, 지옥도 천국도 믿지 않고, 오로지 장사를 벌일 권리만을 믿습니다. 그러나 그 믿음을 무슨 신조로 내세우기에는 그들은 너무나 비겁하지요. 그렇게 그들은 아무 결단도 허용하지 않는 죽통에 빠진 벌레들처럼, 마치 그런 죽통 속에 그런 것들이 있는 양 선하고 옳고 참된 것에 대한 몽롱한 표상을 지니고 살아가는 겁니다."

"한낱 형리가 이토록 거창한 장광설을 늘어놓을 줄 안다고는 꿈에도 생각 못 했소이다." 베르라하는 말했다. "나는 당신네 같은 족속들은 말수가 적다고 여겼지요."

"대단하군요." 엠멘베르거는 웃으며 말했다. "당신한테 다시 용기가 살아나는 것 같군요. 좋습니다! 내 실험실에서의 나의 실험에는 용기 있는 사람들이 필요합니다. 그러니까 나의 관점에 대한 수업이 번번이 생도들의 죽음으로 끝난다는 것이 유감일 뿐입니다.

자, 그럼 내가 어떤 신앙을 갖고 있는지 봅시다. 저울의 한쪽에 그
것을 올려놓도록 하지요. 그러고 나서 다른 쪽 접시에 당신의 믿음을
올려놓고 우리 둘 중에 누가 더 큰 신념을 가졌는지 봅시다. 당신이
나를 보고 이름 붙인 대로 허무주의자 편인가, 아니면 기독교도 편
인가. 당신은 인간성이라는 이름으로, 아니면 어떤 이념인지 누가 알
겠소만, 아무튼 그런 명목으로 나를 죽이려고 이곳에 왔습니다. 나의
이런 호기심까지 당신이 거절하진 않으리라 생각되는군요."

"알겠소이다." 수사관은 대답했다.

그는 시계 바늘이 진행됨에 따라 점점 위협적으로, 세차게 자신의
마음속에서 고개를 드는 공포를 누르려고 애썼다.

"그러니까 당신은 당신의 신조를 읊어보겠다는 거요? 대량 학살
자들에게도 그런 것이 있다는 게 이상하군요."

"12시 5분 전입니다." 엠멘베르거가 대꾸했다.

"그걸 상기하게 해주시다니, 너무나 친절하오만." 노수사관은 분
노와 무력감에 떨면서 신음하듯 말했다.

"인간, 인간이란 무엇입니까?" 의사는 웃었다. "신조를 하나 갖는
다는 것을 나는 부끄러워하지 않습니다. 당신이 그랬듯이 나는 침묵
하진 않겠습니다. 기독교인들이 단 하나에 불과한 세 가지 대상, 즉
삼위일체를 믿듯이 나는 결국 하나인 두 가지 사실을 믿습니다. 즉
무엇이 있다는 것과 내가 있다는 것을……. 나는 '동시에' 힘이며 질
량인 물질의 존재를 믿습니다. 상상할 수 없는 한 총체와 그 주변을
우리가 맴돌아 걸을 수 있고 어린아이 놀이공처럼 만져볼 수도 있는
그런 구(球) 하나의 존재를 믿습니다. 그 위에서 우리가 살아가며 모

험 같은 허공으로 여행을 떠나는 지구의 존재를……. 동물이나 풀로, 또는 석탄으로서는 만질 수 있으며 원자로서는 만질 수도, 가늠할 수도 없는 그런 물질의 존재를 나는 믿습니다. 이에 비해 '나는 신의 존재를 믿습니다'라는 말은 얼마나 초라하고 공허하게 들립니까. 물질은 어떤 신도 필요로 하지 않으며, 우리가 그것에 덧붙여 아무리 무언가를 생각해낸다 한들 그것의 유일하게 불가사의한 신비는 그 존재입니다.

또한 나는 내가 이 물질의 일부로서 당신과 마찬가지로 원자, 힘, 질량, 분자로서 존재하며 나의 실존이 내가 뜻하는 것을 행할 권리를 준다는 사실을 믿습니다. 부분으로서의 나는 단지 한순간이며 우연이지요. 마찬가지로 이 어마어마한 세상에서 생명이라는 건 단지 그 무한한 가능성 가운데 하나요, 역시 나와 똑같이 우연입니다. 지구가 태양에 조금만 더 가까이 위치했더라도 생명이란 없었겠지요……, 나의 뜻은 '오로지' 순간이 되는 데 있습니다. 오, 이 사실을 깨달았던 그 엄청난 밤이여!

물질보다 신성한 것이란 아무것도 없습니다. 인간, 동물, 초목, 달, 은하수, 그 무엇을 보아도 그것들은 단지 우연한 집합체일 뿐, 거품이나 파도가 본질을 가지지 않듯이 비본질적이지요. 그런 사물들의 존재 유무는 상관없는 일이지요. 그것들은 서로 뒤바뀔 수 있으니까요. 그것들이 존재하지 않으면 다른 무엇이 존재할 것입니다. 이 항성에서 생명체가 소멸되어버린다면 우주 어디엔가 다른 항성에서 생명체가 생겨날 겁니다. 다수의 법칙에 의해, 언젠가는 우연히 당첨이라는 것이 떨어지듯이 말이지요.

인간에게 영속성을 부여한다는 건 가소로운 일입니다. 그도 그럴 것이, 몇 해 동안 어떤 국가나 교회의 꼭대기에 앉아 무위도식하겠다고 권력 체계를 날조하는 것이 결국에는 늘, 별수 없이 영속이라는 환상으로 화하고 마니까요. 그 구조로 보아 한낱 추첨에 불과한 세계 안에서, 대다수의 제비가 허탕을 치는 것이 아니라 개개의 제비한테 한 푼씩 당첨이 돌아가는 것이 무슨 의미라도 있다는 듯이, 개개의 독자적 인간이 '언젠가 한번'은 과거에 당첨된 그 부당한 인물이 되어보겠다는 간절한 갈망 말고 다른 어떤 동경이라도 있다는 듯이 인류의 복지를 겨누어 마음을 쓴다는 건 어리석은 일입니다.

물질을 믿는 '동시'에 휴머니즘 같은 걸 믿는다는 건 난센스지요. 우린 오로지 물질만을, 그리고 자아만을 믿을 수 있습니다. 정의란 존재하지 않습니다. 어떻게 물질이 정의로울 수 있겠습니까. 다만 자유가 있을 뿐이지요. 이 자유란 노력과 수고로 벌어들일 수 있는 게 아닙니다. 그렇다면 정의라는 것도 있겠지요. 그 자유는 주어질 수 있는 게 아닙니다. 누가 그걸 주겠습니까. 그건 스스로 취해야 하는 자유입니다. 자유란 범죄를 저지를 용기입니다. 왜냐하면 자유 자체가 하나의 범죄이기 때문이지요."

"알겠소이다." 수사관은 잔뜩 웅크리고 소리쳤다. 끝도 없는 무심한 길가에 누워 있듯이, 흰 시트에 누운 한 마리 죽어가는 짐승의 몰골이었다. "당신은 인간을 고문하는 권리 말고는 아무것도 믿지 않소!"

"브라보." 의사는 대꾸하며 손뼉을 쳤다. "브라보! 내 삶의 신조가 되는 문제의 결론을 끌어낼 용기를 지녔으니 실로 훌륭한 생도로군요. 브라보, 브라보. (그는 거듭해서 손뼉을 쳤다.) 나는 나 자신이 되는 일, 오로지 그 일만을 감행했지요. 나는 나를 자유롭게 해주는 일, 즉 살인과 고문에 전념했습니다. 그 일을 7시면 또 수행할 겁니다만 다른 인간을 죽일 때, 즉 우리네 약자들이 수립해놓은 일체의 인간 질서 외곽에 나를 세울 때 나는 자유로워지기 때문입니다.

나는 그야말로 한순간 그 자체로 화하지요. 이 얼마나 굉장한 순간인지! 마치 물질 자체처럼 엄청나게 밀도 있게, 물질 자체처럼 위력 있게, 또 물질 자체처럼 근거를 알 수 없게, 몸을 굽힌 나를 향해 벌어진 입들과 유리알 같은 눈들에서 뿜어져 나오는 비명과 고통 속에, 나의 메스 밑에서 바들바들 떠는 그 무력하고 허연 살덩어리 안에, 다름 아닌 '나의' 승리, '나의' 자유가 비춰진답니다."

의사는 입을 다물었다. 그리고 천천히 몸을 일으켜 수술대에 앉았다.

그의 머리 너머로 시계는 찬찬히 12시 3분 전, 12시 2분 전, 12시를 가리켰다.

"일곱 시간이로군." 환자의 침대에서 들릴락말락 소곤대는 듯한 소리가 새어 나왔다.

"이제 당신의 신념을 보여주시지요." 엠멘베르거가 말했다.

그의 목소리에서는 조금 전까지의 열정이나 단호함이 사라졌다. 다시금 냉정하고 침착한 말이 들려왔다.

베르라하는 대답하지 않았다.

"당신은 침묵하는군요." 의사는 냉담하게 말했다. "줄곧 침묵이로군요."

환자는 대꾸하지 않았다.

"당신은 침묵으로 일관하는군요." 의사는 확언했다. 그러고는 두 손을 수술대에 괴었다. "나는 조건 없이 모든 것을 복권 한 장에 겁니다. 나는 결코 두려워하지 않았기 때문에, 또 발각되든 안 되든 나로선 아무래도 상관없었기 때문에 막강할 수 있었지요. 그리고 지금도 한 푼 동전에 걸듯 복권 한 장에 모든 것을 걸 태세를 갖추었지요. 만약 경감 당신 역시 나처럼 대단하고 무조건적 신념을 지녔음을 입증해 보인다면 그때는 내가 졌다고 인정하지요."

노인은 여전히 입을 다물었다.

"그래도 뭔가 말 좀 해보시오." 엠멘베르거는 잠시 후 말을 잇는 동시에 긴장된 눈으로 열심히 환자를 바라보았다. "아무튼 대답을 해보시오. 당신은 기독교도입니다. 세례도 받았지요. 확신을 갖고, 초라한 겨울 달빛 앞의 태양처럼, 즉 한낱 치욕스런 대량 학살자의 물질에 대한 신념을 압도하는 힘을 가지고, 아니면 최소한 그 학살자와 맞먹는 힘을 가지고 말해보시오. 나는 하나님의 아들 그리스도를 믿는다고."

배후에서는 시계가 똑딱거렸다.

"아마도 그 믿음은 너무 어려운 모양이지요." 베르라하가 여전히 침묵하자 엠멘베르거는 그렇게 입을 떼고는 노인의 침대 곁으로 다가섰다. "어쩌면 당신은 한결 쉬운, 한결 흔한 믿음을 지녔는지 모르지요. 그럼 말해보시오. 나는 정의를 믿으며 이 정의가 종사해야 할 인류를 믿는다고……. 정의를 위해, 오로지 그것 때문에 나는 늙고 병든 몸으로, 다른 사람들 위에 서겠다는 개인적 명예나 승리 따위의 저의(底意) 없이 존넨슈타인에 오는 모험을 감행했다고……. 그런 말을 해보시오. 그건 오늘날의 인간에게 그나마 요청할 수 있는 쉽고 착실한 신념 가운데 하나지요. 그렇게 말해보시오. 그럼 당신을 자유롭게 해주겠습니다. 당신의 신념으로 나는 충분하니까요. 그리고 당신이 그 말만 하면, 당신 역시 내가 지닌 것 같은 위대한 신념을 지녔다고 나는 생각할 겁니다."

노인은 침묵을 지켰다.

"당신을 풀어주겠다는 내 말을 믿지 않는 모양이지요?" 엠멘베르거가 물었다.

대답은 없었다.

"요행을 위해 그 말을 해보시오." 의사는 수사관을 재촉했다. "설사 당신이 내 말을 신뢰하지 않더라도 당신의 신앙을 고백해보시지요. 당신이 신앙이라는 것을 하나 가진 것만으로도 구제될는지 모르지요. 어쩌면 이것이 당신의 마지막 기회일 겁니다. 자신뿐 아니라 홍거토벨 역시 구할 수 있는 기회지요. 아직 그에게 전화를 걸 시간은 있으니까요. 당신은 나를 찾아냈고, 나는 당신을 찾아냈습니다. 언젠가는 나의 게임도 끝장날 테지요. 어디선가는 나의 계산이 맞지 않을 때가 있을 겁니다. 나라고 해서 지지 말라는 법이 어딨습니까? 나는 당신을 죽일 수도 있고, 또 그것이 나의 죽음을 의미한다 해도 당신을 풀어줄 수도 있습니다. 나는 이렇게 나 자신을 낯선 타인처럼 취급할 수 있는 그런 지점에 이르렀단 말이오. 나는 나를 없앨 수도, 지킬 수도 있지요."

그는 말을 중단하고 긴장된 눈으로 수사관을 관찰했다. 그러고는

"내가 어느 쪽으로 행동하는가는 상관없는 일이랍니다"라고 말했다. "이보다 더 막강한 위치에는 도달할 수 없을 겁니다. 이 같은 '아르키메데스의 점'(충분히 긴 지렛대와 그것이 놓일 장소만 주어지면 지구라도 들어 올릴 수 있다고 한 고대 그리스 철학자 아르키메데스의 주장에서 유래했다. 관찰자가 탐구 주제를 총체적 관점에서 객관적으로 지각할 수 있는 유리한 가설적 지점을 뜻한다)을 극복하는 것, 이것이 인간이 쟁취할 수 있는 지고의 것이요, 이 무의미한 세계 안에서, 거대한 한 덩어리 썩은 시체처럼 자체에서 끊임없이 생명과 죽음을 배출해내는 이 불가사의한 죽은 물질 가운데서 인간이 지닐 수 있는 유일한 의미입니다. 이건 내 짓궂은 심술입니다만 나는 한 가지 저질스런 재치에, 아이라도 대응할 만한 한 가지 조건에 당신의 자유를 묶겠습니다. 즉 당신은 나의 것처럼 위대한 신념을 제시할 수 있어야 합니다. 제시해보시오! 선에 대한 믿음은 적어도 인간 내부의 그릇된 것에 대한 믿음만큼 강렬할 테지요! 말해보시오! 나 자신의 지옥행을 추적해보는 것보다 더 재미난 일은 없을 것 같군요."

시계의 째깍 소리만이 들려왔다.

"그럼 그 신앙 자체를 위해서라도 말해보시오." 엠멘베르거는 잠시 기다리다가 말을 이었다. "하나님의 아들에 대한 믿음을 위해서, 정의에 대한 믿음을 위해서."

시계, 시계 소리뿐.

"당신의 신앙을." 의사는 외쳤다. "당신의 신앙을 내게 보여주시오!"

노인은 담요 속 두 손을 불끈 쥔 채 누워 있었다.

"당신의 신앙을, 당신의 신앙을!"

엠멘베르거의 목소리는 청동의 울림처럼, 무한한 회색 천공을 뚫는 나팔 소리처럼 들렸다.

노인은 침묵했다.

그러자 지금껏 열렬히 하나의 대답을 기다리던 엠멘베르거의 얼굴이 싸늘해지며 피로를 드러냈다. 다만 오른쪽 눈 위 흉터 자국만이 빨갛게 남아 있었다. 그는 마치 혐오감에 뒤흔들린 듯 지치고 무관심한 기색으로 환자에게서 몸을 돌려 방문을 빠져나갔다. 방문이 살그머니 닫히자 방 안 푸른 조명이 수사관을 에워쌌다. 방 안에서는 단지 둥근 시계판만이, 마치 노인의 심장인 양 계속 똑딱거렸다.

동요(童謠)

그렇게 베르라하는 그곳에 누워 죽음을 기다렸다. 시간은 흘렀다. 시계 바늘들은 돌아 움직이다가 겹쳐지고, 서로 떨어졌다가는 다시 만나고, 그러고는 새로이 떨어졌다. 12시 반이 되었고 1시, 1시 5분, 2시 20분 전, 2시, 2시 10분, 그리고 2시 반이 되었다. 방은 아무 움직임 없이 그렇게 놓여 있었다. 그림자 없는 푸른빛에 싸인 죽어버린 방, 유리문 뒤로 기묘한 도구들이 가득 찬 장들……. 그 유리문에는 베르라하의 얼굴과 손이 희미하게 비쳤다. 거기엔 모든 것이 있었다. 하얀 수술대, 경직된 우람한 말[馬]이 그려진 뒤러의 그림, 창문 위 금속 벽면들, 등받이가 노인 쪽으로 돌려진 빈 의자, 그러나 살아 있는 거라곤 시계의 기계적 째깍거림뿐이었다. 3시가 되고 4시가 되었다.

아무런 소음도, 신음도, 말소리도, 비명도, 발소리도, 그곳 철제 침대에 옴짝달싹할 수 없이 누운 노인의 귀에 새어 들어오지 않았다. 외계란 없었다. 돌고 있는 지구도, 태양도, 도시도 없었다. 존재하는 거라곤 오로지 천천히 밀려 움직이며 제가끔 위치를 바꾸고 서로 만나서 겹쳤다가 다시 떨어지는, 바늘이 둘 달린 초록빛 나는 둥근 판뿐이었다. 4시 반이 되었고 4시 35분, 5시 13분 전, 5시, 5시 1분, 5시 2분, 5시 3분, 5시 4분, 5시 6분이 되었다.

베르라하는 가까스로 상체를 일으켰다. 그러고는 한 번, 두 번, 몇 차례 벨을 눌렀다. 그는 기다렸다. 어쩌면 클레리 간호사와 얘기를 나눌 수 있을지 모를 일이다. 어쩌면 어떤 우연이 그를 구해줄지도 모를 일이다. 5시 반이 되었다.

그는 간신히 몸을 뒤척였다. 그러다가 침대에서 떨어졌다. 한참 동안 그는 침대 앞 붉은 양탄자에 누워 있었다. 그의 머리 위쪽, 유리장 위 어디선가 시계가 째깍거리며 가고 있었다. 바늘들이 돌아 움직이며 6시 13분 전, 6시 12분 전, 6시 11분 전이 되었다.

그때 그는 천천히 문께로 기어가기 시작했다. 팔뚝으로 밀어붙이며 나아가 방문에까지 이르렀다. 그러고는 손잡이를 쥐려고 일어서려다가는 벌렁 뒤로 넘어졌다. 그렇게 다시 그 일을 반복했다. 세 번, 다섯 번, 헛일이었다. 주먹으로 치는 일이 너무 힘들어지자 문을 긁어댔다. 꼭 쥐새끼 같군, 하고 그는 생각했다. 이어서 그는 다시 꼼짝 않고 누워 있다가 마침내 엉금엉금 방 안으로 되돌아와 고개를 들어 시계를 보았다.

"6시 10분. 아직 50분이 남았구나." 그는 정적을 향해 큰 소리로 똑똑히 말해놓고는 흠칫 놀랐다. "50분." 그는 침대로 되돌아가고 싶었지만 더는 기운이 남아 있지 않았다. 그래서 그렇게 수술대 앞에 누워서 기다렸다. 그의 주변을 둘러싼 방 안, 유리장들, 메스, 침대, 의자, 시계……, 번번이 보이는 것은 시계였다. 푸르스름하니 썩어가는 한 세계 안에서 연소된 태양, 똑딱거리는 우상, 눈, 코, 입도 없이 주름살 두 개만 가진 톱니꼴 얼굴, 그 주름살들은 서로 가까이 모여 유착되더니 7시 25분 전, 7시 22분 전……, 서로 떨어질 듯싶지 않다가 결국 지금 떨어져나간다. 7시 21분 전, 7시 20분 전, 7시 19분 전. 시간은 앞으로 나아갔다.

철저히 무감동한 고정된 자석, 시계가 내는 범접할 수 없는 박자에 맞춰 소리 없이 진동하며 계속 시간은 흘러갔다. 베르라하는 반쯤 몸을 일으켜 수술대에 상체를 기댔다. 늙은 환자의 앉은 모습, 철저히 외롭고 무력한 모습이었다. 그는 냉정해졌다. 그의 등 뒤로 시계가 있었고 앞으로는 방문이 보였다. 그는 방문을, 그 장방형 입구를 겸허한 마음으로 응시했다. 저 문을 통해 그가 들어오겠지. 지금 자기가 기다리는 그 사람, 그 사람은 시계처럼 정확하게 천천히, 번득이는 메스로 차례차례 절단해서 자신을 죽일 것이다. 그렇게 그는 앉아 있었다. 이제 시간은 그의 내부에 들어왔다. 똑딱거리는 소리는 그의 가슴속에서 났다. 이젠 쳐다볼 필요도 없었다. 이제 그는 4분가량 대기 시간이 남았다는 것을 알았다. 그리고 3분, 앞으로 2분. 이제 그는 자기 심장의 고동과 박자를 맞춘 초를 헤아렸다. 앞으로 100초, 아직 60초, 30초. 그렇게 그는 새하얗게 핏기 없는 입술을 움씰거리며 헤아렸고, 그렇게 그는 살아 있는 시계가 되어 뚫어져라 방문을 바라보았다.

이제 7시 정각, 방문이 홀쩍 열렸다. 그의 앞에 시커먼 동굴처럼, 쩍 벌린 아가리처럼 버티는 문, 그 한가운데 거대하고 어두운 형체 하나가 도깨비처럼 희미하게 서 있는 것이 막연히 느껴졌다. 하지만 그건 노인이 생각하기엔 엠멘베르거가 아니었다. 쩍 벌린 아가리에서는 어떤 동요가 장난스럽게 쉰 목소리로 수사관을 향해 우렁차게 울려오는 게 아닌가.

작은 토끼 한 마리
외롭게 깡총깡총
커다란 숲 속으로 뛰어갔네.

지저귀는 듯한 목소리로 부르는 노래였다. 그리고 문에는 문틀에 꽉 차도록 우람하게, 거대한 몸집에 너덜너덜 늘어진 검정 장삼 차림으로 유태인 걸리버가 서 있었다.

"안녕하십니까, 경감님." 거인은 방문을 닫으며 말했다. "다시 뵙게 되었군요. 정신을 무기로 악과 싸우겠다고 출정하신 용감하고 훌륭한 슬픈 기사님. 언젠가 내가 단치히 근교 슈트트호프라는 그럴싸한 마을에서 누웠던 것과 비슷한 도마 앞에 앉아 계신 기사님."

그러고는 노인을 번쩍 안아 올렸다. 그래서 수사관은 어린애처럼 유태인의 품에 안겨 침대로 옮겨졌다.

"가져왔습니다." 그는 여전히 말문을 열지 못하고 죽은 듯 창백하게 누운 수사관을 보고 웃으며 말했다. 그러고는 장삼 누더기에서 술병 하나와 잔 두 개를 꺼냈다.

"보드카는 이제 떨어졌어요." 유태인은 잔을 채우고 나서 노인의 침대 곁에 앉았다. "그렇지만 눈보라가 치는 칠흑 같은 어느 날 밤, 에멘탈 근처 한 초라한 농가에서 먼지투성이인 이 훌륭한 감자화주 몇 병을 슬쩍했답니다. 역시 훌륭해요. 죽은 사람한테는 그 정도 일쯤 너그럽게 봐줘도 괜찮지 않습니까, 경감님. 나 같은 송장이, 말하자면 화주(火酒)에 젖은〔산전수전 다 겪었다는 의미〕 시체가 소련인들 틈의 제 무덤으로 다시 기어 들어가기 전까지, 안개 낀 밤에 사는 자들에게서 자기 몫의 세금을 간식으로 가져온다 한들 그런대로 괜찮겠죠. 자, 경감님, 드시지요."

그는 경감의 입에 잔을 대주었고, 베르라하는 마셨다. 이건 또 의술에 위배되는 짓이로군, 하고 생각하면서도 기분은 좋아졌다.

"걸리버." 그는 소곤거리며 거인의 손을 더듬어 잡았다. "내가 이 망할 놈의 덫에 걸려든 걸 어떻게 알았나?"

거인은 웃었다.

"기독교도이신 경감님." 그는 대꾸했다. 눈썹도, 속눈썹도 없이 흉터로 뒤덮인 그의 얼굴에서는 단순한 눈빛이 번득였다. 그사이에 벌써 몇 잔을 마셨던 것이다. "그게 아니면 지난번 뭣 때문에 나를 병원에 오라고 하셨겠습니까? 당신이 그 넬레라는 자를 생존자들 틈에서 찾을 수 있으리라 생각하며 혐의를 품고 있음을 난 금방 알아챘지요. 넬레에 관해 당신이 물어보았던 것이 그날 밤 보드카에 취해 당신 입으로 주장한 것처럼 단순한 심리학적 관심에서 나왔으리라곤 아예 생각지 않았어요. 그런데 경감께서 혼자 멸망의 소굴로 빠져들게 내가 그냥 둬야 되겠습니까?

오늘날의 우리는, 지난날 무슨 용을 때려잡겠다고 출정했던 기사들처럼, 그렇게 혼자 악에 대항해서 싸워 이길 수는 없습니다. 오늘날 우리가 상대하는 범인들을 체포하려면 그 이상이 필요합니다. 예리한 통찰력만 있으면 충분했던 시대는 지나갔습니다. 어리석은 수사관님, 시대 자체가 당신이 불합리하다고 입증한 겁니다! 나는 당신의 거취에서 눈을 떼지 않다가, 어젯밤에는 저 착실하신 홍거토벨 박사한테 몸소 나타났지요. 기절 상태에 빠진 그분을 제정신으로 돌아오게 하려고 한참 동안 애를 써야 했어요. 그렇게까지 공포에 떠셨지요. 그다음에야 나는 궁금했던 것을 알아낼 수 있었어요. 그래서 지금 나는 사물의 낡은 질서를 치유하려고 이곳에 왔습니다. 당신으로 보면 베른의 쥐들을, 나로 보면 슈트트호프의 쥐새끼들을 잡으려고. 이것이 세상의 구분이지요."

"어떻게 이리로 왔나?" 베르라하는 조그만 소리로 물었다.

거인은 얼굴을 찌푸리더니 싱긋이 웃었다.

"당신이 생각하듯 스위스 연방철도의 좌석에 앉아서 온 건 아니랍니다." 그는 대답했다. "홍거토벨 박사의 승용차를 타고 왔습니다."

"그 친구 무사한가?" 노인이 물었다. 그는 마침내 기운을 모으고 숨을 죽인 채 유태인을 응시했다.

"그분은 몇 분 뒤 당신을 태워 낯익은 먼젓번 병원으로 다시 데려갈 겁니다." 유태인은 답한 후에 감자화주를 쭉 들이켰다. "지금 자신의 차에 앉아 존넨슈타인 현관 앞에서 기다리십니다."

"난쟁이." 베르라하는 하얗게 질려 소리쳤다. 유태인이 그 위험에 대해 전혀 알 턱이 없다는 것을 갑자기 깨달았던 것이다. "난쟁이! 난 쟁이가 그를 죽일 거야!"

"그래요, 난쟁이." 거인은 남루하기 짝이 없는 모습으로 술을 마시 며 짓궂게 웃기만 했다. 그러고는 강아지를 부를 때처럼 오른쪽 손가 락으로 날카롭게 파고드는 휘파람 소리를 냈다. 그러자 창문 위 금속 벽면이 위로 밀려 올라가더니 한 조그맣고 새까만 그림자가 알아들 을 수 없는 그르렁대는 소리를 내지르며 원숭이처럼 대담하게 공중 제비를 넘어 방 안으로 뛰어들었다. 그러고는 번개처럼 걸리버에게 달려가 그의 무릎으로 뛰어오르더니, 노인처럼 추한 난쟁이 얼굴을 유태인의 남루한 가슴 옷깃에 찰싹대며 거인의 머리칼 없는 머리통 을 기형적인 난쟁이 팔로 끌어안았다.

"너로구나, 나의 작은 원숭이, 귀여운 놈, 작은 지옥의 괴물." 유태 인은 노래하는 듯한 음성으로 난쟁이를 쓰다듬었다. "나의 가엾은 미노타우로스〔그리스신화에 나오는 미궁에 갇힌 괴물〕, 추하게 일그러진 작 은 요정〔밤이면 몰래 나타나 농가의 일을 도와준다는 동화 속 난쟁이〕, 너는 슈트 트호프의 그 피로 물든 밤이면 곧잘 슬프게 훌쩍거리며 내 품에서 잠 들었지. 내 가엾은 유태인 영혼의 유일한 동반자였지! 이 귀여운 것, 나의 만드라고라〔교수대 밑에서 자라는 식물. 뿌리 모양이 인체와 비슷하며, 유독하 지만 영약이라는 미신이 있다〕, 소리쳐 짖으렴, 나의 기형의 아르고선(船)아, 오디세이가 끝없는 방랑의 항해길에 네게로 돌아왔단다. 오, 저 가엾 은 주정뱅이 포르트쉬크를 저세상으로 보낸 것이 너란 걸, 채광갱 속 으로 기어 들어간 게 너란 걸 난 얼른 짐작했지.

나의 엄청난 악당, 넌 이미 그 옛날에도 우리의 저 고문의 도시에서 그런 기술을 훈련받지 않았니. 악마의 왕 넬레인지 엠멘베르거인지, 아니면 미노스(미궁을 설계한 그리스신화의 인물. 사후에 지하계를 다스리는 '판관'이 된 것으로 전해진다)인지 모르겠다만 그놈이 너를 훈련했지. 자, 내 손가락을 물어뜯으렴, 이 강아지야! 내가 자동차 안에서 흥거토벨 옆에 자리를 잡는데 비루먹은 고양이 울음처럼 기뻐서 낑낑대는 소리가 등 뒤에서 나지 않겠어요. 그건 이 가엾은 꼬마 친구였답니다, 경감님. 나는 이놈을 좌석 뒤에서 끌어내어 움켜잡았지요. 이제 이 작은 동물을 어떻게 할까요? 그래도 인간인데 사람들이 완전히 한낱 동물로 전락시켜놓은 난쟁이, 이 쪼끄만 살인자, 그래도 우리 모두 가운데 유일하게 죄가 없는 녀석, 우리를 마주 보는 이 슬픈 갈색 눈에서 모든 피조물의 슬픈 참상을 보여주는 이놈을 어떻게 할까요?"

노인은 침대에서 일어나 앉아 도깨비 같은 한 쌍을 바라보았다. 고문의 수난을 이겨낸 유태인과 난쟁이의 모습을. 거인의 무릎에서 아이처럼 춤을 추는 난쟁이의 모습을.

"그럼 엠멘베르거는?" 그는 물었다. "엠멘베르거는 어떻게 되었나?"

그러자 거인의 얼굴은, 마치 끌로 흉터 자국들을 파 넣은 선사시대의 회색 바위처럼 변했다. 그는 지금 막 비운 술병을 집어 들어 세차게 휘두르면서 유리장에 던졌다. 그러자 유리문이 산산조각이 나고, 난쟁이는 겁에 질린 쥐새끼처럼 비명을 지르며 펄쩍 뛰어 수술대 밑으로 숨어들었다.

"그런 건 왜 묻습니까, 경감?" 유태인은 잇새로 내뱉었다. 그러나 그는 번개처럼 다시 냉정을 되찾았고 다만 가느다랗게 뜬 무시무시한 두 눈만이 위험스레 이글거렸다. 그는 유유하게 장삼에서 두 번째 술병을 꺼내 벌컥벌컥 다시 마시기 시작했다. "지옥 속에 산다는 건 갈증을 일으키는 일이지요. 네 원수를 네 몸같이 사랑하라고 일찍이 누군가 골고다 바위 언덕에서 말하고는 십자가에 못 박혔지요. 허리춤에 펄럭이는 수건을 휘감고 썩어 문드러진 초라한 나무에 매달렸단 말입니다. 엠멘베르거의 가엾은 영혼을 위해 기도하시지요. 기독교도시여, 용감한 기도만이 여호와의 마음에 든답니다. 기도나 하시라고요! 당신이 궁금해하는 그 사람은 이제 이 세상에 없습니다.

나의 일은 피비린내 나는 것입니다, 경감님. 일을 수행할 때 나는 신학적 학설 같은 것을 머리에 떠올려선 안 된단 말입니다. 나는 모세의 율법에 따라, 나의 하나님에 따라 정의를 행사했지요, 기독교도시여. 지난날 함부르크의 끝도 없이 습기 찬 어느 호텔 방에서 넬레가 당했던 것과 똑같은 방식으로 나는 그를 죽였습니다. 경찰에서는 그때 그렇게 추론했던 것처럼 이번에도 어김없이 자살로 추정할 겁니다. 무슨 얘기를 해드릴까요? 나는 그의 손을 잡았고, 내 두 팔에 사로잡힌 채 그는 그 치명적 알약을 억지로 잇새로 삼켰지요. 유태인의 입은 무겁습니다. 또 핏기 빠진 그의 입술은 닫혀버렸고요. 우리 사이에, 즉 유태인과 그의 가해자 사이에 벌어졌던 일은, 정의의 법칙에 따라 역할이 뒤바뀔 수밖에 없다 보니 내가 가해자가 되고 그가 희생자가 되어버린 이 사건은, 우리 둘 말고는 하나님만이 아십니다. 이모든 일을 허용했던 하나님만이. 이제 작별을 해야겠군요, 경감님."

거인은 일어섰다.

"이제 어떻게 되는 건가?" 베르라하는 소곤거렸다.

"아무 일도 없을 겁니다." 유태인은 대답하고는 노인의 어깨를 부여잡아 자기 앞으로 끌어당겼다. 그리고 그들은 서로 얼굴을 가까이 맞대고 눈빛을 교환했다. "아무 일도 없을 겁니다." 거인은 다시 한번 소곤거렸다. "당신과 홍거토벨을 빼고는 내가 여기 왔다는 사실을 아무도 모릅니다. 한낱 그림자인 나는, 아무 소리도 안 나게 복도를 미끄러져 들어와 엠멘베르거한테 갔고, 당신한테 왔지요. 내가 존재한다는 것을 아는 사람은 아무도 없지요, 내가 구해준 가엾은 인간들, 유태인과 기독교도 한 움큼 말고는 엠멘베르거의 세계를 매장하고, 신문들로 하여금 이 죽은 자를 기념할 멋들어진 추도 시문이나 읊게 하지요. 나치스는 슈트트호프를 원했고, 백만장자들은 이 요양원을 원했습니다. 다른 이들은 또 다른 것을 원하겠지요.

우리는 개인으로선 세상을 구제할 수 없습니다. 그건 가엾은 시시포스의 작업처럼 희망 없는 일일 겁니다. 세상은 우리 수중에 놓여 있지 않아요. 마찬가지로 한 권력자나 한 민족, 또는 그래도 가장 막강한 악마의 수중에도 놓여 있지 않답니다. 세상은 하나님의 손에 놓여 있으며 신만이 결정을 내립니다.

우린 오로지 낱낱의 개인으로서만 도움을 줄 수 있지 전체로서는 도움이 안 돼요. 이것이 가엾은 유태인 걸리버의 한계이며 모든 인간의 한계랍니다. 따라서 우리는 세상을 구제하려고 애를 쓸 게 아니라 세계를 버티어 이겨내려고 해야 합니다. 이것이 이 후대를 사는 우리에게 그나마 남은 유일하게 진실한 모험이지요."

그리고 거인은 아버지가 자식을 대하듯 조심스럽게 노인을 다시 침대에 눕혔다.

"가자, 나의 꼬마 원숭이." 그는 휘파람을 불었다.

난쟁이는 알아듣지 못할 소리를 찡얼대면서 뛰어나와 단숨에 껑 충 뛰어 유태인의 왼쪽 어깨에 매달렸다.

"이제 됐다, 나의 살인 요마야." 거인은 난쟁이를 칭찬했다. "우리 둘은 같이 머무는 거다. 우린 둘 다 인간 사회에서 쫓겨났지, 너는 자 연에 의해, 그리고 나는 죽은 자에 속하니까. 잘 지내십시오, 경감님. 거대한 러시아 평원으로 한밤의 여행을 떠날 겁니다. 이것은 바로 이 세계의 지하 묘혈로, 권력자들의 추적을 받는 저 잃어버린 동굴로 새 로이 내려가는 침울한 여행길이랍니다."

유태인은 다시 한 번 노인에게 손짓하고는 두 손으로 창살을 잡아 철봉을 휘게 해서 벌리더니 창밖으로 뛰어내렸다.

"몸성히 지내십시오, 경감님." 그는 묘하게 노래하는 듯한 음성으 로 다시 한 번 웃었다.

이제는 그의 양어깨와 거대한 대머리만이 보였고, 그의 왼쪽 뺨 곁 으로 난쟁이의 노인 같은 얼굴이 보였다. 그 사이로 거의 만월에 가 까운 달이 커다란 머리통 저편에 떠올라, 마치 지금 유태인은 온 세 계 그리고 지구와 인류를 어깨에 짊어진 듯이 보였다.

"잘 지내십시오, 용감하고 훌륭한 나의 기사님, 나의 베르라하." 그 는 말했다.

"걸리버는 계속해서 거인들과 난쟁이들이 있는 다른 여러 나라, 다 른 세계들로 돌아다닐 겁니다. 끊임없이, 영원히. 안녕히 계십시오, 경감님, 안녕." 이 "안녕"이라는 말과 함께 그는 사라졌다.

노인은 눈을 감았다. 그를 휩싸오는 평온이 기분 좋게 느껴졌다. 더욱이, 살그머니 열린 문 안에 그를 베른으로 다시 데려가려고 홍거 토벨이 들어선 것을 깨달은 지금의 기분은 더 말할 것도 없었다.

작품 해설

'가벼운' 옷을 입은 '무게 있는' 문학
— 뒤렌마트 탐정소설의 세계

    카뮈의 《이방인》과 애거사 크리스티의 《검찰 측 증인》을 같은 문학 계열에 올려놓는 독자나 평자는 드물 것이다. 또 우리는, 도스토옙스키의 《죄와 벌》을 읽고는 무거운 토론거리가 됨을 인정하면서도 코넌 도일의 《셜록 홈즈》를 문학성 있는 주제의 대상으로 삼지는 않는다. 학교 선생님들이 권하는 도서목록에 이른바 '추리소설'이 들어 있는 예를 본 적은 아무래도 없는 것 같다.

    그렇다고 해서 《이방인》과 《죄와 벌》이 추리소설이라는 카테고리와는 완전히 무관한 작품들일까? 하긴 그렇지도 않다는 답을 쉽게 찾을 수 있다. 이 작품들에는 추리소설에서 으레 보는 살인 사건이 있고, 범행 동기의 추적 및 범인 체포, 그리고 사건 해결이라는 도식이 어떤 식으로든 자리를 잡고 있으니까. 그렇다면 과연 어디서 어디까지를 추리소설로 금 그을 수 있으며, 그 예술적 가치는 누가 어떻게 평가할 수 있을까?

    물론 이 지면에서 광범한 추리소설 정의론(定義論)을 펼치려는 건 아니다. 다만 현대사회에서 추리물 내지 추리적 요소가 과연 어느만큼 문학계에 스며들었으며 그 위상이 어떤지 잠시 더듬어봄으로써, 앞서 소개된 뒤렌마트의 탐정소설이 어떤 위치에 놓였는지 점검하는 교두보로 삼고자 한다.

1. 추리소설의 위상

본문 〈혐의〉에서 수사관 베르라하는 내심 꺼지지 않는 하나의 의혹을 입증하려고 혐의 대상이 쓴 것으로 추정되는 해묵은 의학 잡지를 읽는다. 이 장면에서 병실을 찾은 상관 루츠는 난데없이 의학 논문에 골몰하는 베르라하를 보고 의아함을 표한다. 그에게 수사관이 응수한다.

"이건 추리소설처럼 잘 읽히지요."

대수롭지 않게 던진 베르라하의 이 한마디는 추리소설이라는 문학 카테고리에 대한 일반적 통념을 십분 말해준다.

과연 추리소설은 쉽게 읽히는 현대인의 애호물이라 할 수 있다. 책상보다는 기차간에서, 생활의 양식을 찾으려는 목적보다는 무료함을 메우는 소일거리로. 영상 예술의 확대와 더불어 서부극과 스릴러가 판치듯이 추리물은 계층, 성별, 연령을 막론하고 인기가 식지 않는 읽을거리가 되었다. 따라서 이제껏 출판되어 나온 물량으로 보아도 이 부류는 다른 어떤 문학 장르도 능가한다고 할 수 있다. 추리소설의 종합적 원조로 꼽히는 에드거 앨런 포의 《모르그가의 살인》

(1841) 이래로 한 세기 반을 지나는 사이 소설 장르는 세계 도처에서 기하급수적 증가 추세를 보인다.[*]

그러나 이 같은 대중의 인기도에 비해 일반 통념은 물론 문예비평 측에서 추리소설에 내리는 평가는 극히 부정적인 것으로 일관되어 왔다. 추리물이란 일정한 도식에 맞춰 쓰인 베리에이션에 불과하며, 독자층의 집단 욕구를 좇아가는 통속물에 머물 뿐 예술적 가치를 논할 대상이 못 된다는 견해였다.

이렇듯 선입견으로 인해 평가절하되어 있었음에도 최근 들어 추리문학(아울러 통속문학)을 보는 시각이 점차 달라져감은 주목할 만하다. 양적 우세가 그 질이나 생성 요인[**]을 따지기에 앞서 무시할 수 없는 세(勢)로 대중의 의식에 영향을 주는 사회적 인자라는 사실에 눈을 돌린 것이다. 1972년 독일 사회학자 랄프 다렌도르프(Ralf Dahrendorf)는 교육적 견지에서 다음과 같은 제의를 한다.

학교에서는 아동들에게 추리소설을 "읽지 마라"고 설득할 것이 아니라 그런 유의 소설을 수용하는 태도에 영향력을 발휘해야 한다. 중요한 것은 추리물의 기능과 그로 인한 효력을 뒷받침해주기 위해서 아동들에게 추리물의 구조를 인식하는 척도를 쥐여주는 일이다.

---

[*] 1920년까지 영미문학에서 나온 추리소설은 1,300종이며, 1920년부터 20년 동안 무려 8,000여 종이 나왔다는 기록이 있다. 이 카테고리가 뒤늦게 확산된 서독의 경우를 보면 1950년대 후반에 급증해 1960년대 초반에 1,500만 부라는 총판매고를 보여준다.

[**] 추리소설이 급증한 요인으로는 19세기의 실증적이고 자연과학적인 사고의 대두를 꼽는다. 이런 사고에서 나온 분석적 요소와 아울러 독자를 끄는 미스터리적 요소를 이른바 낭만주의의 유산으로 보는 견해도 있다.

이 같은 사회학 측의 관심과 병행해서 문학작품을 문학사회학적 측면에서, 수용적 측면에서 보려는 경향의 문예비평에서는 역시 추리문학에 예리한 탐조등을 비추기 시작했다.

2. 뒤렌마트 탐정소설의 생성 배경

뒤렌마트의 소설들은 추리, 또는 탐정소설*이라는 전통적 카테고리를 이어받되 그 전형적 도식에 반기를 든 내용을 전개했다는 점에서 작품이 나오고 10여 년이 지난 뒤부터 문예비평 측에서 각광받는 일이 많았다. 실상 이 책에 실린 두 소설이 발표되던 당시 작가의 여건과 심적 배경을 감안한다면 그것이 문예학의 논란 대상이 된 것부터가 적잖은 아이러니라 하지 않을 수 없다. 당시 여러 정황으로 보아 뒤렌마트가 작가적 소명 의식으로 이 소설들에 임하지는 않았기 때문이다.

무엇보다 뒤렌마트가 이 소설들을 '밥벌이'를 위해 썼다는 사실은 널리 알려져 있다. 그는 희곡을 본령으로 삼고 이미 작품 몇 편을 무대에 올렸지만 참담한 실패를 맛보고 말았고, 설상가상으로 고정 수입원을 잃고 경제난에 시달렸다. 그러던 차에 스위스 《베오바하터》 지의 연재물 청탁을 받고 추리물에 손을 댔다. 1950~1951년 겨울에

• 탐정소설, 범죄소설, 추리소설 등으로 불리는 이 문학 카테고리는 사건을 끌어가는 중심 기능에 따라 세분해서 이름 붙인다. 뒤렌마트의 경우, 주인공 베르라하를 중심 기능으로 보아 탐정소설 쪽을 택했다.

연재된 〈판사와 형리〉, 그리고 1951~1951년 가을 겨울에 걸쳐 역시 같은 잡지에 실린 〈혐의〉는 무대에서 얻지 못한 열광적 인기를 그에게 안겨주었을 뿐 아니라 경제적 곤란도 해결해주었다. 훗날 두 소설은 단행본으로 출판되었고 60년 초까지 《판사와 형리》만 해도 100만 부를 돌파해 영미권에까지 파급되는 동시에 교과서에 채택되는 영광을 얻었다.

또 한 가지, 뒤렌마트가 추리문학을 '문예비평에서의 은신처'로 생각했다는 점을 상기할 필요가 있다. 몇 년 후에 나온 그의 극작론《연극의 제 문제》(1954)를 보면 다음과 같은 구절이 맺음말을 이룬다.

예술가가 교양, 알파벳의 세계에서 어떻게 버티어 살아남는가? 나를 압박하고 있으되 아직 해답을 찾지 못한 의문이다. 아마도 추리소설을 씀으로써, 아무도 짐작 못 하는 곳에서 예술을 행사하는 것이 최선일는지 모른다……

그러나 이후 뒤렌마트가 추리소설에 전념하지는 않았다. 1956년 〈사고(事故)〉라는 단편소설에 이어, 1957년에 시나리오 대본을 개작한 《약속》을 끝으로 추리소설의 범주에 들 만한 그의 작품목록은 마감된다. 이런 점에서 일찍이 코넌 도일의 경우*에 그랬듯이 뒤렌마트에게 추리소설은 일종의 '부수적 작업'이었음이 역력하다. 그러나 그의 경우는 코넌 도일과는 다른 결과가 나타났다.《노부인의 방문》

---

* 코넌 도일은 본디 역사소설을 작가적 목표로 삼았다. 그러나 '여기(餘技)'로 쓴《셜록 홈즈》 (1892)가 히트를 치자 엄청난 양의 탐정물 시리즈를 내고 본령을 바꾸었다.

(1956)을 비롯해 《물리학자들》(1962) 등 걸작을 속속 발표함으로써 자신이 목표로 삼았던 희곡에서 세계적 대가로 발돋움하는 영광을 누린 것이다.

그렇다고 해서 그의 추리소설들을 과도기적 '밥벌이' 문학으로 치부할 수는 없다. 산문의 자유로운 지면을 통해 자신이 펴고자 하는 세계관 내지 문학관을 실험하고 충분한 토론을 전개했기 때문이다. 따라서 그의 탐정소설들은 작가의 기본 극작론과의 연장선에서 보아야만 조망의 가능성이 열린다.

3. 소설의 사건 진행

탐정소설의 기본 요소 및 구조는 세부적인 면에서는 다소 차이가 있어도 대체로 다음과 같은 공통 요인을 지적할 수 있다.

첫째, 이러한 장르의 소설에서는 수수께끼로 대두되는 범죄가 사건의 발단을 이룬다. 이 범죄는 흔히 살인이다. 이 같은 극단적 범죄를 내거는 것으로 앞으로 전개할 수사 과정에 필연성을 부여한다.

둘째, 범죄자를 추적하는 과정이 전개된다. 이 과정에서는 보통 범행 동기가 설명되며, 따라서 범행 이전에 있었던 역사가 재구성되기 마련이다.

셋째, 사건의 합리적 해결이다. 물론 해결을 도맡은 주인공은 유능한 수사관이다. 이어 범행자들이 공공 경찰에 인도되는 것으로 사건은 막이 내린다.

뒤렌마트의 소설들은 이 같은 전통적 탐정소설의 도식과 상당 부분 어긋난다는 것을 알 수 있다.

〈판사와 형리〉 발단부는 전통적 탐정소설의 도식을 따른다. 한 경찰관의 살해 현장이 발견되고, 주인공인 수사관 베르라하는 이 사건 수사를 위임받는다. 그러나 곧이어 수사 진행이 도식과는 다른 양상으로 굴절된다. 웬일인지 수사관은 사건 해결에 적극적 태도를 보이지 않는다. 그는 다만 한 살인 용의자를 점찍어놓고(그가 살인자였음을 독자는 책을 독파한 연후에나 알게 된다) 그를 자신의 조수로 기용한 뒤, 용의자의 거동을 수동적으로 '관찰'하는 태도로 일관한다. 요컨대 그는 행동하는 민완 수사관은 결코 아니다.

이 부하 직원의 이름은 '찬츠'. 그는 실상, 베르라하가 본래 염두에 둔 다른 사건을 해결하기 위해 잡은 하나의 '찬스' 또는 '도구'였음이 마지막에 밝혀진다. 그러니까 이 소설에는 두 갈래의 사건 이전의 갈등이 있는 셈이다. 즉

A. 살인으로 표출된 슈미트 대 찬츠의 질시 관계
B. 베르라하와 가스트만 사이의 40년 묵은 적수 관계

이 같은 두 갈래 개별 사건이 줄거리를 구성하는데 작가 측은 A 경우보다 B 경우에 초점을 맞춘다. B의 갈등은 40년 전 '우연히' 했던 하나의 '내기'가 발단이 된다.

책의 중심부(11장)에서 재현되는 이 내기 장면에서 베르라하와 가스트만은 각기 자신들의 명제를 내세운다. 베르라하의 명제인즉 '우

연'의 개입 때문에 완전범죄란 불가능하다는 것이요, 가스트만의 주장인즉 바로 '우연'에 맡겨진 세상의 형태가 발각되지 않는 범죄를 가능케 한다는 것이다.

가스트만은 베르라하의 코앞에서 살인을 저지르고도 무죄로 풀려난 뒤 40년 동안 자신의 명제를 성공적으로 관철해왔다. 이제 베르라하는 적수의 범죄를 입증할 '마지막 찬스'를 잡은 셈이다. 이처럼 하나의 '내기'로 매듭지어진 두 적수의 관계에서 궁극적 승자는 과연 누가 될까? 이를 판가름하는 것이 결국 소설의 중심 사건을 구성하며, A의 살인 사건은 이 본원적 매듭에 '우연히' 걸린 부대사건이 된다.

이 적수 관계는 두 사람의 희생자를 낳는 것으로 끝난다. 가스트만은 찬츠와의 총격전에서 죽음을 당하며, 찬츠는 스스로 목숨을 끊는다. 이로써 얼핏 보기에 사건은 모두 사필귀정으로 결말지어진 듯하다.

그러나 이 결말은 결코 합리적 해결이라고는 할 수 없다. 가스트만도, 찬츠도 공적 법기구에 이송되지 않는다. 그들의 범법 행위는 영원히 공개되지 않은 채 죽음을 앞둔 베르라하의 의중에 묻힌다. 그런가 하면 베르라하가 무슨 근거로 자칭 판관 노릇을 행사하는지도 석연치 않다. 과연 그는 승자일까? 왜 그는 합법적 수단을 쓰지 않고 우연한 범죄를 자신의 완고한 계획에 이용하는 독단을 범하는 걸까? 이 모든 의문에 대한 해답은 부연 설명이 있어야만 찾을 수 있을 것이다.

어쨌든 〈판사와 형리〉에서 베르라하는 자기 식으로나마 사건을 요리하는 비교적 유능한 위치에 있었다. 엄밀히 말해 그가 수사를 펼친 것은 아니지만(그의 관점에서 보면 살인 사건은 이미 처음부터 해결되어 있었으니까), 자신의 계획을 투철히 밀고 가는 판관 역을 제멋대로 유희할 수 있었다. 그러나 〈혐의〉에 와서 그의 처지는 백팔십도 바뀐다. 이 소설은 첫 번째 소설의 연장 시점에서 전개된다. 베르라하는 위암 수술을 받고 병상에 누워 있다. 1948년 12월 27일, 그가 '우연히' 펼쳐 든 묵은《라이프》지의 사진 한 장이 사건의 발화점이 된다.

그러므로 여기서는 〈판사와 형리〉에서처럼 추리소설의 전형을 따르는 명백한 범죄 현장이 아예 없다. 다만 사진 속 수용소 의사가 현재 취리히에서 버젓이 고급 병원을 운영하는 의사와 동일 인물일 수도 있다는 수사관의 막연한 '혐의'만이 사건의 발단이 된다. 이 가설(혐의)을 증명해가는 연역적 과정이 이 소설의 전반부를 이룬다.

이 소설에서 특기할 점은, 사건 해결에 도달하려는 추리 과정보다는 그것이 입증되고 나서 비로소 전개되는 2부의 스릴이다. 혐의 대상자 엠멘베르거의 병원으로 옮긴 베르라하는 그를 만난 순간, 지금껏 자신이 세웠던 가설이 어김없이 입증되었음을 확인한다. 그러나 이러한 확인은 그의 승리를 의미하기보다 오히려 그의 무력함을 확인해주는 계기가 된다. 범인을 잡으러 간 수사관이 오히려 적수의 '덫'에 걸린 희생자 위치로 옮겨 앉게 되어버린다.

이제부터 독자의 관심은 역으로, 수사관이 엠멘베르거의 덫에서 빠져나오느냐, 그렇지 못하느냐에 쏠린다. 수술실에 걸린 '시계판'으로 압축되는 긴박한 상황을 거쳐, 그래도 마지막 순간 수사관은 극적으로 구출되고 엠멘베르거가 살해되는 것으로 사건은 끝이 난다. 사건의 해결사는 수사관이 아닌 동화 속 인물 '걸리버'.

〈판사와 형리〉에서와 마찬가지로 이 소설에도 독자에게 카타르시스를 주는 합리적 해결은 없다. 동화에서만 가능한 구제책이 현실에서는 해결이 될 수 없기 때문이다.

4. 뒤렌마트의 세계관

앞서 살펴보았듯이 뒤렌마트의 소설들은 전통적 탐정소설의 도식을 일부 빌려오되 명쾌한 수사 과정도, 합리적 해결도, 사필귀정의 교훈도 보여주지 않는다.

선(善)의 대표자로 보이는 수사관도 개가를 올리기보다 무력(無力)을 여지없이 드러내며, 암에 걸린 병자로서 죽음을 기다린다. 그런가 하면 범법자들은 수사관보다 한 수 위 능력을 보여주며 끝내는 실제 법정에 세워지지도 않는다.

작가는 대체 무슨 말을 하려고 이같이 '승자 없는 싸움'으로 끝나는 사건을 장황하게 썼을까? 이에 대한 해명은 뒤렌마트의 작품 세계 전반을 관류하는 그의 문학관 내지 세계관에 비추어볼 때만 접근이 가능하다.

1) 우연이 지배하는 세계

〈혐의〉에서 엠멘베르거의 조수가 된 과거의 수용소 포로 에디트 마로크는 베르라하에게 이런 말을 한다.

지금 우리는 우리가 저지른 행동의 암에 부식당해 불치의 병을 앓습니다. 세계는 썩었어요, 경감님. 세계는 잘못 저장해놓은 과일처럼 부패했단 말입니다. 우리가 뭘 할 수 있겠어요? 어떻게 해도 우리는 이 지구를 천국으로 만들어놓을 수는 없습니다.(246쪽)

한 니힐리스트의 변해(辯解)로 삽입된 이 구절은 바로 작가 뒤렌마트가 세상을 보는 시각을 대변해준다. 뒤렌마트에 따르면 세상은 암이 번진 듯 썩어 있고, 이 같은 부패를 가져온 장본인인즉 바로 우리들, 모순된 본성을 가진 인간들 자신이다. 그렇다고 그는 이 부패한 세계를 수술적 요법으로 개선할 수 있다고는 생각지 않는다. 그런 의미에서 뒤렌마트는 정치적 개선을 통한 사회 발전에 희망을 걸었던 극작가 브레히트와 명백히 반대 위치에 선다.

왜 뒤렌마트의 소설은 전통적 탐정소설과 기본 줄기부터 들어맞지 않을까? 가장 큰 이유는 바로 이 같은 작가의 세계관에서 찾을 수 있다. 탐정소설이란 반드시 발전에 대한 믿음을 토대로 하는 문학 카테고리다. 즉 일시적으로 엉클어졌던 세계가 석연한 해결로 질서를 재수립하며, 이로써 더 높은 질서를 시사하는 것이 탐정소설의 사건 발단과 해결 과정이라고 할 수 있다.

뒤렌마트는 이 같은 발전적 믿음에 철저한 의혹을 제기한다. 세계는 계획보다는 '우연'의 지배를 받는다는 것이다. 그에게 '우연'이란 세계를 지배하는 원칙인 동시에 창작의 원칙이다. 따라서 탐정소설의 경우 '우연'은 도처에서 사건 진행에 박차를 가하거나 사건을 전환하는 변수로 작용한다. 이 우연의 법칙에는 수사관 베르라하 역시 종속되어 있다.

첫 소설의 슈미트 살해 현장에서 해결의 단서가 된 총알을 집어든 베르라하는 그것이 자신의 능력과는 무관한 '우연일 뿐'임을 고백한다. 뿐만 아니라 가스트만과 더불어 그는 '내기' 명제를 밝히기 위해서 우연을 끌어들인다. 양 숙적의 관계에서 보면 슈미트 사건이야말로 우연이며, 찬츠의 개입도 마찬가지다.

〈혐의〉에서도 '우연'은 시종 양 적수를 지배하고 사건에 작용한다. 수사관에게 혐의를 심어준 문제의 사진이 우연이었다면, 함정에 빠진 수사관을 마지막 순간 구해준 것도 걸리버의 모습을 한 우연인 셈이다. (어떤 우연이 그를 구해줄는지도 모를 일이다.(282쪽)

한편 그의 적수 엠멘베르거는 자신이 행사하는 악(惡)의 신조로 '우연'을 내세운다.

> 선과 악은 추첨의 경우처럼 우연한 운명에 의해 우리 품 안에 떨어지지요. 우연에 의해 우리는 정의롭기도 하고, 우연에 의해 우리는 그릇되기도 한답니다.(272쪽)

선(善)의 대행자에게건, 악(惡)의 대행자에게건 이처럼 우연만이 세상사를 지배한다면 과연 우리가 이 세상에 맞서 할 일은 무엇일까? 다만 그런 세상을 전시하는 것으로 작가적 역할은 멈추고 마는 걸까? 그럴 수는 없는 일이다.

2) 개인의 가능성

뒤렌마트의 모든 작품에는 이처럼 결함투성이인 세상과 아울러 그 세상에 맞서 싸우는 '개인'이 반드시 등장한다. 자신이 보여주고자 하는 주인공에 대해 작가는 그의 연극론에서 다음과 같은 설명을 한 바 있다.

분명코 이 세상의 희망의 부재와 무의미를 보는 사람은 절망할 수 있다. 그러나 이 절망은 이 세상의 결과가 아니라 세상에 주는 우리의 답변 가운데 하나다. 그리고 다른 답변은 아마도 절망하지 않는 것, 이 세상에 맞서 굴하지 않고 존속하겠다는 결단일 것이다. 용기 있는 인간을 제시하기란 여전히 가능한 일이다.

썩은 세상 앞에서 절망하지 않는 것, 요컨대 니힐리스트로 주저앉지 않고 '그럼에도' 세상을 버텨나가는 것, 이것이 뒤렌마트가 그의 주인공에게 부여하는 최소한의 기대치다.

이렇듯 뒤렌마트적 의미에서의 '용기 있는 인간'은 전통적 고전 비극의 주인공이나 전형적 탐정소설에서의 민완 수사관처럼 전능하고 유능한 '영웅'과는 거리가 멀다.

우리는 세상을 구제하려고 애를 쓸 게 아니라 세계를 버티어 이겨내려고 해야 합니다. 이것이 이 후대를 사는 우리에게 그나마 남은 유일하게 진실한 모험이지요.(290쪽)

〈혐의〉의 종결에서 걸리버의 입으로 말해진 이 구절은 바로 작가가 병든 세계를 마주해서 내리는 '그나마 남은' 처방인 셈이다. 즉 세계를 수술로 변혁하려는 영웅심을 품을 것이 아니라 한 사람 한 사람이 병균에 굴하지 않고 자체 내에서 항체를 길러내는 인간이 되는 것, 이것이 작가가 독자를 겨냥한 권고다. 이 같은 '용기'를 가진 인간은 익명 속에 묻힌 개인, 바로 우리들에게서, 그리고 거대한 괴물 같은 세계 앞에 서면 무력하기 이를 데 없이 스스로도 병든 인간에게서 생성되어 나온다(《노부인의 방문》의 주인공 III(病)을 생각해보라).

베르라하는 이런 의미에서 뒤렌마트의 주인공이다. 그는 수사관으로서 명실공히 외로운 단독자다. 사건 수사에 보조를 맞추는 조력자가 그의 주변에는 아무도 없다.* 그는 경찰관이라는 직업에 몸담았으되 현대 과학수사를 불신하며, 개인적 차원에서 또는 은퇴한 몸으로 외롭게 수사에 임한다. 또 그는 민완 수사관으로 뛰기에는 연로하고, 더욱이 불치의 병에 걸려 병상에 묶여 있다.

뿐만 아니라 그는 합법적 수단으로 체포할 수 없는 적수를 쓰러뜨리려고 부하 직원을 개인적 계획에 도구로 사용함으로써 스스로 도덕적이고 법률적인 비행을 저지르는 모순에 빠진다.

이런 수사관의 결함은 뒤렌마트의 탐정소설이 전통적 도식에서 벗어났다는 두 번째 중요한 근거가 된다. 전통적 탐정소설의 수사관은 부조리한 세계의 외곽에 서는 유일한 권능자로서 합리적 세계를 불

---

* 전형적 추리소설에는 흔히 셜록 홈즈의 친구 왓슨 같은 조력자가 등장해서 수사관과 듀엣을 이룬다. 이 조력자는 수사 과정을 독자에게 전달하는 교두보 노릇을 하면서 수사관을 영웅처럼 돋보이게 한다.

러오는 역할을 담당하기 마련이다. 그러나 베르라하는 바로 그 부조리한 세상에 빠져 허우적대며 그 일부를 이룬다. 그는 세상 자체에 감염된 모습을 구현하는 자기모순적 위치에 있다. 암(癌)으로 조건 지어진 그의 무력(無力)은 바로 암으로 부식한 세계를 투영하는 셈이다.

그렇다면 이토록 무기력한 수사관에게 작가는 어떤 '용기'를 부여하는가? 그것은 무력하지만 '그럼에도' 세상에 맞서겠다는 약자의 결단이다. 이런 태도는 돈키호테의 객기처럼 세상 사람들 눈에는 어리석어 보일 수도 있다. 그러나 베르라하는 역설한다.

만약 한 줌 심장을 지녔고 두개골 밑에 콩알만 한 오성(悟性)이라도 지녔다면, 모름지기 우리는 모조리 돈키호테가 되어야 할 판입니다. 그렇지만 우리는, 양철 갑옷을 걸친 그 옛날의 초라한 기사처럼 풍차에 맞서 싸워서는 안 되지요. 오늘날 전장의 적수는 위험한 거인들이란 말입니다.(200~201쪽)

마치 동물원에 갇힌 듯 국가의 보호를 받는 돈벌이 야수, 진짜 거물급 짐승(149쪽)들을 겨눈 투쟁은 조무래기 악당과의 싸움처럼 명쾌하게 결말나기 어려운 것이 현실이다. 왜 뒤렌마트의 탐정소설들에는 해결이 없는가. 이에 대한 설명은 수사관이 겨눈 적수가 이처럼 부조리한 세상 자체라는 차원에서 찾을 수 있다.

이 모든 설명과 요구에도 아랑곳없이, 돈키호테처럼 버틴다 한들 '우리의 세상에 빛을 주는 구원은 없지 않은가'라는 의문이 그대로 남는다. 작가는 이 구원의 이름이 '신(神)'이라고 답하지 않는다. 신의 존재를 묻는 엠벤베르거 앞에서 베르라하는 완강히 침묵할 뿐이다.

그렇다 해도 작가는 동화적 인물로 하여금 사건을 해결하게 함으로써 궁극적 희망을 남긴다. 그 존재는 걸리버. 그는 공식적으로는 죽은 존재다. 그럼에도 세상에 영향력을 발휘하며 병든 세상을 치유하는 데 기여한다. 걸리버만이 우연이 지배하는 결손의 세상 외곽에 서서 작가가 내세운 정의(베르라하)를 구제하고 불의(엠멘베르거)를 제거한다. 극도의 무력함에 빠졌던 베르라하가 엠멘베르거(세상)를 버티어낼 수 있었던 근거로, 작가는 그 무엇보다도 그가 걸리버(환상)의 친구였다는 사실을 말하고 싶었을 것이다.

지금껏 뒤렌마트의 소설을 전형적 탐정소설과의 차이를 중심으로 살펴보았다. 뒤렌마트는 전통적 탐정소설의 법칙이 불합리함을 입증하려 했고, 결과적으로 이 장르 자체가 지양된 소설을 썼다고 할 수 있다. '문예비평의 저울로는 달리지 않을 만큼 가벼운' 옷을 입고 '무게 있는' 문학을 시도했다는 점에서 뒤렌마트의 탐정소설은 그 독자적 위치와 의의를 찾을 수 있을 것이다.

차경아

뒤렌마트 연보

1921년 1월 5일 스위스 코놀핑겐에서 태어남.

1941~1942년 취리히 및 베른대학에서 철학 및 문학 수업.

1943년 첫 번째 작가적 시도로 미발표된 산문《코미디》를 씀.

1947년 희곡《그렇게 쓰여 있나니》가 취리히 극장에서 상연됨. 로티 가
이슬러와 결혼.

1948년 《눈먼 남자》가 바젤 시립극장에서 상연됨.

1948~1952년 비일러 호반 리게리츠에서 거주.

1949년 《로물루스 대제》가 바젤 시립극장에서 상연됨

1950년 첫 탐정소설《판사와 형리》를 발표함.

1952년 《미시시피 씨의 결혼》이 뮌헨 소극장에서 상연됨. 탐정소설《혐
의》를 발표함.

1953년 《천사 바빌론에 오다》가 뮌헨 소극장에서 상연됨.

1956년 《노부인의 방문》이 취리히 극장에서 상연됨.

1957년 마지막 탐정소설《약속》을 발표함.

1959년 《프랑크 5세》가 취리히 극장에서 상연됨.

1962년 《물리학자들》이 취리히 극장에서 상연됨.

1963년 《헤라클레스와 아우기아스의 마구간》이 취리히 극장에서 상연
       됨.
1967년 《유성(流星)》이 취리히 극장에서 상연됨.
1968년 《존 왕(王)》이 바젤 시립극장에서 상연됨.
1970년 《어느 항성의 초상》이 뒤셀도르프 극장에서 상연됨.
1971년 산문《추락》을 발표함.
1973년 《가담자》가 취리히 극장에서 상연됨.
1977년 《유예》가 취리히 극장에서 상연됨.
1990년 사망.

옮긴이 **차경아**

서울대학교 문리대 독문과와 같은 학교 대학원을 졸업하고,
독일 본대학교에서 수학했다. 서강대학교에서 문학박사 학위를 받고
경기대학교 유럽어문학부 독어독문학과 교수로 재직했다.
주요 번역서로 안톤 슈낙의《우리를 슬프게 하는 것들》,
미카엘 엔데의《모모》,《뮈렌왕자》,《끝없는 이야기》,
헤르만 헤세의《싯다르타》, 잉게보르크 바흐만의《말리나》,
《삼십세》,《만하탄의 선신》등이 있다.

판사와 형리

1판 1쇄 발행 1988년 1월 20일
2판 1쇄 발행 2016년 10월 20일

지은이 프리드리히 뒤렌마트 │ 옮긴이 차경아
펴낸곳 (주)문예출판사 │ **펴낸이** 전준배
출판등록 1966. 12. 2. 제 1-134호
주소 03992 서울시 마포구 월드컵북로 6길 30
전화 393-5681 │ **팩스** 393-5685
홈페이지 www.moonye.com │ **블로그** blog.naver.com/imoonye
페이스북 www.facebook.com/moonyepublishing │ **이메일** info@moonye.com

ISBN 978-89-310-1023-7 03850

■ 문예 세계문학선

★ 서울대, 연세대, 고려대 필독 권장도서 ▲ 미국 대학위원회 추천도서
● 《타임》 선정 현대 100대 영문 소설 ▽ 《뉴스위크》 선정 세계 100대 명저

(뒷면 계속)